十手笛おみく捕物帳

田中啓文

集英社文庫

目次

扉イラストレーション／おおさわゆう

本文デザイン／木村典子（Balcony）

十手笛おみく捕物帳

ぴーひゃら

その一　見越し入道の秘密

一

狭く、細く、息苦しい暗闇のなかにそれはいた。

なんとかしてここから出ようと最初のころはもがきにもがいたが、その努力が露ほども報われぬと知って、ついにあきらめた。いつかここから出してくれるものが現れる……そう信じるしかなかった。いにしえの唐《もろこし》の国に、釈迦《しゃか》によって岩山に封じられた孫悟空《そんごくう》なる石猿がいたという。その猿は、玄奘三蔵法師《げんじょうさんぞうほうし》なる高僧が通りかかり、その封印を解いてくれるまで五百年のあいだ、岩山の重みにじっと耐えていたのだ。

（ふふ……私は猿と同じか……）

それは自嘲した。

それを閉じ込めたあの男……おそらくはもうこの世のものではないはずのあの男への恨みはすでに消えている。今のそれの望みは、とにかくこの暗闇から出ることなのだが……それがそううまくはいかぬ、ということもそれは知っていた。

（待つのだ……待つしかない……）

それはおのれにとっての三蔵法師が現れるのを待っていた。そして……。

◇

「なんでえ、天下の台所とかいばってるわりにゃあ大《てえ》したことねえな！」

居酒屋の入れ込みで、男がそう叫んだ。頬に十文字の刀傷がある。三人連れの一人《いちにん》で、旅装のまま上がり込むなり、酒とマグロの刺身、大根とタコの煮ものなどを注文して飲んでいたのだが、

「上方《かみがた》は酒どころだてえからどんなに美味《うめ》えのかと思ってたらべたべた甘《あめ》え酒だし、マグロはぐずぐずのくそマグロだ。こんなもなぁ江戸じゃあタダでも食うやつはいねえよ。花のお江戸をあとにして、とんだ田舎《いなか》に来ちまったもんじゃねえか。なあ、そうじゃねえか、おめえら」

いちばん年嵩《としかさ》のその男がまくしたてると、連れのふたりもうなずいて、

「親分の言う通りだ。なんといってもお江戸は公方《くぼう》さまのお膝もとだからな、なにからなにまで大坂よりは格上だった。せめて美味えもんでも食おうと思ってたが、初手からこれじゃあ先が思いやられるぜ。なあ、弥次《やじ》さん」

背の低い、小太りの若い男が言った。両目の縁が黒く、タヌキによく似ている。その

隣で意地汚く酒をがぶがぶ飲んでいた背の高い男が、

「そうともよ、こんな不味《まず》い酒、江戸じゃあ二束三文だったぜ。上方のしみったれた連中のこった、酒のなかに水を混ぜてるのかもしれねえぜ、喜多《きた》さん」

甲高い声でそう応じた。目が細く、吊《つ》り上がっていて、こちらはキツネに似ている。

さすがに居酒屋の主《あるじ》がむっとした顔で、

「そんなに嫌やったらよそに行ったらよろしい。うちではあんたらに売る酒はおまへん」

刀傷の男が、

「なんだと？　てめえ、客に指図しようてえのか」

「客なら金払《はろ》て黙って飲みなはれ」

「うるせえ。俺たちゃ、これだよ」

男がふところから出したものは十手だった。

「お上《かみ》の御用を務めるもんだ。がたがた抜かすと、ひでえ目に遭わせるぜ」

三人は立ち上がり、居酒屋の主を取り囲んだ。主は蒼白《そうはく》になり、数歩退くと、

「あんたら帰っとくなはれ。ほかのお客さんに迷惑や」

弥次さんと呼ばれたキツネ顔の男が、

「まだ酒が残ってるんだ。それを飲んだら帰ってやらあ」

喜多さんと呼ばれたタヌキ顔の男が、

「こんなまずい酒でもタダで飲めただけ得だったな」

主が血相を変え、

「なに言うとるんや。タダの酒やと？　ちゃんとお代は払うてもらうで」

年嵩の男は主の喉に十手を突きつけて、

「お上から十手を預かる俺たちから銭を取ろうってのか？　大坂もんは命がいらねえとみえるな」

「飲み食いしたんやから金払うのはあたりまえやろ」

「ははは……金を払うのは俺たちじゃねえ。おめえだよ」

「な、なんやと？」

「客に嫌な思いをさせたんだ。お詫《わ》びとして一分《いちぶ》寄越《よこ》す、てえなら勘弁してやってもいいぜ」

「無茶苦茶や！」

そのとき、少し離れたところの床几《しょうぎ》に腰かけてちびちびと酒を飲んでいたふたり組のひとりが、

「気ぃ悪いやっちゃなあ、あいつら」

そう言った。二十五、六歳の若い町人だ。縞柄《しまがら》の浴衣《ゆかた》を着ているから職人ではあるま

い。エラの張った顔立ちで、目がやたら大きく、口も大きい。

「いてまおか、清《せい》やん」

　少し年長らしいもうひとりの男は、手をひらひら振って、

「ほっとけほっとけ、喜《き》ぃ公《こう》。どうせただの江戸自慢や。酒が不味うなるさかいバタバタすな」

　こちらは細い顔で、眉毛は左右がつながっている。目は小さくて、ほとんど「点」である。

「いや、ほっとけん。大坂をけなすやつらは我慢ならんのや」

　喜ぃ公と呼ばれた若者は立ち上がるとつかつかと三人組に歩み寄り、

「おい、おまえら、銭払うてとっとと出ていかんかい」

　弥次さんが、

「てめえはだれでえ」

「わては喜六《きろく》じゃ」

「四六《しろく》だと？　へへへ、ガマの油だな。四六五六《ごろく》はどこでわかる。前足の指が四本、後足が六本、これを合わせて四六のガマってな」

「なんのこっちゃねん」

「わかんねえのか。喜六と四六の洒落《しゃれ》だよ。上方もんは洒落のひとつもわからねえ、と

んだ野暮野郎じゃねえか」

「洒落やったらなんぼでも言うたるで。ガマの油を飲んで痩せガマん。タヌキが化けたら文福茶《ぶんぶくちゃ》ガマ。武芸者が使う鎖ガマ。女の坊《ぼん》さんガマさんで、本町《ほんまち》にあるのはガマ神社。世の中ほんまにガマにならない。どや、参ったか、ガマーみろ」

「おめえ、なに言ってるんだ……？」

「おまえらも名乗らんかい」

「おいらは弥次郎兵衛《やじろべえ》、こいつは喜多八《きたはち》。ここにおられるお方は江戸日本橋通油町《にほんばしとおりあぶらちょう》、十変舎《じっぺんしゃ》の一九郎《いちくろう》親分だ。お上のご威光に恐れ入ったら言う通りにしやがれ」

「ふん、江戸では十手見せたらだれでも恐れ入って言う通りにするかもしれんけど、大坂ではそうはいかんで」

「なんだと？　生意気に」

弥次郎兵衛は、そこにあった醤油《しょうゆ》さしや塗り箸の入れものを地面にぶちまけた。主が、

「やめてくれ！　店がめちゃくちゃになる」

そう叫んで弥次郎兵衛に摑《つか》みかかったが、十変舎の一九郎が主をでかい手のひらで張り倒した。主はその場にひっくり返った。

「知らねえな。この喜六てえやつが悪いんだよ。恨むんならこいつを恨みな。俺たちゃ江戸もんだ。江戸もんはどこに行っても江戸流で押し通すのさ」

それまで黙っていた清八《せいはち》という男が、地面に倒れた主を引き起こすと、

「おやっさん、もう二合、燗《かん》してんか」

「アホかいな。今、それどころやないわい」

「心配すな。こいつらはわしらが片づけたる」

そう言うと、主を後ろ手にかばうように立ち、

「おまえら、お上の御用とか言うとったけど、すぐ江戸に帰るのか」

喜多八が、

「そうじゃねえよ。俺たちゃ三人、ちいっとばかしおいたが過ぎて八丁堀《はっちょうぼり》にいられなくなっちまってな、こうして雁首揃《がんくびそろ》えて都落ちしてきたってわけだ。これからこっちで新しい旦那を探すって寸法さ」

弥次郎兵衛が、

「そんなこたぁ言わなくてもいいんだよ！」

「けどよ、弥次さん……」

清八が、

「それやったら覚えとけ。これから浪花《なにわ》の地でやっていくつもりやったら、江戸みたいに十手風吹かしたらなんでも思い通りになると思うなよ。大坂はな、そういう『お上のご威光』を笠《かさ》に着たゴリ押しをいちばん嫌うのや。公方さまのお膝もととか言うとった

けど、おまえら家斉《いえなり》公にお目通りしたことでもあるのか。ないやろ。なかったらえらそうに抜かすな」

　喜六が、

「言うたれ、言うたれ。もっと言うたれ」

「うるせえやい！」

　十変舎の一九郎が清八の胸ぐらを摑もうとした拍子に、横にあった徳利を倒した。徳利からは酒がこぼれ出た。清八は、

「ひえええっ、なにすんのや、もったいない！」

「酒がちょっとこぼれたぐらいでがたがた言うな。大坂のしみったれが！」

「な、なんやと？　わしらのどこがしみったれや。酒の一斗や二斗、そのへんの川になんぼでもぶちまけたるわい」

　そう言うと清八は床几代わりの酒樽《さかだる》に手をかけ、目よりも高く差し上げた。一九郎はその怪力にぎょっとした様子だったが、

「へへへ……てめえの連れはそうでもねえみてえだな」

　清八が喜六を見ると、こぼれた酒を布巾に吸わせて、その布巾をちゅうちゅうと吸っている。清八は酒樽を地面に下ろし、

「おまえ……しみったれて言われて腹立たんのか」

「立たん立たん。酒はなにより大事や」

一九郎がせせら笑い、十手の先端で清八の頬をつつくと、

「大坂もんはケチで貧乏でしみったれでしわんぼうだてえことがこれでよくわかったぜ」

清八はその十手の棒身を握ると、

「おっと待った。そんなに十手風吹かせたいんか。それやったらな、わしらもこれやでえ……」

そう言ってふところから十手を出した。喜六も布巾を吸いながら十手を取り出した。

一九郎たちはぎくりとして、

「なんでえ、てめえらも御用聞きか」

「そや。わしは力自慢の『おっと清八』、こいつは身軽なのが売りものの『ちょかの喜六』や。同商売やったら名前覚えといてや」

弥次郎兵衛が、

「親分、十手持ちだろうとそんなこたぁ関係ねえ。こいつら、のしちまいましょう。向こうはふたりでこっちは三人。勝てますぜ」

「いや……俺たちゃまだ大坂に来たばっかりだ。十手持ち相手に騒ぎを起こすのは上策じゃねえ。——おう、喜六に清八とか言ったな。また会おうぜ。そのときゃぐうの音も

出ねえように叩《たた》きのめしてやらあ。覚悟しとけ」

「それはええけど、ちゃんと銭払ていけよ」

一九郎は床几のうえに金を叩きつけると、

「行くぜ」

そう言って店を出ていった。弥次郎兵衛と喜多八もそれに続いた。主がその金を見て、

「まるで足らんやないか。あいつらほんまにしみったれ……」

と言いかけ、いまだに布巾の酒をすすっている喜六を見て黙り込んだ。喜六は、

「けど、清やん、あいつら『大坂もんはケチで貧乏でしみったれでしわんぼう』てえらいほめてたなあ」

「アホ！　あれはけなされたんや！」

「え？　そやったんか。わてはまた、始末家や、ゆうてほめてくれてたんかと思てたわ」

そう言いながら、喜六はなおも布巾を吸い続け、しまいには上を向いて大口を開け、布巾を顔のうえで絞って最後の一滴まで飲み込んだ。

◇

ようやく東の空が白み、雀《すずめ》がちゅんちゅんとさえずりだす盛夏の朝である。すでに蒸

し暑く、商家のまえでは丁稚《でっち》たちが水打ちに余念がない。今日一日の暑さを推測させるに十分である。継ぎのあたった単衣《ひとえ》ものを着たみくは、土間で大きく伸びをすると、

「おかん、朝ご飯できたで！」

みくは熱々の茶粥《ちゃがゆ》を椀《わん》に軽く盛り、大根のひと押し漬けとともに差し出した。熱すぎるのでふうふうしてからである。丸顔で頬っぺたがふっくらしている。目はぱっちりとしてまつげは長い。顔は日焼けして、血色がいい。

おぼこい顔立ちなので子どもっぽく見えるみくだが、今年の正月で十五歳になった。

布団に寝たまま、母親のぬいは、

「いつも悪いなあ、おみく。なんもかーんもあんたにやらせて」

ぬいは腰が悪く、一日のほとんどを寝てすごしている。整った顔立ちで、もともと色白だが、病気のせいでやや青白い。

「気にせんといて。おかんは自分の養生のことだけ心掛けてくれたらええねん」

ニッコリ笑って、おのれの茶粥をよそった。大坂では昼に飯を炊く。朝と夜は冷や飯に汁と香々《こうこ》というのが決まりである。商人《あきんど》の町である大坂では、忙しい朝は大急ぎで食事をすませて、丁稚たちが暗いうちから働くのだ。その代わり昼は炊き立ての飯に野菜の煮ものなどのおかずがつき、奉公人たちは詰め込めるだけご飯を詰め込む。

ぬいは茶粥をさらさらと掻《か》き込んで、

「ああ、美味《おい》しいわ」

「美味しいやろ。うち、日本一お粥作るのん上手《うま》いんとちゃうやろか」

「私もそう思うわ」

「おかん、食欲出てきたか」

「食欲ゆうほどやないけど、これだけ暑いとさっぱりしたもんがええなあ」

「ほな、昼はそうめんにするわ」

「おおきに。――おみく、もうじき、甚兵衛《じんべえ》さんが来はると思うで」

甚兵衛というのはこの横町（路地）に住む楽隠居である。

「なんでわかるの？」

「足音がするやろ」

「そんなん聞こえへん」

「耳をすまして、よう聴いてごらんなさい。ほら……」

　みくは言われた通りにした。かすかな足音が近づいてくる。どぶ板を踏んだときだけ大きな音がするが、そのとき以外はよほど注意しないと聞こえない。

「けど、甚兵衛《じんべ》はんの足音かどうかわからへんやん」

「甚兵衛さんは右脚が少しお悪いさかい、軽うひきずって歩きはる。せやから聴き分けられるのや」

「ふーん……」

しかし、いくらか聞いてもその足音は「ただの足音」にしか聞こえない。

「せやさかい、そのあたりちょっと片づけなはれ。篠竹《しのだけ》散らかってますやろ」

「ほんまに甚兵衛はん、来るんかなあ……」

「私の考えでは、昨日がお父ちゃんの祥月《しょうつき》命日やったやろ。たぶん一日勘違いして、今日やと思て来はったんやと思う。失礼なこと言うたらあかんよ」

半信半疑のみくが、竹やのこぎりなどを片づけていると、入り口の戸が開いて、

「いてるかえ」

入ってきたのはたしかに甚兵衛であった。薄い頭髪を丁寧に集めてかろうじて髷《まげ》を結っている。将棋の駒のように角ばった顔立ちで、眼鏡《めがね》をかけているからか目がぎょろりと大きく見える。

「まあ、ようお越し」

ぬいが起きようとするのを甚兵衛は押しとどめ、

「そのまま、そのまま。どないや、塩梅《あんばい》は？」

「ええような悪いような……あいかわらずだすわ」

「そうか。それやったらよしとせんならん。——今日は宇佐七《うさしち》親方の命日やさかいな、線香あげさせてもらいに来たのや」

ぬいがなにか言おうとする先にみくが、

「アッホやなあ、おっちゃん。おとんの祥月命日やったら昨日やで」

甚兵衛は消沈して、

「えっ……そやったか。ちゃんと暦にマルしといたんやけどな……」

「けど、おとんの祥月命日に線香あげよ、と思う気持ちに免じて、そのアホは許したろ」

ぬいがあわてて、

「これ！　甚兵衛さんに失礼な……」

「ははは。かまへんかまへん」

甚兵衛は、もともと海苔《のり》問屋をしていたが、商売を息子夫婦に譲り、今は気ままな隠居暮らしである。物知りだというものもいれば、アホや、というものもいる。とにかく謎解きが好きで、なにか怪しい事件があると食いついて、

「どれどれ、その謎をわしが解き明かしてやろう」

などとしゃしゃり出てくるのだが、解けたためしがない。しかし、本人は「謎解き甚兵衛」と呼ばれて悦に入っている。

「これ、親方の好物やった鶴田屋《つるたや》の薯蕷《じょうよ》饅頭《まんじゅう》、お供えのつもりやったんやけど、おみく坊への土産《みやげ》にするわ」

　そう言って甚兵衛は紙に包んだものを手渡した。

「おおきに。鶴田屋の薯蕷饅頭、大好きや。——けど、おっちゃん、おみく坊はやめてんか。うち、もう十五やで」

「十五やと？　早いなあ。こないだまで寝小便《ねしょんべん》してたと思たら……」

　みくは顔を赤くして、

「年頃の娘に寝小便やなんて、なに言うとんねん！　竹で尻どついたろか！」

　甚兵衛は尻を両手で押さえた。ぬいが甚兵衛に、

「女の子やのに勝ち気で困ります」

「いやいや、男も女も元気なほうがよろし。——ほな、一日遅れたけど、手ぇ合わさせてもらいまっさ」

　甚兵衛は小さな仏壇のまえにちんと座り、線香をあげておりんを鳴らすと、位牌《いはい》に向かって両手を合わせた。

「宇佐七親方、昨日お参りさせてもらうつもりでおましたが、よんどころのない用件で今日になりました。えらいご無沙汰しとりますが、そっちの住み心地はどないだす。こっちはみんな、なんとかやっとります。おぬいはんもおみく坊も達者やさかい安心してや。横町一の知恵者と言われとるこの甚兵衛も、及ばずながら力添えさせてもろてます。来年はちゃんと命日に参らせてもらいまっさ。また、わしがそちらへ行ったら一杯やり

ましょうや。なんまんだぶ、なんまんだぶ……」

もう一度、おりんを鳴らしたあと、仏壇の奥にある仏像に目をとめて、

「おぬいさん、お仏壇の奥のご本尊なあ……」

仏壇の仏像といっても小さなものではない。高さが一尺五寸（約四十五センチ）ほどある立派なものだが、全体に傷みがひどい。

「へえ、その仏像がどないかしましたか」

「いつも思てたのやが、たいそう古いもんに見えるけど、これは阿弥陀《あみだ》さんやろか」

「さあ……先祖代々伝わってきたものにはちがいおまへんけど、ご覧の通りすり減ってしもて、阿弥陀さまやら観音さまやらお不動さまやら……どういう由緒があるものか、いつごろからこの家にあるのか、うちのひとにきいても『知らん』て言うとりました。なんやわからんけどとにかくありがたーい仏さんやから大事にせなあかん、いうのが口癖やったさかい、私も毎朝お掃除させてもろてます」

「この仏像の手が横笛を吹いてるように見えへんか。笛を吹く仏さんは迦陵頻《かりょうびん》伽《が》いうてな、天竺《てんじく》にいてはるらしいけどな」

「横笛を吹く仏さまならおみくにぴったりですわ。毎日、暇さえあれば笛吹いてますよって……」

「おかん、あれは商売もんの調子をたしかめてるだけや」

「あんたほど笛吹くのが好きな子もおらんやろ。お父ちゃんに手ほどきされて、小さいころから飽きんとずっと吹いてますがな。はじめは下手《へた》の横好きやったけど、近頃はなんとか調子も合うようになってきたなあ」

「それを言わんとって。うちの笛は飴《あめ》を売るための方便やさかい」

篠笛は細い竹で作られた横笛で、お祭りや獅子舞《ししまい》、寄席《よせ》の囃子《はやし》などで使われる。雅楽で使われる「龍笛《りゆうてき》」や、能や歌舞伎で使われる「能管《のうかん》」に似ているが、竹を切って指《ゆび》孔《あな》を開け、内側に漆を塗っただけの素朴な楽器である。

「せやけど、笛吹くのは楽しいねん。おとんがよう言うてた。笛を吹くときは心を込めて吹け、そうしたらつらいことも悲しいことも忘れる、笛には神さんが宿ってるのや……てな」

「そう言えば、お父ちゃんは『俺は笛の神さんに会《お》うたことがある』て言うてはったなあ。もちろん冗談《てんご》やろけど」

「あはは……うちも笛の神さんに会うてみたいわ」

甚兵衛が、

「それでな、この仏像やけど……もしかしたらえらい値打ちもんとちがうか、と思うのや。運慶《うんけい》とか快慶《かいけい》とかが作ったような……」

みくが、

「ああ、牛若丸《うしわかまる》の家来の……」

「それは弁慶《べんけい》。わしが言うとるのは昔のえらい仏師《ぶつし》や。もし、そういうひとがこしらえたもんやったら何千両ゆう値段で売れるかもしれんで。この仏像、しかるべきところに鑑定をお願いしてみようと思うのやが、しばらくわしに預けてもらえんやろか」

　ぬいが笑って、

「アホなことを……。うちらみたいな貧乏所帯にそんな値打ちものがおますかいな。それに、もし値打ちがあっても家宝みたいなもんやさかい、手放すつもりはおまへん」

　やんわりした口調だがはっきりと言った。

「そうかあ……残念やなあ。――まあ、手に取るぐらいはええやろ」

　みくが、

「ボロなってるさかい気ぃつけてや」

「わかっとる、わかっとる。――うーん、すり減ってるところがなんともいえん味になっとるなあ。顔立ちも気品があるし、胴やら脚やらが妙に長いのも面白い。いずれ名のある仏師の作やないかと思う」

　甚兵衛は仏像を裏から見たり、下から見たりとこねくりまわしていたが、

「あっ……！」

　急に素っ頓狂な声を上げた。

「おっちゃん、どないしたん？」

「あ……いや……その……」

うろたえた様子の甚兵衛からみくは仏像をひったくった。

「あーっ！　首が……首が折れてる！」

「す、すまん。ちょっと力入れたら折れてしもたんや」

「せやから、ボロなってるさかい気ぃつけて、て言うたのに！」

「すぐに仏師屋へ行って修繕してもらうさかい堪忍してくれ」

「堪忍でけへん！　ご先祖さまに申し訳が立たんがな！　なあ、おかん」

ぬいはやさしい声で、

「おみく、甚兵衛さんも悪気があったわけやないのや。堪忍したげなさい。形あるものはいつかは壊れます。ご先祖さまには私が謝っておくさかい……」

甚兵衛は泣きそうな顔で両手を突き、

「えらいことしてもうた！　すんまへん！　すんまへん！　すんまへん！　すんまへん！」

「なんべんも『すんまへん』て言うたら許してもらえると思たら大間違いやで」

「おみく、きついこと言うたらあかん」

甚兵衛は、

「ほな、わしは仏師屋へ行ってくるさかい、これで失礼しまっさ。さいならー」

首の取れた仏像を布に包むと、あわてて出ていった。

「おかんは甘すぎるわ。今みたいなときにはもっと厳しゅうせんと女所帯やと思てなめられるで」

みくは、甚兵衛が持ってきた饅頭をひとつ口に放り込むとお茶を飲み、

「やっぱり鶴田屋の薯蕷饅頭は美味しいわ。おかんも食べや。うちはそろそろ出かけるわ」

みくはつづらを背負い、頭にねじり鉢巻きをして、腰に篠笛を一本差した。つづらには「笛吹飴本舗」という幟《のぼり》がついている。みくは小柄で背も低いので、つづらを背負うと身体《からだ》が隠れてしまい、後ろから見るとつづらに足が生えているように見える。

「気をつけてな」

「はいはい。おかんもいつもの薬、飲むの忘れたらあかんで。ほな、行ってきます」

みくは家を出た。

みくと母親のぬいが暮らす長屋は月面町《つくもまち》の裏通りにある。四天王寺《してんのうじ》から西へ向かい、一心寺《いっしんじ》を越えたところの小さな町だ。このあたりは四天王寺、一心寺、邦福寺《ほうふくじ》、安居《やすい》天神……など名高い神社仏閣が並んでおり、紋日《もんび》ともなると信仰心の篤《あつ》い善男善女がおびただしく参詣の列をなす。それを当て込んで店が並ぶ。

店にも大中小がある。大は「浮瀬《うかむせ》」をはじめとする数々の料理屋、茶屋、中は一膳飯屋、居酒屋、小は屋台の煮売り屋、早寿司《はやずし》屋、うどん屋、おでん屋、そして、参拝者に連れられたお子たち相手の竹とんぼや風車、お面などを売る店、餅屋、団子屋、芋屋、煎餅《せんべい》屋などだが、それぞれに繁昌《はんじょう》している。

ひとごみを掻き分けるようにしてみくは路傍につづらを下ろし、蓋を開けた。なかには赤、白、黒、黄色、桃色、べっ甲色……と色とりどりの飴が入っている。

「さあさあ、笛吹き飴の口上やで！」

みくは声を張り上げると、篠笛を腰から抜き、唇に当てた。背筋を伸ばして、息を吹き入れると、甲高い音が鳴り響いた。

ぴーーーーーひゃらららら……！

それは祭り囃子の旋律となり、行き交うひとびとの足を止めた。ひとしきり祭り囃子を吹いたあと、みくは腰に吊った当たり鉦《がね》を手にして景気よく鳴らしながら、大きな声で歌いはじめた。

この飴なめたら

あっというまに
口のなかがお祭りや
ぴっぴっひゃらひゃら
ぴーひゃらら
憂さも忘れてお祭りや
甘《あも》うて美味しい
またなめたい
買《こ》うてや買うてや
大坂一の笛吹き飴や
買うてくれたら愛嬌《あいきょう》に
笛をひと節奏でます
どんな曲でも吹きまっせ
ぴっぴっひゃらひゃら
ぴーひゃらら
晴れても飴でも
ぴーひゃらら

やりはじめたころは恥ずかしくてなかなか大きな声が出せなかったが、今は隣の町内にまで届くほどの大声で歌うことができる。

「お父ちゃん、飴買うて」

男の子が父親の袖を引っ張った。

「今買うたらお寺に着くまえにべべ汚すやろ。あとで買うたる」

「この飴屋さんから買うてほしいねん」

「こんなもん、どこで買うても一緒やないか」

「けど、笛吹いてくれる、て言うてるで。どんな曲でも吹けるんやて」

「うーん……しゃあないなあ。おい、飴屋」

みくは歌をやめて、

「へえ、お越しやす。どれにしましょ」

「味がちがうんかい」

「お茶の味、薄荷《はっか》の味、生姜《しょうが》の味、胡麻《ごま》の味……いろいろ取り揃えてます」

「そやなあ……その大きい、赤いやつにしよか。ひとついくらや。一文《いちもん》か」

みくは、固まってひっついている飴を木槌《きづち》で打って離し、赤い飴をつまむと、

「ぼんぼん、お姉ちゃんが口に入れたるさかい、大きな口開けてや」

男の子が素直に口を開けたところへ、ぽいっと飴を放り込む。男の子はじゅるじゅる

唾の音を立てて飴をなめながら、

「お姉ひゃん、ありがとう。美味ひいわ。――どんな曲でも吹いてくれるん？」

「吹いたるで。なにがええ？」

「『あんたがたどこさ』がええな。吹ける？」

「まかしといて！」

　みくはにっこり笑って、笛を吹いた。「あんたがたどこさ、ひごさ、ひごどこさ……」の旋律が笛で見事に奏でられ、歌詞が聞こえてくるようだった。

　男の子はすっかり満足したようで、飴をしゃぶりながら、

「お姉ひゃん、笛上手いな。飴も美味《うま》いわ」

　べつのひとりが、

「うちも飴、ひとつもらおか」

「どの飴がよろしい？」

「どれでもええけど、曲は派手で陽気なんがええな。そや、伊勢《いせ》音頭にしてくれ。お伊勢七度熊野《ななたびくまの》にゃ三度……ゆうやつや」

「おおきにーっ！」

「こっちにもくれ。曲は金毘羅船々《こんぴらふねふね》や。わしは讃岐《さぬき》の生まれやねん」

「またまたおおきにーっ」

子どもをだしにしておとなが寄ってくる。みくのまわりにひとだかりができた。みくが心を込めて笛を吹くと、皆が手拍子をしたり、歌を歌ったりする。踊り出す子どももいる。そのあとも飴を買って笛を吹いてもらおうとする客はつぎつぎ現れ、かなりの飴が売れた。最後にみくは、

「ほな、にぎやかな曲ばっかりやったから、最後に優しい曲を吹きます」

そう言ってから、ゆっくりと吹きだしたのは「子守唄」だった。「ねんねんころりよ……」というやつである。蕭条《しょうじょう》とした笛の音があたりを包み込んだ。聴いているものたちの胸のなかに歌詞が浮かんでいた。

ねんねんころりよ
おころりよ
ぼうやはよい子だ
ねんねしな
ぼうやのお守《も》りは
どこへ行った
あの山越えて
里へ行った……

　やがて演奏が終わると、みくはぺこりと一礼した。おとなも子どももしんみりした顔で、

「お姉ちゃん、また来てや」

「ええ笛聴かせてもろたわ」

「ガキのころを思い出したで」

「飴玉一個なら毎日買うても安いもんや」

　みくは照れながらつづらをしまった。場所を変えてもうひと稼ぎしようと歩き出したとき、

「親方……月面町の親方！」

　甲高い声がした。みくは声のするほうを見て、

「だれが親方やねん！」

　そこには喜六が立っていた。

「せやけど、宇佐七親方が亡くなったさかい、今、月面町の親方ゆうたらあんたやないか。わて、間違《まちご》うたこと言うてるか」

「一から十まで間違うてるわ。アホなこと言わんとってや、喜ぃ公。うちはただの飴屋やねん。親方でもなんでもないねん。おとんの跡を継ぐ気はないのや」

「あのなあ……それでは困るのや。わてらにとってはやっぱりあんたが親方だっせ。頼むさかい目明《めあか》し稼業継いでえな」

「どこかよその親方さんのところに行かんかい。今、あんたら高津《こうづ》の檀吉《だんきち》親方のところに厄介になってるんやから、そのまま世話になったらええやん」

「そんなおっとろしいこと……毎日朝から晩まで怒鳴られっぱなしで往生してまんのや」

「そらそやろな。――けど、うちは笛吹いて、飴売って、おかんの看病しながら暮らせたらそれで満足やねん。わけのわからんことに引っ張り込まんとって！」

　怒気も露《あら》わなみくの言葉に喜六は頭を下げて、

「す、すんまへん……。けど、わても清やんもずっと宇佐七親方の下で働いてきましたやろ。今更よそには行きとうないんだす」

「ええから、そこどいて。うち、忙しい」

「それがその……檀吉親方がな、あんたを見かけたらすぐに連れてこい、とこない言うてはりますのや」

「え？　高津の親方さんが……？」

「そうだんねん。嫌やと抜かしたら、首に縄つけてでも引っ張ってこいて……。悪いけどわてと一緒に来とくなはれ」

「なんの用事やねん」

そう言いながらも、みくには高津の檀吉の用件というのがなんとなくわかった。

「さあ……わてはなにも聞いてまへんけどな」

「嘘《うそ》つけ！　顔に、知ってるてちゃんと書いてあるで！」

喜六は仰天して顔を手ぬぐいでこすった。

「もう、遅いわ。——親方さんの用件を一切合切白状してもらおか！」

「わてがしゃべったこと、バレたら叱られまんがな」

「親方に叱られるのんと、うちにここでどつかれるのんとどっちがええんや」

「どっちがええんや、てどっちも嫌や」

「アホんだら！　ふたつにひとつ、選ばんかい！」

「ほんまにあんたは宇佐七親方に口調が似てきたなあ。今の啖呵《たんか》なんかそっくりや」

「いらんこと言わいでもええ。檀吉親方はなにを言うて……」

「あっ、もう親方の家、見えてきたわ。さあ、入ろ、入ろ！」

喜六はみくの後ろに回り、檀吉の家へ向かって背中を押した。

「ちょ、ちょっとやめてえな。うち、やっぱり今日のところは……」

「あかんあかん、ここまで来たんや。あんたが逃げたらわてが……」

「こらあ、やかましい！　家のまえでぎゃんぎゃんほたえとるのはどこのどいつじや！」

家のなかから、獣の咆哮《ほうこう》のような怒鳴り声が聞こえ、みくと喜六はその場に立ちすくんだ。

（怖あ……）

檀吉親方の一喝で盗人《ぬすっと》が屋根から落ちた、という噂《うわさ》も聞いたことがあるが、本当かもしれない。みくは仕方なく、

「あの……親方さん……月面町のみくでおます。お呼びやと聞いて真《ま》っ直《す》ぐ駆けつけました」

「おお、おみくか。入ってこい」

みくはため息をつきながら、

「ほな、上がらせてもらいます」

檀吉親方は、火鉢のまえにどっかりと座り、喧嘩煙管《けんかきせる》を吸っていた。たいがいの揉《も》めごとなら、十手を抜かなくてもこの煙管で間に合うらしい。そのせいか、雁首のところはへこんでがたがたになっていた。坊主頭で、眉毛が太く、無精髭《ぶしょうひげ》を生やしている。腕も足も太く、腹も突き出ており、まるで相撲取りのようだ。歳《とし》はまもなく六十というところか。

みくは檀吉のまえに正座して一礼すると、

「ごぶさたしとります。今日はなんの用件だすやろか」

　檀吉はぎろりとみくを見据えると、煙管の雁首を火鉢に叩きつけた。みくは動じなかったが、みくの後ろに座っていた喜六が跳び上がった。檀吉は太い声で、

「おみく、長いこと顔見せなんだが、おまえ、目明しになるつもりがあるのかないのか」

「…………」

「性根入れて返事せえよ。わしはおまえの父親《てておや》と約束したんじゃ。おまえを立派な目明しにして、月面町の縄張りを継がせてみせる、とな」

「それは……おとんがそうしてくれ、と言うたんですか」

「いいや。葬式のとき、宇佐七の顔を見ながら、あいつに心のなかで話しかけたのや。あいつも、うんうん、てうなずいとった」

「そんな勝手な……」

「ええ目明しになるにはもっともっと修業せなならん。おまえの父親は、ええ目明しやった。十手が得意でなあ、悪党連中に突き付けて、アホんだら！　神妙にせえ！　て啖呵切る姿にはわしらもほれぼれしたもんや。――おまえ、十手の稽古はしとるやろな」

「いえ……まるで……」

「なんやと！」

檀吉の声はひと一倍大きい。障子の紙がびりりっと震えた。みくは、両耳を手で塞ぎたい気持ちをぐっと抑えた。

「宇佐七どんはおまえに十手術を徹底的に仕込んだはずや。けど、技というものは使わなんだら鈍る。毎日稽古せんかい！」

「あのー……笛の稽古やったらしてますけど……」

「笛ーっ？」

　またまた障子が震える。

「笛なんかどうでもええ！　とにかく明日から毎日、うちへ来い。お上の御用は待ったなしや。いろいろ働いてもらうさかい、覚悟しとけよ」

「いや……うちは飴売らんと……」

「なんか言うたか」

「い、いえ……なにも……」

　どんな相手にも突っかかっていくみくだが、唯一頭が上がらないのがこの檀吉なのだ。

　高津の檀吉親方は目明し、江戸風に言うと御用聞きである。江戸では親分と言うが、上方では親方と呼ぶ。先祖代々、高津界隈《かいわい》に広い縄張りを持ち、「高津の親方さん」といえばたいがいの悪党は震え上がってしまうという。町奉行所では長吏《ちょうり》や役木戸《やくきど》、髪結いなどを捕り物に使っているが、なかにはお上の威光を笠に着て庶民を脅し、場所代や用心棒代の名目で金を巻き上げたり、無理難題を言いつけたり、横車を押したり……と横暴なふるまいをするような輩《やから》も多かった。しかし、檀吉親方にかぎってはそのようなことは一切なく、人格者として皆に慕われていた。

　同じ目明しだったみくの父、宇佐七もそのひとりであった。

　宇佐七の父親、つまり、みくの祖父は仙雅《せんが》という名を許され、京の御所に笛をもって仕えていた楽士だったらしい。事情はよくわからぬが、あるときその勤めを辞めて大坂に下り、手になじんだ能管や龍笛を捨て、篠笛作りを業《なりわい》としていたが、縁あって東町奉行所に出入りするようになった。そのうち、定町廻《じょうまちまわ》り同心の声がかりで目明しとしても働きはじめた。

　目明しというのは町奉行所から手当が出るわけではない。同心とはあくまで個人的なつながりであって、ときどき手札《てふだ》（小遣い）をもらったり、飯を食わせてもらったりする程度だ。つねに危険と隣り合わせでもあり、本来、まったく割に合わない商売なのだ。

　しかも、ひとりでは行き届かないので、何人もの手下《てか》を使わねばならない。目明しの手下になりたい、というのは、ゆくゆくは目明しになって幅を利かせたいと考えている連中であり、雑喉場《ざこば》や天満《てんま》の青物市場の若い者、職人などが多かった。優秀な手下をどれだけ抱えているか、で目明しとしての真価はほぼ決まる。彼らをつなぎとめておくためには金がいる。そこで、目明しの多くは女房に店をやらせたり、自分で副業を持っていたりした。

みくの祖父の場合はそれが篠笛作りと飴売りだった。篠笛は一本作るのに手間がかかるし、値段も張るのでなかなか売れないが、飴なら問屋から仕入れてくるだけだし、少しずつでも日銭は稼げる。

やがて、みくの父宇佐七が祖父の跡を継いだ。宇佐七は目明しという仕事が仁《にん》に合っていたとみえ、難事件をいくつも解決してみるみる頭角を現した。かなり頼りないが喜六と清八という手下もできた。そんな宇佐七に声をかけたのが檀吉だった。

「おまはん、なかなかやるやないか」

押しも押されもせぬ大親方だった檀吉は、ある事件を一緒に手掛けたことによって、宇佐七の目明しとしての器量を認めたのだ。

「そんなことおまへん。駆け出しの若いもんでおます」

「気に入った。一杯やろか」

以来、檀吉は宇佐七に目をかけ、いろいろと世話をしてくれた。そのおかげで、宇佐七は「月面町の親方」と呼ばれるまでになったのだ。宇佐七は檀吉に心服し、あれこれ教えを受けた。そのうちにふたりは歳の差を超えた親友となった。

一方で宇佐七は、ぬいとのあいだにできたひとり娘のみくを溺愛した。そして、物心がついたみくに十手術を徹底的に仕込んだ。町奉行所の目明したちはおのれが仕える旦那（同心）から十手取り縄の術を仕込まれる。そして、自分たちだけで定期的に集まって、十手術の修業に励むのだ。そうしないと、追い詰められた悪党が必死に反撃してきたときに戦えない。

「十手ゆうもんは、この十手が見えへんのかい、と相手をおどすためにあるのや。十手術なんか稽古せんでもええ」

と公言する目明しもいたが、そういう連中はたいがい早死にした。

宇佐七の稽古は容赦のない厳しいもので、みくは全身に青あざができた。泣きたかったが、稽古が終わると宇佐七が、

「すまんなあ……すまんなあ、みく。堪忍してくれよ」

と言いながら青あざに膏薬《こうやく》を丁寧に塗り込むのを見ていると、涙は引っ込んだ。

「おとん、なんでうち、十手の稽古せなあかんの？　うち、女やで。目明しにはならんのやで」

みくは何度も父親に文句を言った。

「おまえが目明しにならいでも、おまえの子どもがなるやろ。その子におまえが十手術を伝えたらええ」

「うちは自分の子を目明しになんかしとうない」

「なんでや」

「危ないからや。うちもおかんも、おとんが無事に帰ってくるかどうか毎日心配してるんやで」

「それはわかってる。けどな……大坂に住むもんが安心して暮らすためにはだれかがやらなあかん大事な仕事なんや」

「そらそうかもしらんけど……そんなことお役人に任しといたらええやん」

「大坂のお役人は東町、西町合わせても百六十人しかおらんのや。たったそれだけの人数で大坂三郷と摂津《せっつ》、河内《かわち》、播磨《はりま》までを見ることはできん。そこで、わしらの出番、ゆうわけや」

宇佐七は、目明しという報われぬ職業に誇りを持っているようだ。それは、みくにもよくわかった。しかし、みくは十手の稽古が嫌でたまらなかった。みくが一番好きなのは笛を吹くことだった。宇佐七が御用で出かけている留守のあいだは日がな一日笛を吹いていた。篠笛の作り方を教えてくれ、とせがむと、父親は手取り足取り教えてくれた。

みくが十歳になると、宇佐七は言った。

「今日は大事な曲を教えるさかい、よう聴いて覚えるんやで。うちの家が楽士として代々禁中に仕えてた家柄、ゆうことは知ってるな。うちにだけ伝わる秘曲があるのや」

「秘曲？」

「内緒の曲や」

「なんで内緒なん？」

「それはわしにもわからん。とにかく昔からそういうことになっとるのや。『妖星《ようせい》』という名前でな、ほんまは雅楽で使う龍笛ゆう笛で吹くんやけど、おまえやったら篠笛で吹けるやろ」

そう言うと、宇佐七は篠笛で何度も旋律を繰り返した。それは不思議な曲だった。美しいが、どことなく悲し気でもある。みくがそれまでに聴いたどんな曲とも似ていなかった。曲名の通り、妖しい星が明滅しているような雰囲気もある。楽譜がないので、耳で聴いて覚えるしかなかった。

「忘れんようにときどき吹いてもええけど、あんまり他人のおるところでは吹かんようにな」

「おかんのまえでも？」

「それはかまへん。わしとおまえとおかん、三人だけの秘密や。おまえに子ができて、十歳になったら教えてやれ」

そんなある日、宇佐七が御用の最中に重傷を負った。深夜、ひとりでいるところを曲《くせ》者《もの》に襲われたらしい。場所は天満の寺町《てらまち》付近で、大坂では下寺町《したでらまち》とともに寺が多い場所である。しかし、いつのころからか「見越し入道」という化けものが出る、という噂が立ち、日が暮れるとひと通りはほとんどなかった。

血だらけで倒れている宇佐七を見つけたのは通りかかった酔客で、すぐに会所《かいしょ》に知らせたが、会所番が駆けつけたときはすでに虫の息だった。喉をざっくりと斬られており、ほかに傷はなかったので、一撃必殺だったようだ。十手術の達人だった宇佐七が十手を抜いていないことから、相手はよほどの手《て》練《だ》れだと思われた。

天満の東寺町のすぐ北側には東西両町奉行所に所属する同心たちの拝領屋敷が並んでおり、俗に同心町《どうしんまち》と言う。宇佐七は仰《あお》向《む》けに倒れていた。おそらく宇佐七は自分が仕えていた同心江《え》面《づら》可《か》児《に》之《の》進《しん》になにかを知らせに向かおうとして、途中で曲者の待ち伏せを受けたと考えられた。

檀吉は戸板で会所に運ばれてきた宇佐七に取りすがって、

「だれや。だれがやったのや。わしが仇《かたき》を討ったる！」

と叫んだが、宇佐七は檀吉の耳に口を近づけ、

「財布……おみくを頼む……」

そう言ったあと、こと切れた。あとで調べると、宇佐七が懐中していたはずの財布がなくなっていた。「財布」と言い残したのは、財布を狙った物《もの》盗《と》りの仕業、と言いたかったのだろうと檀吉は思った。しかし、宇佐七の所持金はとぼしかったはずで、そんなはした銭を奪うためにひと殺しをするというのもおかしな話だった。結局、その「曲者」というのがどこのだれなのか、ひとりなのか複数なのか、町人なのか武士なのか、

目的はなんだったのか……いまだにわかっていない。

　東町奉行所の同心が、目明し、小者を使っての探索を行ったが、当夜、宇佐七を見かけたものもおらず、宇佐七のふところにあった御用帳面（いわゆる捕物帳）はなぜか一枚目が引きちぎられたようになっており、二枚目以降にはなにも書き残されていなかった。その後、新しい手がかりを見つけることもできず、事件を手掛けていた同心も、はじめこそ意気込んでいたようだったが、早々と探索をあきらめてしまった。とにかく五里霧中なのだから仕方がない。ただ、傷口を検《あらた》めた検使役人が、

「こんな太刀筋《たちすじ》は見たことがない……」

　とつぶやくのをみくは聞いた。

　見越し入道は夜道でひとり歩きをしているもののまえに現れ、見ているとどんどんその背が高くなっていく。それを見上げていくうちに、背を反らせすぎて仰向けに倒れると、見越し入道に喉を嚙《か》みちぎられる……ということから、宇佐七は見越し入道に殺《や》られたのだ、と言い触らすものもいたが、もちろんみくとぬいは信じなかった。

　みくとぬいは宇佐七の死にうちひしがれた。みくはなんとなく、こんな日がいつか来るのではないか、と思っていた。それが「来た」のだ。

「わしの手下になれ」

　葬儀が終わったあと、檀吉はみくにそう言った。

「修業して、ゆくゆくは『月面町の親方』を継ぐのや。心配するな。わしがついとる」

「ついてるもついてないも、うちはそんな気はありません」

「やかましい！　おまえの気なんてどうでもええのじゃ」

「女だてらに捕り物なんかでけまへん」

「なにを言うとんのや。女だてら、けっこうやないか。女でも立派にお上の御用が務まる、ゆうところを世間に見せたらんかい！」


　檀吉があまりにしつこいうえ、断ると怒りだすので、みくは檀吉の顔を立てるため高津に出入りするようになった。死んだ父親が世話になった、という思いからだった。檀吉は目明しの「いろはのい」からみくに教えはじめた。がさつでぞんざいな性格の檀吉だが、教え方は丁寧だった。しかし、どうせ一生使うことのない技や、と思うと、みくは本腰を入れる気にはなれなかった。

　やがて、ぬいの足腰が立たなくなり、ほとんど起きられぬようになった。そうなると、みくが飴売りをするしかない。しかし、やってみるとこれが案外むずかしい。飴は問屋から仕入れてくるのだからどの飴屋から買ってもほぼ同じである。それゆえ、ほかの飴売りたちはいろいろ工夫をして客を集めていた。たとえば「唐人飴売り」というのは、異国風の恰好《かっこう》をして、チャルメラを吹き、でたらめな歌を歌ったり踊ったりして子どもを集め、飴を売った。また、「吹っかけ」とか「飴の鳥」というのはいわゆる飴細工で、飴が軟らかいうちにこねたり、伸ばしたりしてから彩色して、鳥や魚、花などの形にしたものだ。

　そこでみくが考え出したのが、「笛吹き飴売り」だった。楽器を使う飴売りは多いが、たいがいは決まりきった短い曲を演奏するだけだ。みくは、一度耳にした旋律ならどんな曲でも吹くことができた。飴を買ってくれた客の要望に応えて、即座に曲を吹く。もちろん知らない曲は吹けない。普段からみくは、俗謡、民謡、わらべうたから、浄瑠璃、能楽、雅楽の曲まで幅広い音楽に接するようにしていた。

　鳴りのいい笛の音は遠くまで響き渡るので、客集めにはもってこいだった。多くの客は、みくの笛を聴きたいがために飴を買った。ときには笛を買っていくものもいた。こうしてみくとぬいはなんとか暮らしを保っていた。みくにしてみれば、好きな笛を吹いて、お金をもらえるのだから一挙両得である。

　しかし、檀吉はみくをなんとか目明しにして、宇佐七の跡を継がせようと、やかましく言ってくる。あんまりうるさいので、ますます足が遠のく。檀吉はますます怒る。悪循環なのである。

「すんません、親方。小言がおすみでしたら、これから問屋へ行って明日の飴の仕入れをせなあきませんので、今日のところはこれで……」

「ちょ、ちょっと待て、おみく、おまえを呼んだのは小言を言うためやないのや。宇佐七どんの最期について新しくわかったことがあって、おまえに知らせてやろうと思うて呼んだのや」

「え……？」

「宇佐七どんが死んだときに追っかけてたのがどういう一件やったのか、ようやくちょっとだけ見えてきた。この糸をたぐっていけば、おまえの父親を殺《あや》めたやつにたどりつけると思うのや。――この話、聞く気あるか？」

　みくは、父親の死に関する謎について、家で話題にしたことはなかった。煎じ詰めてもどうにもならない話なので、口にしても仕方がない、と思っていたからだ。しかし、「新しくわかったこと」と言われると聞くしかない。みくは、はい、と答えて座り直した。その様子を見た檀吉は、

「ははは……小言に夢中になってお茶出すのも忘れとったわ。――おつる、おみくに茶淹《い》れたってくれ。わしにも頼む」

　檀吉は隣の部屋で針仕事をしていた女房のつるに声をかけた。しばらくして、つるはふたり分の茶を運んできた。檀吉の女房にふさわしい貫禄《かんろく》のある女性で、ふだんは優しく、頼りがいがあり、おたふくの面のような微笑《ほほえ》みを浮かべているが、手下たちがなにか粗相をしたら鬼の形相に変ずる。縫いものが得意で、檀吉の稼業を助けている。

「お茶請け、なんかないか」

「親方、うち、そんなんいりません」

「遠慮すな。――おつる、十変舎の一九郎どんが土産に持ってきた羊羹《ようかん》があったやろ。あれを出してやれ」

「ああ……あれはわてが食べてしまいました」

「えっ？　一本全部か？」

「おかみさんに、言うて持ってきはったやつやさかい、無理して食べましたんや。あきまへんでしたか？」

「いや、まあ、かまへんけども……けっこう大きかったで。よう食えたな。食うたら食うたで、お茶請けは切らさんようにしとかなあかんがな」

　檀吉はみくに向き直り、

「今朝方、十変舎の一九郎どんという目明しが手下をふたり連れて江戸からわしを訪ねてきたのや。わしがまだ駆け出しのころ、江戸は日本橋駿河町《するがちょう》の寛平《かんぺい》親方の下で三年ばかり修業してたことがあってな、そのときに知り合《お》うた男やが、今日から大坂に住まいを移すつもりやさかい、あちこち引き回してもらいたい、と頼みにきよった。そのとき羊羹をくれたさかい、それを出そうと思たのや。すまんすまん」

「親方、うちは飴屋やさかい甘いもんは家になんぼでもおます。それより、おとんの話を……」

「あ、そやったそやった」

檀吉は咳払《せきばら》いすると、

「おまえも知っての通り、宇佐七どんが最後になにを探索していたのか、わしも知らんし、江面の旦那も知らんかった。あいつはしっかりした証拠を摑むまでは、手掛けてる一件についてひとには話さん性質《たち》やったさかいな」

江面の旦那というのは東町奉行所定町廻り同心江面可児之進のことである。宇佐七はずっと可児之進の下で働いていた。すでに高齢で、はっきり言ってヨレヨレの老人だが、今でも若い同心に交じって町廻りに励んでいた。

「うちもおかんもなにも聞いてまへん」

「けど、あいつは、なにか事件の種を見つけると、犬が餌に食らいついたような顔になるからすぐにわかるのや」

檀吉が宇佐七に、

「なんぞあったみたいやな」

と言うとにやりとして、

「わかりまっか」

「わからいでか。長いつきあいや。――どんなネタか……ときいても言わんやろな」

「もうちょっと待っとくなはれ。もしかしたらどえらいネタかもしれまへんのや。わしひとりではとうてい手に負えんさかい、そのときは頼んます。けど、ネタがネタだけに、ひょっとしてわしの勘違いやったら切腹もんや。たしかな証拠を摑んだら真っ先にお知らせします」

「楽しみに待ってるわ」

　檀吉はそんな話をした覚えがあった。

「手下ならなにか知ってるはずや、と喜六と清八にもきいたのやが、これが見事になにも知らんのや。宇佐七どんはどうやらひとりで秘密に探索してたようやな」

　檀吉は遠い目をして茶をすすった。喜六と清八は、宇佐七の死後、月面町の縄張りとともに檀吉が預かった形になっていた。

「手下にも言えん、というのはよほどの案件や。おのれの親方のことやさかい、今日はどこそこへ行くわ、とか、今日は誰某《だれそれ》と会うわ、とかいった世間話をしてるだけでも、気ぃつけてたらどこでなにをしてたかぐらいなんとのうわかるもんやろ。ところが、なーんにも覚えてへんらしい。ほんまに気配りのできんやつらやで」

「すんまへん」

「おまえが謝ることはない。――とにかく手がかりらしいものはなにもなかったのやが、昨日のことや。ある男が、盗品を質入れしたかどで東町の同心に召し捕られた。調べてみると、そいつは『ギラギラの茂兵衛《もへえ》』という小悪党でな、女に後ろから近づいて、かんざしとか櫛《くし》を抜き取って逃げる……まあ、掏摸《ちぼ》やな。ギラギラしたもんばっかり盗るさかいそういう二つ名がついとるんやが、今度質入れしたもののなかに珍しく財布がひとつあった。それが……これや」

檀吉は簞笥《たんす》の引き出しから古びた財布を取り出し、みくに示した。みくは息が止まるかと思った。

「おとんの……財布や……」

「裏に『月面町　宇佐七』と縫い取りがしてある。ギラギラの茂兵衛を召し捕ったのはわしと懇意の旦那でな、無理を言うて借りてきたのや。――宇佐七のもんに間違いないか」

みくはうなずくと、

「ほな、その茂兵衛がおとんを……」

檀吉はかぶりを振り、

「それはなさそうや。だいたい茂兵衛ゆうのは破落戸《ごろつき》のわりに肝っ玉の小さいやつでな、ひと殺しどころか怪我《けが》させることもできんやろし、そんな腕もない」

「…………」

「かんざしや櫛ばかり狙うおまえがなんで財布を盗ったのや、と吟味役同心が問いただすと、最初はしらを切ってたけど、とうとう、盗ったのやない、八木沼一角《やぎぬまいっかく》という浪人にもらったのや、と言い出しよった。八木沼は賭場の用心棒なんぞで食いつないでる男やが、茂兵衛の小悪党仲間でな。酔っ払いが路上で寝てたら、介抱するふりをしてふところから財布を盗むのがいつもの手口なんや」

「その八木沼という浪人が下手人、いうことだすか」

「それもわからん。八木沼が茂兵衛に語った話によると、五年まえの夜、天満の道端で倒れてた血だらけの男から財布を預かった、というのや」

「えーっ！」

「八木沼は天満の壺屋《つぼや》町《まち》の長屋に住んどるのやが、家に帰る途中で寺町筋を通ったときのことらしい。つまり、斬られた宇佐七を最初に見つけたのはじつは八木沼一角やったのや。見つけたとき、その男はまだ息があって、財布をふところから取り出して八木沼に渡し、『高津の檀吉親方のところにこれを届けてくれ』と言われたそうな。小悪党の八木沼にとっては、目明しの家に行くなどとんでもないこと。関わり合いになるのが嫌で、手当てもせんとその財布だけ持って逃げた……と言うてたそうな。酔っ払いが通りかかったのはそのあとや。もし、八木沼一角が医者に知らせてくれてたら宇佐七は助かったかもしれん……」

「…………」

「茂兵衛の話やと、宇佐七は最初、東寺町筋に頭を向けて、うつぶせに倒れてたらしい。

それを八木沼一角が抱き起こしたのや。そのあと財布を預かった八木沼は、宇佐七を仰向けに寝かせて立ち去ったのや。うつぶせやったか仰向けやったか、ということに意味があるかどうかはわからんが、とにかく五年まえの犯科帳は間違うてた、ということやな」

「八木沼は今、どこに……」

「どっちにしても五年まえの件に関わりがあることは間違いないさかい、縄かけるつもりで同心と捕り方が長屋に行ってみたけど、もぬけのからやった。たぶん、茂兵衛が召し捕られたと聞いて逃げよったのや。どこぞでほとぼりが冷めるまで身を隠すつもりやろ。茂兵衛にきいても、居場所は知らんて言うとる」

「ほんまかなあ……」

「しかし、物盗りのしわざやなかった、ということがこれではっきりした。宇佐七は、探索御用に当たっていて、それを邪魔しようとするやつに殺されたのや。——その財布、なかに金は入ってなかった。ただ……こんなもんが入ってた」

　檀吉が出してみせたのは一枚の紙だ。そこには、

八十八ツ
かくした

という文字が書かれていた。

「おとんの手（筆跡）や」

みくには懐かしかった。

「うちのおとんは、なにか根《こん》詰めて考えごとしてるとき、知らず知らずのうちに、筆を持って紙に落書きする癖がおました。横から、『それ、なに書いてるの？』てきいても、『え？　わし、なんか書いてたか？』ゆうてはじめて書いてたことに気づくんです。たぶん、これもそういうやつやと思います」

「そうやとすると、あいつが追っかけてた一件と関わりがある言葉、ということになるが、わしにはなんのことか見当もつかん。おまえはどや」

みくはかぶりを振った。

「おまえやったらなんのことかわかるか、と思たんやが……あかんか」

「すんまへん」

「『八ツ』ならば時刻かもしれんが、『八十八ツ』やさかいな。『四国八十八カ所巡礼』のことかもしれんし、『八十八夜』のことかもしれんし……、それとも八十八《やそはち》ゆう男が関わっているのか……」

「うーん……」

「あと、この『かくした』ゆうのもわからんな。『格下』なのか『隠した』なのかそれとも……」

「判じもんみたいで、うちにはさっぱり……。それに、おとんが殺されたこととこの紙がほんまに関わりあるかどうかもまだわからんし……」

「あると思う。わしはそう信じとる。それとやな……わしらはてっきり宇佐七が同心屋敷に行く途中やと思とった。江面の旦那になにかを知らせるためや。ところがそうやなかったのやな」

「えっ……？　なんでわかります？」

「夜中やさかい、江面の旦那は屋敷にいたはずや。同心町は目と鼻の先やのに、なんで宇佐七は、わしに財布を届けろと八木沼に言うたのか……つまり、天満にいたのは御用の筋で、あいつは探索の続きをわしに託したかったのや。財布、と言い残したのも、財布のなかに入ってる紙を見てくれたか、という意味やろ。たぶんもう朦朧《もうろう》としてて、わしの顔を見たとき、無事に財布がわしのところに届いたもんやと安心したに違いない。ああ……五年遅かったわい」

「おとんは夜中になにを調べてましたのやろか」

「わからん。けど……宇佐七が天満界隈でなにを探っていたのか、これまでの考えを捨てて、一から洗い直さなあかん、ということやな。あのあたりは与力町《よりきまち》、同心町、東寺町……それに川崎天満宮《かわさきてんまんぐう》、御破損奉行の材木蔵、あとはお大名の蔵屋敷がちょいちょいある。――わしは明日からそれの探索に専念するさかい、おつる、おまえもそのつもりでいてくれ」

　つるは呆《あき》れたように、

「そんなこと、あんたが直《じか》にやらいでも、手下にやらせたらええやないか。あんたももうええ歳なんやさかい、自分で走り回るのはええ加減にしてほしいわ」

「なに抜かす。わしはまだまだ若いわい」

「だいたいあれほど十手の使える宇佐さんでもその……」

　そう言いかけてつるはみくをちらと見た。

「おかみさん、うちやったら大丈夫です」

「堪忍やで、おみくちゃん。――あんなむごたらしいことになったやないか。うちには子どもがおらんさかい、あんたの身になにかあったらわてはどうしたらええのや。そろそろ危ないお勤めからは身を引いて、若いもんにやらせなはれ」

「やかましい！　今度の一件だけはひと任せにはでけんのじゃ。わしが下手人をこの手でひっくくらな気がすまん。――明日から宇佐七の件、五年ぶりに洗い直しじゃ。みく、おまえも一緒に来い。ええな、そのつもりでおれよ」

　つるは檀吉をにらみつけて、

「あのあたりは見越し入道とかいう化けものが出て、さらわれたとか、喉を噛みちぎられたとかいった噂もあるそうな。もし、そんな化けものにあんたが出くわしたら……」

「アホ抜かせ。妖怪変化《へんげ》が怖くて十手持ちが務まるかい」

「けど……宇佐さんは……」

「じゃかあしい！」

　みくが、

「あの……あの……親方……おとんの仇を討とうとしてくれるのはうれしゅおますけど……」

「なんや。なんぞ文句があるのか」

「さっきも言うた通り、うちは目明しになるつもりはこれっぽっちもないし、おとんを殺めたのがどこのだれかわかったとしても、それでおとんが帰ってくるわけやおまへん。おとんのことを思い出すたびに胸が痛いんだす。せやから……」

「宇佐七の件を今更ほじくり返すな、と言いたいのやな」

「へえ……」

「あかん。おまえの気持ちはわからいでもないが、宇佐七を殺めたやつは今ものうのうと大手を振ってどこかを歩いとるのや。大坂に住むもんが安心して暮らすためにもこのままほうっておくわけにはいかん。それに……おぬいさんもおまえとおんなじ気持ちやろか」

「それは……わかりまへん。うちではおとんの話はほとんどせんさかい……」

「明日の朝、五つ刻《どき》（午前八時頃）にここに来い。おまえの分の十手も用意しとく。――わかったな」

与力や同心たちは十手を町奉行所から託されているが、目明しは町廻りや捕り物のたびに町奉行所から十手をいちいち借り出さねばならない。それゆえ、目明しのなかには刀鍛冶《かじ》などに命じて自分専用の十手を作らせるものもいた。もちろん同心たちの多くも、おのれが使いやすいように工夫をこらした私用の十手を持っていた。彼らにとって十手はお上の権威の象徴であり、武器であり、護身具であり、なにより「商売道具」なのだ。

「返事はどうした」

「へえ……」

みくが一礼して立ち上がると、檀吉はその背中に向けて、

「逃げたらあかんぞ」

そう言った。

◇

飴問屋で仕入れをしたあと家に戻ったみくは、売れた分の飴を箱に補充しながら、高

津の檀吉のところで聞いた話をぬいにした。財布が見つかったことやそのなかに入っていた紙に書かれていた文字のことまで細かくしゃべり、ぬいは寝たままそれをじっと聞いていた。みくはため息をついて、

「そんなわけで、うち、明日から檀吉親方のところに行かなあかんねん。顔出さんと、ここまで怒鳴り込んできそうや。ほんまかなわんわ」

「そう嫌がりなさんな。お父ちゃんの仇を討とうとしてくれてはるのやさかい……」

「うちはそんなことしていらん。どうせおとんが生き返るわけやなし、今の暮らしに波風立てんといてほしいねん。――おかんは、おとんの仇、討ってほしいんか？」

　ぬいはしばらく黙っていたが、

「お父ちゃんを殺めたひとは今もなんの罰も受けずにそのあたりを歩いてるのや。仇討ちというより、大坂に住むもんが安心して暮らすためにも、捕まえてほしいと思う。あのひとが最後になにを調べてたのかも知りたいし、それをだれがなんで邪魔したのかも知りたいわ」

　みくは、母親のそんな気持ちをはじめて知った。

「そうか……。それやったらうちも親方の手伝いするわ。――けど、困ったな。飴の売り上げが減るやん。親方、うちらふたり、霞《かすみ》でも食べて生きてるんやないやろか」

「たぶんお小遣いくれはるわ」

「うちの笛が好きで、毎日飴買いにきてくれはるお客さんもいてるねん。そういう『ええお客』が離れていってしまう」

「ほほほ……あんたも商売熱心やね」

「うちの笛聴いて、ひとが喜んでくれるのを見るのが好きやねん。ほかにはなんのとりえもないからなあ」

「そんなことない。おみくはいろいろええところがおまっせ」

「そやろか」

「頭はええし、走るのは速いし、笛は上手やし、十手も扱えますやん。あと、茶粥を美味しく炊けますし……」

「頭はええことないわ。それはおかんのひいき目や」

「はっきり言いますなあ」

「その証拠に、おとんの財布に入ってた書き付けの意味もさっぱりわからへんもん。檀吉親方もわからんて言うてたけどな……」

　ぬいは少し考えたあと、

「もしかしたら米のことやないか？」

「米？　お米のこと？」

「そうや。米という文字をばらばらにしたら八十八になるやろ」

「ははあ……けど、そのつぎの『ツ』はなに？　『こめつ』なんていう言葉はないやろ」

「そんなことないで。『よねつ』やとしたら、米津という苗字《みようじ》のひとや米津町という場所のことかもしれんやろ。『米つき』て書こうとしたのかもしれんし……いろいろ考えられるはずや」

「おかん……うちよりずっと頭ええやん！　ほな、『かくした』ゆうのも、角下ゆう苗字とか角下町ゆう地名かもしれん、ていうことやな」

「それだけやないで。濁りを打つ場所で言葉は変わりますのや。『がくした』かもしれんし『かぐした』とか『かくじた』かもしれませんやろ」

「そうか……」

　みくは母親の頭の回転の速さに驚いた。

「おかん、すごいやん！　うちの代わりに明日、親方のとこへ行って！」

「アホなことを、これ……」

　みくは、もしかすると宇佐七が目明しとして手柄を立て続けていたことに、ぬいの貢献が少なからずあったのではないか、と気がついた。

「おかん……おとんの御用のときにな……」

　みくがそう言いかけたとき、

「えらいこっちゃあっ！」

そう叫んで走り込んできたものがいた。見ると、横町の隠居、甚兵衛である。

「なんや、甚兵衛はん、仏さんの修理に行ったんとちがうんかいな」

「その修理で、どえらいことがわかったのや。これを見てくれ」

甚兵衛は布に包んだ仏像をそこに置いた。みくが、

「なんやねん、首、取れたままやがな。まだ直ってないやん」

「わしが見てくれというたのは仏像のなかや」

みくは怪訝《けげん》そうな顔をして首の穴から仏像のなかをのぞき込んだ。なにか黒いものが見えた。

「なんやこれ」

みくが仏像を逆さまにすると、棒のようなものが畳のうえにどすん、と落ちた。三人の目がそれに集中した。みくが言った。

「十手、や……」

そう、それは十手だった。棒身の手もとの部分には柄巻《つかまき》がなされており、そのすぐうえから鉤《かぎ》が突き出している。長さは一尺（約三十センチ）と少し。色は黒い。鉄製で、持ち上げるとずっしりと重かった。

「なんで仏さんのなかに十手が……」

そう言いながら、その十手をしげしげと見たみくはあることに気づいた。棒身に何カ所か孔が開いており、柄の太紐《ふとひも》も歌口《うたぐち》と思われる部分にだけは巻かれていないではないか……。まさか、これは……。

「笛や……！」

十手の形をした鉄製の笛……こんなものがありえようか……。みくはその十手笛の歌口におそるおそる唇を当ててみた。ぬいと甚兵衛も興味津々で見つめている。息を入れる……。

しかし、音は出なかった。何度もやってみたが同じだった。

「なんや、これ。鳴らへんやん」

十手笛を放り出そうとしたみくにぬいが言った。

「鉄やさかい、普通に吹いただけでは鳴りにくいんとちがう？　もっぺん心を込めて吹いてごらん」

「わかった……」

みくは正座すると、背筋を伸ばし、いつもより強めに息を入れた。

ひゃり……

かすかに音が出た。みくは顔を輝かせ、

「鳴った……！」

なおも息を吹き込む。


ひゃり……ら……りり……

みくは笛を口から離し、

「おかん……これ、やっぱり笛や。普通の篠笛みたいにはいかんけど……」

そこまで言ったとき、みくは手のなかの笛が急に震えたような気がして、笛を畳に落としてしまった。ぬいが、

「どないしたん？」

「な、なんか……笛がぶるって震えたみたい。たぶん気のせいやと思うけど……」

そう言って笛を取り上げた。

「大事なもんかもしれんさかい、気ぃつけなさいよ」

「うん。もう大丈夫」

「きっと、よう稽古したらみくなら吹けるようになると思う」

みくはふたたび十手笛を吹いた。すると、

ぴーらりらりらり
ひょろりひょろり
ろりろりろり
ぴーよー
ひゃららららら……

突然、笛がしっかりした大きな音で鳴りだした。今まで眠っていた笛が急に目を覚ましたような感じだった。
「うわあ、この笛……普通の篠笛よりも大きい音するし、出そうと思たら小さい音も出るわ」

ぴーよろ
ひゅるるるる
るる……るるるる……

「おもろいなあ！　なんでさっきは鳴らんかったんやろ」

みくには、笛のほうから「鳴りにきた」ように思えてならなかった。

「おかん……この笛、うち、もろてもええ？」

「もちろんや。あんたが持つのがいちばんええやろ」

「けど……なんでこんなもんが仏さんのなかに入ってたんやろなあ」

「わからんけど、うちのご先祖さまが入れたのやろか」

甚兵衛が、

「ということは、わしが仏さんの首折ったのもまんざらしくじりでもなかったわけやな」

みくがすかさず、

「しくじりや」

甚兵衛はしゅんとして頭《こうべ》を垂れ、

「仏師にちゃんと修繕してもらいます」

二

翌朝、みくは十手笛を帯に差し、高津の檀吉の家に赴いた。

「ふーん……十手笛か」

檀吉はみくの笛を手にしてしげしげと眺めた。

「赤い房をおかんがつけてくれましてん。可愛《かわい》いやろ、て言うて……」

「おもろいやないか。わしも、こういうもんがある、と聞いたことはあるが、見るのははじめてや。なんでも唐の武帝《ぶてい》とかいう王さまの時代にだれかが発明したらしい。ふつうの十手に比べてもずいぶんと重いなあ。これを振り回すにはかなりの力がいるやろ。おまえには無理や。おまえはこの十手を使え」

檀吉は細くて短い十手をみくにすすめた。みくは十手笛を腰に戻し、細い十手をふところに入れた。みくの話を聞いた檀吉は腕組みをして、

「ふーむ……なるほど。八十八は『米』か。米津という苗字はたしかにあるな。米津町というのもどこかにありそうや。米津城ゆう城の名前も聞いたことがある。米つき、米つぶ……うーん、いろいろ考えられるということやな」

「『かくした』も格下とはかぎらん、濁りを打ったら意味が変わる、ておかんが言うてました」

「いや……じつはわしもそう思とったのや。わははははは」

横で聞いていたつるが、

「なにをええかっこしてますねん。あんた、昨日の晩、花札博打《ばくち》の『はちはち』をしてることを『隠した』にちがいない、それを探り出さなあかん、て言うてはりましたが

な」

「やかましいわい。――おみく、出かけるぞ」

檀吉は立ち上がると、太い十手を腰にぶち込んだ。

◇

大通りに出ると子どもがみくを見つけて寄ってきた。

「あっ、笛吹き飴のお姉ちゃんや。飴ひとつおくれ」

「ごめん……今日は飴持ってないねん。また明日な」

「なーんや、がっかりや」

子どもは駆け去った。みくは、

（せっかく買いにきてくれたのに……一文損した）

と内心ほぞを噛んだが、仕方がない。檀吉は気に留めた様子もなく、ずんずんと先を急ぐ。

「親方、今日はどこへ行くんですか」

「まずは江面の旦那に挨拶や」

ふたりは東町奉行所に向かった。東町奉行所は大坂城の西、高麗橋通《こうらいばしどおり》の北側に位置し、大川《おおかわ》に面していた。目明したちは定町廻り同心や盗賊吟味役同心の指図で動くのだが、いつも決まった同心の下で働くとは限らない。代々の目明し稼業で界隈でも押しが利く檀吉には同心たちも一目置いており、御用のたびにさまざまな同心から声がかかったが、宇佐七はだいたい江面可児之進と組んでいた。

さいわい江面は町廻りから戻ってきたばかりで奉行所にいた。檀吉は、門番に取り次ぎを頼んだあと、門のまえにある腰掛け茶屋で返事を待った。目明したちは同心の私的な使用人なので奉行所のなかに入ることはできない。だから、腰掛け茶屋を待ち合わせ場所代わりにしていたのだ。

すぐに江面はやってきた。腰が曲がり、杖《つえ》を手放せず、歩くのもよたよたしていて大儀そうだ。町廻りから外してもらえばいいのに、とみくはいつも思っていたが、当人によると「外のお勤めが性分に合っている」とのことで、町廻りをやめようとはしない。髪の毛もほとんどなく、残り少ない白髪をかき集めて、かろうじて髷を結っている。垂れさがった眉毛も真っ白だ。

「檀吉か。珍しいのう」

歯も抜けており、ふがふがと聞き取りにくい。

「へえ、ご無沙汰しとります」

「無沙汰はおたがいさまじゃ。——おお、おみく坊ではないか。ちょっと見ぬうちに大きゅうなったのう。ははは……よい器量じゃわい」

だれかに聞かれていないかとみくは真っ赤になった。

「いやはや、近頃はよい日和《ひより》が続いて結構じゃが、こう暑いと水ばかり飲んでしもうて腹がだぶだぶする。ものも腐りやすいから難儀じゃわい」

年寄りの話はまずは天気の話題からはじまり、それをひと通り聞かないと本題には移れない。茶を一杯飲み終えたころ、

「ところで今日はなんの用件じゃ」

「へえ、じつは……」

檀吉はおととい召し捕られた小悪党が質入れした盗品に交じって、宇佐七の財布が見つかった件について報告した。

「なんと……」

江面は衝撃を受けたようだった。

「わしに会うために同心町まで来た、と思うていたが、そうでなかったとは……」

「どうやら天満界隈でなにかを嗅ぎまわっていたのやと思います。わしとみくのふたりであいつがなにをしようとしていたのか全部を洗い直すつもりだす」

「うむ。しかし、八木沼という浪人を見つけたとしても、たいしたことはわかりそうもないな。倒れていたものから財布を盗る、というのはいかにも小悪党のやりそうなことじゃ」

「わしもそう思うとります。せやさかい、もっぺんあの界隈に足を運んで、じっくり聞き込みをするつもりだす。すんまへんけど当時のあの一件の犯科帳や書き留めをお見せいただけまへんか」

「わかった。明日までに揃えておこう。――その書き付けにあった『八十八ツ』と『かくした』なる言葉は、五年目にしてはじめて摑んだ手がかりじゃ。大事にいたせ」

「へえ……けど、その意味はなんだっしゃろ」

「うーむ……それはつまり……なんというか……要するにじゃ……わしの思うにはな……」

江面は目を閉じて腕組みをし、長いあいだ考えていたが、やがて、

「わからん」

「わからんのですか！」

「わからんが……おそらくおのれのための心覚えで、ほかのもんが見てもわからぬように符丁で書いたのじゃろ」

檀吉が、

「その符丁は解けまへんか」

「解けぬ。それだけは自信を持って言える」

そのとき、

「おやおや、江面のご老体ではござらぬか。かかる腰掛け茶屋で打ち合わせとは年寄りの冷や水。御用はそろそろ若いものに譲り、隠居なされてはいかがかと存ずる」

　通りかかった中年の同心が言った。江面は顔をしかめ、

「わしは老体ではない。歳を重ねておるだけじゃ。隠居のすすめなど大きなお世話じゃわい」

　中年同心は馬のように顔が長く、鼻が高く、前歯が二本突き出している。いわゆる馬面というやつだ。眉はゲジゲジ眉毛で、目はどんぐり眼《まなこ》、耳はぴんと立っている。みくはその顔を見てハッとした。忘れようとしても忘れられない人物である。

「それがしは江面殿の身体を心配してかく申しておる。杖をついて町廻りをしておるようではいざというときのご奉公は務まりますまい。また、町人どもへの外聞もいかがなものかと存ずる」

「亀の甲より年の劫《こう》と申す。そのほうこそ、先日、捕り物の最中、盗人に突き飛ばされて尻もちをつき、相手を取り逃がして、お頭《かしら》に叱責されたばかりではないか」

「あ、あれはそれがしのせいではない。召し使《つこ》うていた小者どもが不甲斐《ふがい》なかったのだ。あの連中はクビにしてしまった。やれやれ、抱える小者が役立たずのせいで我ら同心が責めを負わされるのはたまりませぬわい」

　それまで聞いていた檀吉が思わず、

「斧寺《おのでら》の旦那、それはちょっとひどい言い方やおまへんか」

斧寺と呼ばれた同心はぎろりと檀吉をにらみ、

「なんだ、高津の檀吉か。なにが言いたいのだ」

「失礼ながら言わせてもらいます。わしは目明しという稼業に誇りを持っとります。我々目明しは日頃、同心衆の手足となって働き、危ない目に遭うこともたびたびだす。そのせいで同心の方々も少ない人数で大坂の町を守っていられるのとちがいますか。もし、小者が役立たずやったとしたら、雇い入れた側のお眼鏡が違《ちご》うてたのやさかい、責められるのは同心衆やおまへんのか」

「えらそうに抜かすな。貴様もそろそろヤキが回ってきたようだな。江面殿ともども隠居したらどうだ」

「ほっといとくなはれ」

斧寺は檀吉の後ろにいたみくに目を止め、

「そこにいる娘は、まさか貴様の手下《てか》ではなかろうな。なにゆえ腰掛け茶屋におる。ここは奉行所の御用に関わる打ち合わせが頻繁に行われている。娘が気楽に遊びにこられる場所ではないのだぞ。出ていくがいい」

「このものは、亡くなった月面町の宇佐七の娘で、ゆくゆくは跡を継ぐはずの身。わしの手下として修業させております」

「ひんひんひん……」

斧寺は馬のように笑った。

「ああ、あのときの娘か。思い出したわい。それがしはおまえの父親が殺された一件を手掛けておったものだ。覚えておるか」

「はい、旦那。よう覚えております」

口では「かならず召し捕る」などと勇ましい言葉を並べ立てていたが、探索に行き詰まると、「おそらくは通り魔のようなものにやられたのだろう」と早々にあきらめてしまったあの同心だ。

「檀吉、お上の御用は女子どもに務まるような甘いものではないのだぞ。かかる足手まといを御用に連れまわされては我らも迷惑いたす。酔狂な真似《まね》はやめることだな」

みくはずいと進み出て、

「女が目明しになったらあきませんか」

「なれるはずがない。身の程をわきまえよ。泣きべそをかかぬうちに家に帰り、花嫁修業でもすることだ」

江面可児之進が、

「斧寺、用がないならとっとと奉行所に戻って仕事をせよ。また、お頭に怒鳴られるぞ」

斧寺は、ぶひんと鼻を鳴らし、肩を怒らせて茶屋を去った。みくが、

「なんやねん、あいつ。気ぃ悪いわ」

江面がため息をつき、

「やつは、斧寺伊右衛門《いえもん》。酔っぱらうと馬のいななきの物真似をする癖があるゆえ、ついたあだ名が『いななき伊右衛門』じゃ。わしが定町廻り同心の筆頭を務めておるのが気に入らず、わしを蹴落として取って代わろうと画策しておる。うえには媚《こ》びて、したには厳しい。商人に付け届けを強いる。断れば、難癖をつける。そういう男じゃ。宇佐七のときも、みずから担当したいと名乗りを上げたにもかかわらず、すぐに見切りをつけて手を引いてしまった。わしが手掛けておれば……」

檀吉が、

「わしは、顔だけは知っとりますが、あのお方の下で働いたことはおまへん。まえからあちこちでろくでもない噂を聞きますが、どうやらほんまのようだすな」

「同心支配与力の植松《うえまつ》殿の覚えがめでたいのでな、だれも面と向かって咎《とが》めだてできぬゆえ、ますます増長する。困ったものじゃ」

江面は続けて、

「わしもそろそろ戻らねばならぬ。——宇佐七の件、なにかわかったらわしに知らせよ。これは当座の費用じゃ」

そう言って檀吉にまとまった金を渡し、

「あー、痛い痛い」

床几から立ち上がるとき、腰を叩いて顔をしかめ、よろよろと奉行所のほうに歩いていった。

「同心にもいろんなひとがいてるんやなあ……」

みくが独り言のように言うと檀吉がうなずいて、

「そうや。どんなひとの下で働くかによって、わしらがやることも大きく変わるさかい、ええ旦那を選ぶのが肝要や。その点、宇佐七がずっと組んでた江面の旦那は、ひと当たりもええし、侍も町人も分け隔てせんし、わしら目明しも働きやすい」

「かなりヨレヨレやけどなあ……」

「ああ見えて、昔は剣術の達人やったらしいで」

「えーっ」

ひとは見かけによらない、とみくは思った。

「親方、これからなにをしますのん？」

「寺町といえば『寺』や。宇佐七はここにある寺のどれかを訪れた、とわしは見とる。それをつきとめるのや」

ふたりはそれから天満の東西両寺町に並ぶ三十数軒の寺を、西から順番にひとつずつ訪問していった。五年前に、このあたりで目明しが殺された件についてなにか見聞きしたことはないか、八木沼一角という浪人について知っていることはないか、八十八《やそはち》という男に心当たりはないか……などと住職もしくは伴僧《ばんそう》にたずねるのである。答はたいがい決まっていて、

「そういう事件があったことは知っているが、自分はなにも知らない」

というものだった。夜中だったのでやむをえないが、「悲鳴を聞いた」とか「不審な人物を見かけた」とか「足音を聞いた」というものもひとりもいなかったのは不思議だった。

「私も、おかしい、とは思いましたのや。あのとき、お役人のお調べがあったさかい、申し上げたのやが……」

ある住持が言った。

「あの御仁が死んでたのはうちの寺のすぐ近くだっしゃろ。私は夜聡《よざと》いさかい、寝てても犬が吠《ほ》えたり、だれかがしゃべりながら門前を通りかかったりしたらすぐに目が覚めますのや。せやさかい、刀で斬られたときにそのお方が悲鳴のひとつもあげたら、ぜったい気づいたはずや。それに、下手人が走り去る足音も聞こえんかった。門を入ってすぐのところに寺男の小屋があるのやが、そいつも『気がつかんかった』て言うとった。悲鳴をあげる暇もなく殺されてしもた、ということは、相手は剣の達人、ていうことや

なあ」

　八木沼一角については、

「ときどき参詣の衆に因縁つけて金をせびりよる。断ると刀に手をかける。出入り禁止にすると暴れて墓石や卒塔婆《そとば》を押し倒す。往生しとったのやが、今どこにいるかは知らんなあ」

　という声が多く上がった。どうやらこのあたりのほとんどの寺は被害を被っていたようである。八十八という名前の人物は、だれも知らなかった。檀吉が、

「どうやら八十八は、名前ではなさそうやな……」

　と言ったとき、みくが、

「あの……このあたりに見越し入道ていう化けものが出る、そんな噂があると聞いたんですが、ほんまですか」

　檀吉が呆れ顔で、

「おまえはなにを言い出すのや。物《もの》の怪《け》のことなんぞ今はどうでも……」

　しかし、住持は真顔で、

「そうそう、その化けもののことはわしも耳にしとります。この東寺町筋に出る、と聞きました。小坊主どもが怖がって、夜中に厠《かわや》に行かんさかい、ちょいちょい寝小便《ねしょんべん》たれてしもてなあ……困っとりますのや」

「お住《じゅ》持っさんは、ほんまにそんな妖怪がおると思いますか？」

「うーむ……おるわけがない、と言いたいところやが、龍海寺《りゅうかいじ》のお住持が見たそうな。嘘をつくようなおひとやないさかい、もしかしたら……と思わんでもない」

その後も檀吉とみくは聞き込みを続けた。ほとんどの寺が快く御用に協力してくれたが、一軒だけ、

「町方のものが寺社に入り込むとは不届き至極！　五年もまえのこと、いちいち覚えておると思うのか！　そもそもたかが目明し風情、死のうが生きようがどうでもよかろう」

と血相を変えて怒り出した住職がいた。寿郎寺《じゅろうじ》という寺の住職だったが、八木沼一角についても、

「聞いたこともない名だ。うちの寺がそのようなならず者の用心棒と関わりがあるとでも言うのか。失敬な……帰れ！」

と、はじめは取り付く島もなかった。しかし、檀吉は逆らったり、十手を出して脅したりせず、丁寧に応対して、相手の口をほぐしていった。普段の態度からして檀吉はもっと荒っぽいやり方をするものと思っていたみくは驚いた。

「ダメな目明しはお上のご威光にものを言わせて、ものごとを聞き出そうとする。けど、腹を立てた人間は、口を貝みたいにぴたっと閉じて、なんにもしゃべらんようになって

しまう。それではわしらの商売あがったりや。できるだけ下手《したで》に出て、喜ばせて、口を開けさすのや」

　みくは、目明しという仕事のたいへんさがようやくわかってきた。手を抜いたりせず、漏れがないように寺を廻る。これが毎日続くのだ。こうして聞き込みを重ねても、五年まえのことなど覚えているほうが珍しい。ほんの少しの手がかりを求めて、大坂中の目明したちは朝から夕方まで、ときには深夜まで探索御用を続ける。そして、もらえる手当は同心たちからの心づけだけなのだ。日々、飴売りで鍛えているはずのみくも、だんだん脚がだるくなってきた。汗もたっぷり掻く。水が飲みたい……。

（うちのおとんも、これをやってたんやなあ……）

　みくはそう思いながら、檀吉とともに寺廻りを続けた。龍海寺という寺で、みくが見越し入道についてたずねると、住職はぶるっと震えて、

「だれに言うても信じてもらえんのやが、わしは見たのや。あれは三年ばかりまえ、通夜に呼ばれて経をあげた帰り、提灯《ちょうちん》の灯《ひ》が消えてしもてな、うっかり自分の寺を行き過ぎて、東の端のほうまで行ってしもた。そこで……見たのや。男か女かわからんが黒っぽい衣を着たものが立っていた。それが急に、むくむく……と大きゅうなって、柿の木を越えるほどの高さになった。顔のあるあたりにはふたつの目玉がぴかぴか光っていた。わしは腰を抜かした。あんなに怖い思いをしたのははじめてや。あれ以来、夜に檀

家から呼ばれても断るようにしとるし、厠も行かんようにしとる」

　檀吉が、

「ホタルかなんぞと見間違えたのとちがいますか？」

「わしの目は確かや。わしがもし御仏《みほとけ》に仕える身でなかったら、あの化けものに喉を食い破られていたかもしれん。なまいだぶなまいだぶ……」

　その寺から出て少し歩いたとき、

「おい、みく……まえをしっかり見たまま黙って歩け。足配りを変えるな。振り返ったらあかんぞ」

「え……？　なんのこと……？」

「ええから、わしの言う通りにせえ」

　しばらくふたりはだんまりのまま歩を進めた。つぎの寺に入るのかと思いきや、檀吉はそのまま門前を行き過ぎた。

「え……？　親方……」

　檀吉は無言で先へ先へと進む。みくもついていく。そして最後の寺のまえまで来たとき、檀吉は足を止めて振り返り、今自分たちが来た方向を透かし見ると、

「だれじゃい、あとつけてくるのは！」

　しかし、そこにはだれもおらず、森閑とした暗闇があるばかりだった。檀吉は、ふう

……と息を吐き、

「気のせいか……」

と額の汗を手の甲で拭った。

「どないしたんです？」

「つけられてるような気がしたのや。けど、わしの勘違いやったらしい。道はずーっと一本道やけど、だれの姿も見当たらんかった。あはははは……これは、目明しがみんなかかる病気みたいなもんなんや。ひとを見たら盗人に見える。夜に歩いてるやつがいたら火付けかと思う。町を歩いてるとつけられてるような気がする。気持ちの休まる暇がない。あんまりええことやないな……」

そのとき、みくは十手笛が、ぴくり、と動いたような気がした。

「今日はここまでにしとこか。疲れたやろ。うちへ来て、飯でも食うていけ」

「うち、おかんのご飯作らなあかんさかい帰らせてもらいます」

「そうか。――これ、飴屋を休んでる足しにせえ」

檀吉は、江面可児之進からもらった小遣いの半分をみくに渡した。

「こんなに……！」

「ええからとっとけ」

みくは檀吉とともに歩き出したが、ふと振り返ったとき、ある寺の塀のうえになにやら黒いものがひらひらとしているのが見えた……ような気がした。目を凝らすと、そこにはなにもなかった。

（まさか……見越し入道……）

そう思って一瞬身構えたが、なにごとも起きず、みくは胸を撫《な》で下ろした。

ふたりはそこから南へと下り、天満橋を通って、谷町筋《たにまちすじ》をなおも南へ向かった。檀吉とは高津神社の近くで別れることになった。

「今日の御用はどうやった？」

「へえ……いろいろとためになりました」

それは本心だった。父親がやっていたことの一端がわかったように思えたのだ。

「明日は朝、東町奉行所のまえの腰掛け茶屋で待ち合わせや。五年まえの犯科帳をもっぺん読み返すのや。あのときも何度も目を通したけど、見落としてることがあるかもしれん。そのあとはまた……」

「お寺参りですか」

「ははは……そういうこっちゃ。明日も性根入れてやるで！」

檀吉は張り切っているようだが、それがみくには不思議だった。

「親方……今日一日なんの収穫もなかったのに、なんでそんなに気合い入りますのん？」

「なんの収穫もなかった、という風には思とらん。やるべきことはやった。毎日こうしているあいだになにかに気がついたり、なにかを見つけたり、なにかを耳にしたり……そういうことで御用は進んでいくのや」

（このひとは探索御用がほんまに好きなんやな。うちのおとんもそうやったんや……）

みくはそう思った。

◇

「ただいまー」

長屋に帰ったみくは、手ぬぐいを濡《ぬ》らしてきつく絞り、身体と足の裏を拭くと、

「今日はよう歩いたさかい、おなか空《す》いたわ。おかん、すぐ作るさかい待っててや」

鍋に湯を沸かし、手のひらのうえで器用に豆腐を賽《さい》の目に切ると、放り込んだ。出汁《だし》など取らない。あとは、味噌漉《みそこ》しで味噌を溶かすだけだ。今日は御用で一日出歩かねばならないとわかっていたので、飯を朝に炊き、ぬいのためには鍋におじやを作っていったのだ。その残りの冷や飯に熱々の味噌汁をぶっかけて食する。多少、お行儀が悪いがこの「猫まんま」は武家でも奨励された食べ方である。そこにすりおろした生姜と鰹《かつお》節《ぶし》の粉をかければ、味がぐんと上がる。大根を千六本に刻み、塩をかけてしばらく置き、ぎゅっと水気を切った即席の漬けものと食べれば、熱い飯と冷たい漬けものの対比でこ

れまた美味いのだ。ふたりで向かい合って、ずるずるとおじやを啜《すす》り込み、しゃくしゃくと歯ごたえのいい大根を噛んでいると、なんだか一日の疲れが癒されるようだ。本当は、病身の母親に精をつけるために生節《なまぶし》の煮ものでも……とは思うのだが、ひとつ一文の餡を売っているだけではそんな贅沢《ぜいたく》はできぬ。

「檀吉親方との御用はどうやった？」

「それが、まるっきりやったわ」

　みくは今日一日の話を母親につぶさに語った。

「江面の旦那さま、長いことお会いしてないけど、お元気やったか？」

「腰は曲がって、歯も抜けて、ふがふが言うとったけど、元気だけはあり余ってるみたいや。まだまだ町廻りを続ける、て言うてはった」

「お父ちゃんがえらい世話になったし、あんたのこともあれこれ気にかけてくださったお方や」

「昔は、剣術の達人やった、て高津の親方が言うてはった」

「そうらしいね」

「けど、腰が曲がってたら刀を振り回せんやろ」

「さあ、どうやろか……」

「それより、おとんの件の担当やった斧寺伊右衛門ゆう同心がめっちゃ腹立つこと言うてきよったわ。うち、聞いてたらむかむかしてきたけど、檀吉親方は喧嘩せんと、ウナギに風で聞き流しとった」

「それを言うならヤナギに風だすわ。――檀吉親方は、そういうところがえらいのや。あんたも見習いなはれ」

「うち、目明しにはならへんで」

「飴屋かておんなじや。お客さんが気に障るようなこと言うてきても、いちいち喧嘩してたら商売にならへんやろ。喧嘩にならんように上手に持っていくのや」

「うーん、なるほど……」

　たしかにムカつく客はいる。たとえば、笛を吹いたら、

「下手くそすぎるから金返せ」

　と言って飴代をタダにしようとする客。だれに断ってここで商売しとるんや、場所代払え、と言ってくるヤクザ。万引きを見つかってそれを咎めたらしらを切るやつ。喧嘩っ早いみくはすぐにカッとして啖呵を切ってしまうのだが、そうすると子どもたちは怖がって離れてしまう。

「これからは檀吉親方を見習って、できるだけ喧嘩せんようにするわ」

「それと、だれかがあとをつけてきた、て親方さんが言うてはったのやろ。くれぐれも気ぃつけなはれや」

「わかってる。けど、親方は、気のせいや、目明し病や、て言うてはったで」

「それやったらええけど……ちょっと気になることがあるのや」

「なんのこと？」

ぬいはしばらく考えていたが、

「言おうかどうか迷たけど、言うてしまお。——じつは、亡くなる前の日、あのひとが『今日は一日中、だれかにつけられてるような気がしてたんやけど、なんべんたしかめてもわからんかった。例の目明し病やったみたいやな』て晩酌のときに笑《わろ》てたのを思い出したのや。せやさかい、な……」

「うん、わかった」

食器を片づけたあと、みくはぬいに、

「おかん、ちょっと笛吹いてもええやろか」

「あの笛か？」

みくはうなずいて、十手笛を手にした。

「あんたはほんまに笛が好きやなあ」

「わかる？」

「顔がちがいますわ。さっきに比べてニコニコしてますもん」

ぬいはそう言った。

「今夜はええお月夜やさかい、外で吹いてくるわ」

「ご近所迷惑にならんようにね」

「わかってる」

十手笛を持って家を出たみくは、一心寺のまえまでやってきた。空には半月が白い光を放っていた。この明るさなら、提灯がなくても大丈夫である。笛を構えて立ったみくは久しぶりに「妖星」を吹いてみたくなった。あたりに人影がないのを確かめてから息を吹き込むと、笛が待ち構えていたかのように最初の一音から澄んだ音が響きわたった。短い旋律をいくつも積み重ねて、ひとつの長い旋律に感じさせるような独特の曲である。たおやかななかにも凛《りん》としたものがある。みくは目を閉じて、しばし演奏に没入した。

（やっぱりうちは捕り物なんかより笛吹くのがいちばん性に合うとるわ……）

そんなことを最初は思いながら吹いていたのだが、次第になんの思念も浮かばなくなった。みくは笛と一体となり、「妖星」を吹き続けた。やがて、歌口から唇を離し、目を開けた。陶然とした気分だった。

「こんなええ曲、だれが作ったんやろなあ……」

みくがそう独り言を言うと、

「それは私だ」

みくはぎょっとした。目のまえにひとりの男性が立っていた。今の今までそこにはだれもいなかったのだ。まるで、煙かなにかのように突然現れたのである。年齢は三十歳ぐらいだろうか。貴族のように狩衣《かりぎぬ》を着、烏帽子《えぼし》をかぶり、腰には飾り太刀を佩《は》いている。眼《め》つきが鋭く、鼻が高く、おちょぼ口である。

「あ、あんた、だれや」

「ほーっほっほっほっほっ、私は垣内《かきうち》光左衛門《ひかりざえもん》と申すもの。『妖星』、久しぶりに聴かせてもろうたぞ」

「お公家《くげ》さん……？」

「まあ、似たようなものだ。ほっほっほっほっほっ……ずいぶんと待ったが、やっと三蔵法師が来てくれたわい」

「三蔵法師……？」

「いや、こっちのことだ。やはり外の世界はよい。広々としておる。やっと手足を伸ばせた。笛のなかは窮屈でのう……」

「笛のなか……？　まさか、あんた、この笛のなかから出てきたん？」

「そうだ。だが、すぐにまた戻らねばならぬ。今のところ、私はこの世界には二百数えるほどの時間しかおれぬのだ」

「なんで？」

「それは言えぬ。だが、私はおまえがこの笛で『妖星』を吹いたらいつでも出てこれる。

これからもときどき私をこうして呼び出して、外の空気を吸わせてもらいたい。頼んだぞ。その代わり、私も困りごとがあればおまえを助けてつかわす。ただし、二百数えるあいだだけだがのう」

「あの……あの……つまり、この笛の……神さん？」

「ほーっほっほっほっ……そう思いたければそれでもよい」

「あのなあ、あんた、笑わんとしゃべれんのか」

「ほーっほっほっほっ……」

「けど、この笛、十手みたいやけど、楽器を十手代わりにするのってちょっと気が引けるなあ」

「それはかまわぬ。これは吹くときは笛でもあり、手に取って戦うときは武器でもある。もともと護身のために作られたものゆえ、存分に振るうがよい」

　垣内光左衛門は大きく伸びをすると、

「それと、覚えておいてもらいたいが、私は酒《ささ》が好物だ」

「笹《ささ》が好物？　カヤネズミみたいなもんか？」

「そうではない。酒のことだ。今度呼び出すときは酒を支度しておけ。しかし、短い滞在のあいだにはいくらも飲めん。ときどきこの笛に酒を垂らしてやってもらいたい。よいな」

「そんな勝手な……あっ！」

垣内光左衛門の姿は瞬時にして消え失《う》せた。そして、手のなかの十手笛がほんのわずか重くなったような気がした。

「時間が来たのやろか。それにしても男まえやったなあ……」

みくはそうつぶやいたが、ハッと我に返り、

「うち……夢見てたんやろか……。笛のなかからお公家さんが出てくるわけないもんな……」

家に向かって駆け出すみくの背中を半月が照らしていた。

◇

その日の真夜中である。

「え、え、えらいこっちゃあ！」

「月面町の親方！　たいへんや！」

家のまえで怒鳴り声がした。昼間の疲れでぐっすり眠っていたみくは目をこすりながら起き出すと、

「騒がしいなあ。だれやねん」

「わてらだす。清八と喜六でおます」

「こんな遅うになんの用やねん。うちもおかんももう寝てるんや。明日にしてんか」

「それがそうはいきまへんのや。――天満に行った高津の親方がこの時刻になっても戻りまへんのや」

「な、なんやて！」

みくは心張棒《しんばりぼう》を外すと、戸を開けた。喜六と清八が飛び込んできた。ふたりとも必死で走ってきたらしく大汗を掻いている。

「うち、昼間、一緒に天満まで行ったとこやで」

「それがその……」

「ああ、わからん！　どっちかひとりがしゃべり！」

喜六と清八がほぼ同時にしゃべり出したので、

清八が、

「ほな、わてから話させてもらいます。檀吉親方、酒飲んで寝てはったのが、突然『そや！　もしかしたら……』て叫んで起き出して、『思いついたことがある。そうか、八十八ツの〝ツ〟はそういうことかもしれん、天満へ確かめに行く』ゆうて出ていきはったらしい。おかみさんが、明日にせえ、言うてさんざん引き止めたけど、ああいう性格だっしゃろ、じゃかっしゃい、御用に口出しすな、と振り払って強引に出かけたそうでおます」

「なにを思いつきはったのやろ……」

「さあ……そこまでは……。けど、もう丑《うし》の刻（午前二時頃）だす。こんな遅うまで帰らんというのはなにかあったに違いない、ゆうておかみさんもえらい心配しはって、手下連中集めて探させましたのやが見あたりまへん。それで、こちらへお知らせに上がりましたのや」

　ぬいがみくに、

「おみく、急いで支度して、親方さんを探しに行きなはれ。喜ぃさんと清八さんもよろしゅう頼みます」

　みくは父親譲りの十手を神棚から取ろうとしたが、思い直して十手笛を帯に差し、小さな提灯を手にすると、

「おかん、行ってまいります！」

　長屋を飛び出した三人は、下寺町を北へと道を取り、天満橋を渡った。

「喜六、清八……手分けして探すで！」

「へいっ」

　三人は天満の北側を中心に、表通りから裏通りを探しに探した。みくが東寺町の一角に来たとき、昼間来た寺のまえに人影が見えたように思った。しかし、すばやく提灯をかざすと、そこにはだれもいなかった。

（気のせいか……。うちも目明し病やろか……）

なおも進むと、道の真ん中にだれかが倒れている。あわてて駆け寄ると、それは檀吉だった。

「親方……親方！　みくでおます！」

檀吉は喉から血を流している。みくは十手笛を手にして「大甲音《だいかんおん》」というもっとも高い音を呼子《よびこ》のように吹き鳴らした。すぐに喜六と清八がやってきた。

「喜六、すぐにお医者呼んできて！」

「へっ」

「清八は会所《かいしょ》に知らせて！」

「へい」

ふたりは駆け去った。

「親方……すぐにお医者が来てくれます。それまで辛抱しとくなはれ！」

檀吉は口を開けたり閉めたりしている。なにかを言おうとしているのだ。みくが檀吉の口に耳を近づけると、ある方角を指差して、

「わかった……とう……とう……」

と言ったかと思うと、こと切れた。しかし、檀吉が指差した方角にはなにもなく、ただ闇が広がっているだけだった。

「親方……！」

みくは呆然《ぼうぜん》とした。

（親方が……死んだ……。それも、おとんとおんなじ天満で……）

ようやく喜六が医者を連れてきたとき、みくは地べたに座り込んでいた。医者は脈を取り、かぶりを振った。みくの両目から涙がぼろぼろ落ちた。

「うちのせいや……。おとんの件の洗い直しなんかしたから……」

そのとき、みくは背中に視線を感じて振り返った。だれもいない。かさっ、と音がした。寺の塀のうえからだ。みくはずっしりと重い十手笛を構え、

「だれや……！」

そう言い放ったが、そのあとは視線も消え、物音もしなかった。みくは塀のうえの暗闇をいつまでもにらみつけていた。

◇

役人による検死も終わり、檀吉の遺骸は戸板に乗せられて高津の家へ運ばれることになった。みくたち三人も遺骸に付き添った。家にはひと足先に会所から一報が届いており、近所に住む手下たちが集まっていた。

「あんた……！」

檀吉の遺骸につるは取りすがって号泣した。そのうちに手下たちによって提灯が掲げられ、弔問客を迎える支度が調えられた。ひとしきり泣いて泣き止《や》んだつるに、みくは檀吉の最期の様子を物語った。

「ああ……なんでこんなことになったのやろ。夜中に急に、なにか思いついて出ていったのや。わてがあれほど気ぃつけてくれ、て言うたのに……」

目を真っ赤に泣き腫らしたみくはつるに向かって両手を突き、

「すみません。うちのせいです。親方は、うちのおとんの仇を討つためにこんなことにならはった。うちがこの手で親方とおとんの仇を討ちますよって、もうしばらく待ってください」

　つるは血相を変えて、

「なに言うてるの、おみくちゃん！　ふたりも死んだのやで。あんたまでがえらい目に遭《お》うたらどうするの！　怖いことはもうやめてちょうだい。この件は、どなたか男の、ちゃんとした目明しさんに任せます」

「あの……あの……なにかうちにお手伝いできることは……」

「ほな、お通夜に来はる皆さんに、お茶をお出ししてもらおか。明日のお葬礼《そうれん》もお願い」

　みくの考えていた「お手伝い」はそういうことではなかったのだが、

「わかりました……」

つきあいが広く、人望もあった檀吉親方のところには弔問客が夜通し途絶えることはなかった。大勢の手下たちはその対応に当たっていたが、みくは裏方としてひたすら茶や酒のだんどりをして、それを配った。

「おかみさーん、聞きましたぜ。ひでえことになったそうだね」

江戸訛《なま》りの男が入ってきた。

「ああ、一九郎さん……よう来てくれた」

「おととい来たときはまさかあれが親分の見納めになるたあ思いませんでした。俺の持ってきた羊羹をひと口でも食べていただけたならうれしゅうござんす」

「…………」

「久しぶりに対面できて、これから長いつきあいになるだろうと思っていた矢先でござんした。――ようがす、おかみさん、檀吉親分の仇はこの俺が討ってみせやしょう。なあに、江戸流でやりゃあ下手人なんざすぐに挙げてみせまさあ」

「そうか。おおきに。そうしてもろたらあのひとも浮かばれるやろ。うちの手下たちは好きに使うてちょうだい」

「ありがてえ。おう、弥次郎兵衛に喜多八、明日《あした》っから大張り切りでやらなきゃならねえぜ」

一九郎はふたりの手下にそう言うと、

「合点だ」

弥次郎兵衛と喜多八は、酒をがぶがぶ飲みながら赤い顔でうなずいた。そこに、井戸端で洗いものをしていた喜六と清八が戻ってきた。喜六が一九郎たちの顔を見て、

「あっ……おまえらは……」

一九郎が、

「なんでえ。あのときのしみったれ野郎じゃねえか。そうかい、おめえたち、檀吉親分の下っ引きだったのかい」

「そやない。一時《いっとき》預かってもろとるだけや。ほんまの親方は月面町のおみく親方や」

「おみく親方たあ妙ちきりんな名前だな。まるで女みてえじゃねえか」

「女や。おまえら、大坂でおみく親方知らんかったらモグリやぞ」

「はっはっはっ……女に御用聞きが務まるはずがねえ。どんなやつだかお目にかかりてえもんだぜ」

「それやったら、そこにいてるで」

そう言って喜六はみくを指差した。一九郎はゲタゲタと笑い、

「女御用聞きだてえから、どんなおっかねえ、いかつい女かと思ったら、こんな小娘たあ驚きだ」

みくはきっと一九郎をにらみつけたが、なにも言わなかった。弥次郎兵衛が、

「大坂ってえところはよほど悪党がいねえのかね。泥棒ネコでも追いかけてりゃ『御用聞きです』って顔ができるみてえだな」

清八が立ち上がり、

「おい……いい加減にせえよ。おみく親方がどれだけ十手を使えるか……」

みくは、

「清八、静かにしなはれ！」

「けど、親方……」

「檀吉親方のお通夜やないか。黙りなはれ！」

「へ、へえ……」

喜多八が、

「おいおい、情けねえな。おめえらふたり、この娘っ子の尻に敷かれてるのか。頬っぺたのひとつも張り飛ばして言うこときかせりゃあいいじゃねえか」

喜六が、

「アホ抜かせ！　おまえらになにがわかるねん」

みくが、

「喜六、清八、静かにせえ、と言うたやろ！」

　ふたりはしゅんとして黙り込んだ。一九郎が、

「ほな、おかみさん……明日また参《めえ》りやす。お気を落とさねえように」

「ああ、おおきに」

　一九郎たち三人が帰り、ほかの弔問客も途絶えたころ、みくはつるに言った。

「おかみさん、うちも自分なりのやり方で親方を送りたいと思います。よろしいか」

「ああ、頼むわ」

　みくは十手笛を取り出した。

「なんや、それ」

「うちにあった仏像のなかから出てきたんだす。十手やけど、孔が開いてて笛にもなってますのや。親方のために吹かせていただきます」

　そう言うと、みくは正座して笛を口に当てた。澄んだ音色が夜の町に響きわたった。心に染み込むような、物悲しい旋律だった。まるで声明《しょうみょう》のような厳かさもあった。聴いていた手下たちも泣き出した。吹き終えたみくは、

「お経をあげるつもりで吹きました。親方……さよなら……」

　つるは涙を手ぬぐいで拭きながら、

「おおきに、おみくちゃん。けど……うちのひとは陽気なのが好きやったさかい、もうちょっとにぎやかな曲で送ってやってくれるやろか」

「承知しました」

　みくは、祭り囃子を思わせるような楽しげな曲を吹き始めた。

ぴっ、ぴっ、ぴーひゃらら
ぴーひゃらひゃらりこ、ぴーひゃらら

　つるは泣き笑いの顔になり、

「やっぱりこのほうがええな。うちのひとも喜ぶわ」

　弔問客も驚いている。そのうちにうかれた清八が、そこにあった桶《おけ》をひっくり返して太鼓代わりに叩き出すと、喜六が手拍子を打ちながら踊りはじめたので、さすがにみくは、

「こらっ、やめんかい！」

　つるが、

「かまへんかまへん。踊って、歌って、笑って見送っとくれやす」

　事情を知らないものが通りかかって、

「なんぞのお祝いだすか？」

「いえ、お通夜だす」

「ひえっ」

ぴっ、ぴっ、ぴーひゃらら
ぴーひゃらひゃらりこ、ぴっぴっぴっ
とんすことんすこ、とんすことん
とことこすととん、とこすととん
すってんてれつく天狗《てんぐ》の面
おかめにひょっとこ般若《はんにゃ》の面
ぴっ、ぴっ、ぴーひゃらら

高津界隈ではその夜、いつまでも笛と太鼓の音が絶えなかった。

三

つぎの日、檀吉の葬礼《そうれん》が終わり、手下《てか》一同が家に集められた。古参のものから最近入ったものなど全部で十人ほどである。みくと喜六、清八も末席に座っている。真ん中に座ったつるが一同を見渡して言った。

「今日はうちのひとの葬礼に集まってもろて、ありがたく思うてます。そろそろ危ないお役目は辞めて、これからはふたりでゆっくり過ごそやないか、と思てた矢先でした。残念やけど仕方がない。――それで、今後どうするかについてやけど……高津の檀吉の縄張りは、全部、ここにおいでの十変舎の一九郎親方にお譲りすることに決めました」

　一同は「あっ」と声を上げた。一九郎はにやにや笑いながら、

「てえことになったんで、よろしく頼まあ」

　手下たちの顔には不満が浮かんでいた。それはそうだろう。長年自分たちが守ってきた縄張りを、昨日今日江戸からやってきたものにかっさらわれるのだから。

「あんたらの気持ちもわかる。わてもいろいろ考えたのや。けどな、もう今度のことでわては血なまぐさいことが嫌になった。せやさかい、あんたらには目明しを辞めてもらいたい。急に身内を奪われて泣きを見るのは、わてで最後にしたいのや。あんたらはそれぞれ本業に戻って、その仕事に励みなはれ。どうしても目明しを続けたいのなら、どこかよその親方さんの手下にしてもらい」

「けど、おかみさん……」

　手下のうち最古参の妙太《みようた》が、

「わてら、檀吉親方の下でずっとここ、高津でやってきましたのや。急によそに行けと言われても……」

「そうだす。わてらはこの場所でやりたいんだす」

「わてらのうちのだれかを親方の跡目に据えとくなはれ。わてはそのひとの手下になります」

「そやそや」

　手下たちは口々に言い立てた。

　皆は押し黙った。つるは、

「あんたら、わての言うことが聞けんのか！　わてはもう、十手を見るのも嫌なんや」

「わての気持ちがわからんか。わては、あんたらやあんたらの家族を悲しい目に遭わせとうないのや。他人を追いかけたり、十手でどついたり、縄で縛ったり……たとえ相手が悪人でも、そういうことを長年続けてたらかならず恨みを買う。その恨みがいつか、自分に向かう。捕り物なんか身内を不幸にするだけや。それに……あんたらのうちのだれかに檀吉の跡を継がす、やと？　笑わしなはんな。あんたらみんな団栗《どんぐり》の背比べやないか。まだまだ一人前にはほど遠い。そんな連中を跡目に据えたら、高津の檀吉の名が汚れるわい」

　一同はしゅんとしてしまった。

「そんなときに江戸から来なさったこちらの一九郎さんから、檀吉の仇を討ちたい、という申し出があったのや。ありがたいこっちゃないか。それでもう、わては縄張り全部をお任せする気になった。一九郎さんは江戸では有名な親方さんやったそうな。檀吉の跡を継ぐのにふさわしいと思う。この家も今日から一九郎さんのもんや。わては、田舎の親類のところに引っ込みます。――わかったか」

だれも答えない。

「なんや、返事せんかい！」

一九郎が、

「おう、おめえたち。俺《おら》ぁ今日から、東町奉行所の斧寺っていう旦那の下で働くことに決まった。もし、俺の下っ引きになりてえやつがいりゃあ言ってきねえ。ただし、俺の流儀は上方のもっちゃりしたやり方じゃねえ。ちゃきちゃき荒っぽい江戸流だから覚悟しなよ。――どうだ、俺の手下になりてえやつはいねえか」

皆は顔を見合わせた。数人が手を挙げようとしたとき、

「おかみさん、ひとつおききしてもよろしいか」

みくが言った。

「一九郎さんに渡す縄張りには、月面町のうちのおとんの縄張りも入ってるんですか」

「それはまあ……今はうちが預かってるところやさかいなあ」

「それやったら承服できまへん」

みくはきっぱりと言った。

「おとんの縄張りはうちが継ぎます。一九郎さんに渡すわけには参りまへん」

「おみくちゃん、あんた……目明しにはならん、て言うとったんやないか」

「気が変わりました。——うちは、檀吉親方の仇を討ちたいと思います」

「せやから……そういう危ないことはわてはもう嫌なんや！　二度と口にせんとって！」

「そうはいきまへん。うちのおとんが殺されて、その謎を解こうとしてた檀吉親方も殺されました。おかみさんがなんと言おうと、ふたりの仇はうちが取ります。だれにも邪魔はさせませへん」

　みくは顔を真っ赤にしてそれだけ言うと、じっとつるの顔を見つめた。つるはみくの目を見つめ返した。やがて、ほうっ、と息を吐くと、

「そうか……そうか。おおきに、おみくちゃん。——ここにおる連中、『親方の仇を討つ』て言うてきたもんはひとりもおらん。一九郎さんとあんただけや。ことにあんたは、わての言葉に逆ろうてまで、そう言うてくれた……」

　つるは涙を拭くと、一九郎に向かって、

「すんまへん、一九郎さん。うちのひとの縄張り、なにもかも渡す、て言いましたけど、その話は変改《へんがい》にさせてもらいます。——その代わり、というたらなんやけど、おみくちゃんと一九郎さんで、勝負してもらいまひょ。うちのひとを殺めた下手人を見つけ出し

て、召し捕ったほうが勝ちだす。そのお方に縄張りをお譲りすることにいたします」

　一九郎は、

「へへっ……話がちがう……とゴネてえところだが、こんな小娘との勝負を嫌がった、てえ噂が立ったら、これから大坂で大手を振ってやっていけねえ。ようがす、その勝負、受けてたちやしょう」

　弥次郎兵衛が、

「親分、大丈夫ですかい？　わっしたちゃ大坂じゃあ土地鑑がねえ。押しがきかねえんじゃないですか」

「心配いらねえ。江戸でやってたのとおんなじように、見つけて、ひっくくって、痛めつけて泥を吐かしゃいいんだ」

「なるほど、そりゃそうだ」

「俺をだれだと思ってやがる。日本橋通油町の一九郎だぜ。こんな小娘に負けるわけがねえ」

　つるがみくに、

「あんたもそれでええか？　今なら断れるで」

「やります。勝負させてください」

　一九郎は、

「悪いこたぁ言わねえ。手を引きな。俺ぁ相手が女だろうと手加減しねえぜ。それでもいいのかい」

「望むところや！　手加減なんかせんといて」

「へへへ……威勢がいいねえ。そのうちおめえの泣きっ面をたっぷり拝ませてもらうとするか」

　一九郎は立ち上がると、

「おめえたち、俺の下っ引きになれ。そうすりゃ俺が勝ったときにここに置いといてやらあ。どうだ？　俺が勝つのはわかりきってるんだから悪い話じゃあるめえ」

　数人が、

「おいら、あんたに付くわ。手下にしてんか」

「わてもや。悪いけど、おみくちゃんが勝つとは思えん」

「わしも頼む。あんたら江戸から来たばかりやさかい、大坂の様子をわかってるもんがいたほうが都合ええやろ」

　べつの手下が、

「なんやと、おまえら、こんなやつらに媚びへつらって……亡くなった親方に申し訳ないと思わんのか」

「おみくちゃんが可哀《かわい》そやないか。裏切りもの！」

「なんとでも言え。わてはここでこの商売を続けたいのや。檀吉親方がおらんのやさかい仕方ないやないか。それともおまえはおみくちゃんが勝てると思うか？」

「そ、それは……」

つるが、

「やめなはれ、見苦しい！」

その一喝で手下たちは下を向いて黙り込んだ。一九郎はにやりと笑い、

「それじゃあおかみさん、吉報をお待ちくだせえ」

そう言って、出ていこうとした。みくが、

「ちょっと待って」

「なんでえ、もう怖気《おじけ》づいたのかい？　すみませんでした、と頭を下げりゃあ、勝負はなかったことにしてやってもいいんだぜ」

「そやないねん。勝負するまえに、教えておかなあかんことがあるんや」

みくは、自分の父親が殺されたときに持っていた財布から、「八十八ツ」「かくした」と書かれた紙切れが出てきたこと、檀吉親方が亡くなる直前、「わかった……とう……とう……」と言い残したことを一九郎に伝えた。

「なんでえ、そりゃ」

「うちにもわからん。けど、なにか意味があるはずや」

「へっ……！」

一九郎はあざけるように笑った。みくは、

「これでうちが知ってることは全部や。あとのことは知らんで」

「へっへへへへ……おめえも甘えな。手札を全部明かしちまうとはな。こいつぁ勝負なんだぜ。それを忘れるな」

一九郎はそう言うと、肩を怒らせて出ていった。弥次郎兵衛と喜多八、そして、一九郎の手下になろうというものたちがそれに続く。つるがため息をつき、

「ああああ……わてはうっかりえらいこと言うてしもた。よう考えたら、捕り物をしたことのないあんたが、ひと殺しを召し捕るやなんてできるはずがない。もし、あんたが三人目になったら、わてはおぬいさんになんと謝ったらええのや。やっぱりやめたほうが……」

「おかみさん、うちはなにがあろうとやめまへん。――喜六、清八、ついといで！」

みくはそう言うと表に飛び出した。喜六と清八はにこにこ顔であとを追った。

「なあ、親方……」

清八が言った。

「その『親方』ゆうのやめてんか。あんたらのほうがずっと歳上やで」

「親方は親方や。あんたは親方、わてらは手下。――みくちゃん、より、おみく親方。

月面町の親方。そういう呼び方がいちばんしっくりくるわ。――親方、なんであいつに宇佐七親方の書き付けのこととか檀吉親方が言い残したこととかを教えましたんや。黙ってりゃええのに」

「これは勝負やけど、うちはとにかく、おとんと檀吉親方を殺したやつがだれかをつきとめたい。向こうが先につきとめたかてかまへん。せやから、勝負は公平に……と思ただけや」

「えらいっ！　さすがはおみく親方や。わてらが見込んだだけのことはある」

「しょうもないこと言わんといて！」

　みくは本気で怒った。

◇

　三人が向かったのは東町奉行所まえの腰掛け茶屋である。しばらくして江面可児之進がよたよたとやってきた。曲がった背中は、まるで「コ」という文字のようである。

「たいへんなことになったのう。わしもさっき聞いて驚いたところじゃ。檀吉とは古い顔見知りでもあり、おととい会ったばかりゆえ、わしも心が痛む。目明しが殺されたというのは一大事である、迅速に調べを進め、かならず下手人を挙げよ、とお頭からも指図があった」

開口いちばん、江面はふがふがした声でそう言った。

「おまえが檀吉の最期を看取《みと》るとは……さぞつらかったであろう」

みくは、檀吉が暗闇を指差して、

「わかった……とう……とう……」

と言ったこと、檀吉の跡目を巡って、十変舎の一九郎という江戸の目明しと勝負する破目になったこと……などを話した。

「とうとうわかった、ということは、檀吉はなにかを摑んだのじゃ。よほどの秘事であったにちがいない。宇佐七もそうであったが、檀吉ほどの男が十手には手を触れていない。つまり、反撃をするいとまもなかった、ということじゃな……」

「旦那、檀吉親方の一件はどなたが担当するんでしょうか」

「しばらくは町廻りのものや盗賊吟味役などが共同で扱うことになるじゃろう。わしもその一人《いちにん》じゃ。それゆえ、おまえも存分にふるまえ。——これはおととい、檀吉から頼まれていたものじゃ」

江面はそう言うと、一冊の帳面をみくのまえに置いた。それは五年まえ、みくの父が殺害されたときの犯科帳だった。

「ここを見よ」

江面はそのうちのある頁《ページ》を開けた。そこには、検使役同心による宇佐七死亡時の所見が書かれていた。

・喉を斬られたのが致命傷である。
・凶器はおそらく刀である。
・下から上へと切り裂かれている。
・こういう斬り方は、地面から上へと跳ね上げる、いわゆる地ずりの構えからの攻撃によってのみなされる。正面からまともに斬りつけたのではない。
・下手人はよほど低い体勢から一撃を加えたものと考えられる。
・被害者はほぼ一撃で絶命している。よほどの手練れによるものだと思われる。

それだけだった。

「そして、これが檀吉の件の手控えじゃ」

そう言って開いてみせたのは、検使役の書き付けだった。喉を下から上へ斬られたのが致命傷であり、よほどの達者（名人）によるものだ、と書かれていた。

「一緒や……」

みくは驚いた。江面は、

「これを見るかぎり、下手人は同じと思われる。よほど注意してかからねばならぬ」

「はいっ」

「そして……これも参考になろう。わしが昨日、天満における事件を一日がかりで拾い上げ、書き抜きにしたものじゃ」

「ありがとうございます」

江面可児之進はふた晩でこれだけのことをみくのためにしてくれたのだ。みくは胸が熱くなった。書き抜きに目を通して、みくは愕然《がくぜん》とした。

「旦那、これは……」

そこにはこの十年ほどのあいだに天満で起きた未解決の事件が並んでいた。それによると、下手人のわからぬひと殺しが十件ばかりあって、いずれも喉を斬られている。殺されたものは、大工、商家の番頭、夜鳴きうどん屋、博打打ち……など職業はまちまちである。書き抜きには「物盗りのしわざか。未詳」「恨み抱きしもののしわざか。未詳」「試し斬りか。未詳」「顔見知るもののしわざか。未詳」などとなっている。また、行き方知れずになったものの一覧はもっと多い。全部で三十人ほどだ。ほとんどが「かどわかしか。未詳」「掘割に落ちたるものか。未詳」と記されていた。

「わしも驚いたのじゃ。それぞれが関わりのない件として片づけられていたのでわからなかったが、どうやら天満の地でなにかが起きておるようじゃな」

天満といってもかなり広い。そのなかのあちらこちらで、しかも長きにわたってぽつりぽつりと起きていたことなのでこれまでだれも気づかなかったのだろう。宇佐七の件と今回の檀吉の件があって、江面が膨大な犯科帳に目を通し、未解決事件を拾い上げていくことではじめてわかったのだ。

「おかしいことおまへんか。なんぼそれぞればらばらやとしても、並べてみたらこれだけの数があるのに、お役人衆のどなたも気ぃつかへんやなんて……」

「うむ……なにかありそうじゃな」

江面は首をひねった。

「これらの事件がたがいに関わりがあるかどうかを調べ直すのはたいへんなことじゃ。とても、そんな手間をかけてはおれぬ。天満にはなにか秘密があるかもしれぬ、ということを頭に入れたうえで、檀吉の一件に絞って調べを進めることじゃな」

みくはうなずいた。

「また、なにかわかったらわしに知らせよ。勝負も大事じゃが、どちらが召し捕ろうと、宇佐七と檀吉を殺したものをつきとめることのほうが肝要じゃ。わかっておるな」

「心得とります」

「うむ。ならばよかろう。これ以上の犠牲を出してはならぬ。勝負だと思うと、つい無理をしがちじゃが、危ないと思うたら、踏み込まずに加勢を呼べ」

「はい。いろいろありがとうございます」

みくは立ち上がったが、ふと思いついて、

「旦那は、見越し入道という化けものをご存じだすか」

江面可児之進は笑って、

「高入道とか伸びあがりとかいわれておるやつじゃろう。見ているとどんどん背が高くなっていくとかいう……」

「天満の寺町あたりに出る、という噂があるそうだす。そのせいで、夜はひと通りがほとんどないとか……」

「ははははは……そんな妖怪がいるならばお目にかかりたいものじゃが……みく、おまえはひと殺しの下手人を捕まえにいくのじゃぞ。妖怪退治はどこかの豪傑に任せておけ」

「見越し入道は倒れたひとの喉を噛みちぎる、ていうさかい、もしかしたら……と思って……」

「宇佐七と檀吉の喉の傷は刀によるものじゃ。それは間違いない。わけのわからぬ噂に惑わされるでないぞ。とはいうものの……噂にもときには半分の真実が含まれていることもある。御用にたずさわるものはどんなに馬鹿馬鹿しく思えることでも頭から切り捨ててはいかん。よく調べたうえで、真実ではないとわかってから捨て去るのじゃ。わかったか」

「はい」

みくはうなずいた。なんだかだんだん御用の心得がわかってきたように思えた。

◇

みくは喜六に、八木沼一角の居所を突き止めるよう命ずると、自分は清八を従えて天満の地を巡った。寺では期待していたような収穫がなかったので、つぎは商家や長屋などを訪ねてまわった。長屋の住人などは、よそ者であるみくたちを警戒して、なかなか口を開いてくれない。

「なんでそんなことしゃべらなあかんねん。帰れ」

とあからさまに敵意を示すものも多かった。ある裏長屋で聞き込みをしていると、ひとりの男が近づいてきて、

「おまえら、ここでなにしとんねん」

「御用の筋や」

「はあ？」

男はみくの風体をじろじろ見ると、

「アホ抜かせ。女が御用の筋やと？　天と地がひっくり返ったんか」

「天も地もそのままや。――おとといの晩、この近くで目明しが殺された。それについ

てなにか知ってたら教えてほしいのや」

「ふん！　目明しごっこにつきおうてられんわ。去《い》ね。去なんと水かけるで」

　そのとき、後ろから、

「おう、難儀してるようだな」

　振り返ると一九郎である。弥次郎兵衛と喜多八のほかに、檀吉の手下だった数人も連れている。

「おい、岡っ引きが殺された件できてえことがある。隠すとためにならねえぜ」

　男は怯《おび》えた様子で、

「か、隠すやなんてそんな……わてはなにも知りまへん。酒飲んでぐっすり寝てました」

「嘘じゃあるめえな！」

「そ、そんな……お上の御用に嘘なんぞつきまへん。堪忍しとくなはれ」

「わかった。行きな、役立たず。その小汚《こぎたね》え面ぁ、二度と見せるなよ」

　男は這《ほ》う這《ほ》うの体《てい》で逃げるように去った。一九郎はみくに、

「どうだ。これが江戸流の御用ってもんよ。——おめえにこれができるかい。あきらめて縄張りを俺に寄越しな」

　みくはなにか言おうと唇を震わせたが、

「清八……行くで！」

背後で皆の哄笑《こうしょう》が聞こえた。しばらく行ったところで清八が、

「親方……これはやりにくおまっせ」

「承知ではじめたことや。やり通す」

みくは歩きながら考えた。こういうとき、檀吉ならどうするだろうと。

（こっちは話を聞かせてもらう立場や。上から押さえつけるようにしたら、そら、嫌がって当たり前や……）

つぎに入った長屋で、みくは井戸端で洗濯をしている四、五人の女性のところに行った。

「すんまへん。ちょっとおききしたいことがおまして……」

「なんやのん、かわいらしいお嬢ちゃん」

こめかみに膏薬を貼ったひとりの中年女性が軽口を叩いた。

「じつはうち、おとといこの近くで殺された目明しの縁につながるもんですねん。もし、なにか知ってることがあったらどんなことでもええさかい教えてもらえまへんか。――あ、これ、よかったらどうぞ」

みくはふところから色とりどりの飴を取り出した。べつのひとりが、

「うわあ、きれいな飴やな。わて、飴が大好物やねん。もろてもええか？」

「どうぞどうぞ」

おかみさん連中は、洗濯の合間の恰好のおやつとばかりに飴を口に放り込んだ。

「美味しいやないの。もうひとつもろてもええか？」

「どうぞどうぞ」

「あんた、ずうずうしいで。この子が厚意で配ってるのやさかい遠慮せんかいな」

「けど、美味しいがな」

みくは、

「かましまへん。うちは飴屋やさかいなんぼでもおます」

「ははは……それやったらわてもあと二つもらおか。うちのひととうちの子の分や」

「ほな、うちも亭主の分もろとこか。あのひと、酒飲まんけど甘いもんには目がないねん」

「酒飲まんのは金かからんさかいええなあ。——うちもちょうだい」

みくは、

「それで、おとといのことは……」

「知らんなあ。朝起きたら大騒ぎにはなってたけど……」

「あても、うちの宿六もよう寝てたさかい、なんにも聞いたり見たりしてないわ」

「そうだすか……」

すると、ひとりが、

「うーん……口止めされてるんやけど、どないしよかな。言うてしまおかな」

「なんや、あんた、なんか知ってるんやったらうちらにも教えとう」

「ぺらぺらしゃべったらあかん、ゆうて藤助《とうすけ》はんのおかみさんに釘《くぎ》刺されてるさかいなあ。昨日も町奉行所のお役人が来たけど、なにも言わんかったのや」

みくがにっこりして、

「飴ふたつ、あげまっせ」

「そこを三つにしてくれたらしゃべったげるわ」

「ほな、三つ……」

みくは青、赤、黄色の飴をその女の手のひらに乗せた。

「へへへ……おおきに。藤助はん、あの夜、すごい勢いで帰ってきて、『えらいもんを見てしもた』言うて震えてたらしい。おかみさんがきいてみたら、源八《げんぱち》の渡しのあたりで夜釣りをしたあと、帰ろうとして提灯に火を入れようとしたとき、西のほうから駆けてくるやつがいて、見たら血刀を引っさげてたんやと。思わず頭を土手から引っ込めたら、目のまえを行き過ぎて、ぽーん……とどこかへ消えてしもたらしい」

べつの女が、

「うへーっ、怖い話やなあ」

「そいつが下手人やろか」

「よう、斬られへんかったもんや」

「ははは、言うてしもた。やっぱりあてらは飴ちゃん配られるとなんでもしゃべってしまうなあ」

みくは頭を下げた。源八の渡しは東寺町筋のもっとも東端である。

「ありがとうございます。刀を持ってたひとの人相とか風体は聞いてはりまへんか」

「お侍やなくて、坊さんみたいな恰好やったらしいわ。暗かったさかいなあ。月が照って、血刀だけが目に入ったそうや」

ほかの女が、

「あのあたりは見越し入道が出る、ていう話やけど、見越し入道は坊さんの恰好してるらしいで」

「入道いうのやさかい坊主に決まってるがな。——そうそう、見越し入道の正体はキツネかイタチらしい。もしかしたら、藤助はんもキツネに化かされたんとちがうか」

「けど、目明しが殺されたんやろ。キツネがひと殺ししたりするやろか」

「イタチは喉にかぶりついて血ぃ吸うらしいで」

「イタチが刀を使うのもおかしいな」

「カマイタチゆうのがおるわ」

「見越し入道が出たら、『見越し入道、見越した』て言うたら消えるらしいで」

「化けものが目のまえにおるのに、そんなこと言うゆとりあるかいな。ぎゃーっ、助けてーっ、て言うぐらいが関の山や」

おかみさん連中のしゃべりの洪水はとどまるところを知らない。飴をなめながらぺらぺらしゃべってくれる。

「また来てや」

長屋を出るとき、皆がそう言ってくれた。清八が、

「親方、上手いこと聞き出せるようになりましたな。宇佐七親方も、よう飴使ってはりましたわ」

「そう……？」

みくはほめられてにっこりした。やっぱり飴やな、とみくは思った。通りに出ると、子どもが数人寄ってきた。

「笛吹き飴のお姉ちゃん、飴売ってちょうだい」

「ごめん。うち、今日は飴売ってないねん。けど、ひとつずつでよかったらタダであげるわ」

「うほーい、やったーっ！」

皆はたいそうな喜びようである。みくはふと思いついて、

「なあ、みんな……この辺で妙な噂聞いたことないか？」

「妙な噂て、どんなん？」

「化けものが出たとか、ひとが消えたとか……」

　子どもたちは片方の頬っぺたを飴で膨らませながら考えている。そのうちのひとりが言った。

「あのな、あのな、あんまりいらんこと言いふらしたらおかんに叱られるさかい黙ってたんやけどな、飴もろたさかい言うてしまうわ。うちのおとん、鳥刺しやねんけど、こないだ木《き》村堤《むらづつみ》に雀がぎょうさんおるさかい獲《と》ってたら、夕方になってしもたらしい。そうしたら黒い着物着たおっさんが目のまえに立ってな、怖い声で『ここで雀を獲ってはならん。帰れ！』と怒鳴ったんやて……」

　その子どもの言うには、鳥刺しも負けん気を出して、

「なんであかんのや。天下の往来やないか」

「このあたりには日暮れになると見越し入道という化けものが出てひとを食う。危ないゆえ忠告してやったのに……」

「わてはこの歳になるまで化けものなんぞ見たことがない。いっぺん会うてみたいと思て歩いとるのや」

「ふふふ……さようか。それならば見せてやろう」

言ったが早いか、男の足もとから黒い煙がむくむくと湧きだし、男の身体を包み込んだ。

「わははははは……」

笑いながら男の身体はどんどん空に向かって伸びていき、ついにはかたわらの柿の木をはるかに超える高さとなった。およそ二十五尺（約七メートル半）もあろうか。しかし、男の顔は鳥刺しのほうを向いたままだ。そして、ふっ……と消えた。鳥刺しは尻もちをつき、泥だらけになりながらもその場から逃げ出したらしい。

「おとんは帰ってくるなり布団に潜り込んで震えてたわ。そのあと三日ほど寝ついてしもたんや」

木村堤というのは東寺町の東端よりもまだ大川寄りの堤で、源八の渡しのほうまで続いている。草がぼうぼうで、キツネ、タヌキの棲《す》み処《か》になっており、ほとんどひと気はない。

「お姉ちゃん、見越し入道ってほんまにおるんかなあ」

「さあ……あんたのお父ちゃんは嘘はつかんやろ」

みくはそう言った。

◇

その部屋は薄暗かった。細い蠟燭《ろうそく》が一本だけ立てられている。わざと暗くしているように思われた。ふたりの男が顔を近づけ、小声で話をしている。ひとりは立派な身なりの初老の武士、もうひとりは……黒い影である。

「目明しの件は上手く片づいたようだな」

「はい、一撃で仕留めました」

「相変わらずの腕よのう。足はついておらぬであろうな」

「ぬかりはございませぬ」

「たまにああいう具合に嗅ぎまわるやつがいてまことに困る」

「我々は相手がだれであろうといくらでも殺してみせますゆえご安堵《あんど》を……」

「たわけめ。わしが、好きこのんでひと殺しをしたいとでも思うておるのか。此度《こたび》はやむにやまれぬことであった」

「………」

「目明しも虫けらではない。親がおり、妻がおり、子がおる。それを考えよ。相手がだれであろうとその命を奪うのだ。わしらもろくな死に方はせぬだろう」

「そのような些事《さじ》、考えたこともござらぬ」

「今までは町役人を抱き込んでなんとかもみ消してきたが、それにも限度がある。これ以上騒ぎが大きくなるとまずいのだ。ここで我らが行っていることが露見したら万事は終わりだ。おそらくお家の改易は免れぬ。殿もわしも腹を切らねばならぬ」

「それでもやめぬのですな」

「そうじゃ。殿のお指図ゆえ、やめるわけにはいかぬ。これしきの量でいくらの命が救えるわけでもないのはわかっておる。だが、殿はおのれを名君のごとく思うておいでだ。殿のあさはかな思いつきのためにひとの命を奪う、というのは本末転倒であるとは思うがのう……」

男は国表《くにおもて》での主君との会話を思い出していた。彼は、このようなやり方では領民は救えぬ、ほかにやるべき施策があるはずだと何度も進言したのだが、主君は聞く耳を持たなかった。

「黙れ！　貴様に余の気持ちがわかるか！　領民を守らいでなにが君主か！」

激昂《げきこう》した主君に茶碗《ちゃわん》を投げつけられ、彼は眉間を割られたのだ。

(殿はよほどあのことが応えたのだろう。無理もないが……)

彼がそう思ったとき、

「恐れながら、ご家老は甘うござる」

「なんだと？」

「ひとの口を封じる法としてもっとも確実なのは、命を奪うこと。我らはそう教えられて参りました。露見が怖いならば、近づいてくるものは皆殺しに……」

「馬鹿を申せ。今は戦国の世ではないぞ。そのような無茶はできぬ」

「それは残念」

「おまえたちも当家が改易になったら天地に棲み処はないのだ。心して務めるようにせよ」

「わかっております。普段はあのような真似をしておりまするが、たまにこうして本来の仕事ができるのもご当家のおかげと感謝しておりまする」

「わかっておればよい。とにかくここにひとを近づけぬことだ。夜中は、例の噂のせいでひと通りが少ないが、このあたりは与力や同心の拝領屋敷が並び、寺も多い。昼間は出入りによほど気をつけねばならぬ」

「ならば、例の噂をもっと広めてはいかがです」

「それは得策ではないぞ」

「今のやり方はお気に召さぬと……？」

「あの工夫も善し悪《あ》しだ。化けものが出るという噂が広まると、退治してやろうという侍や調伏《ちょうぶく》してやろうという山伏《やまぶし》なんぞがいらぬおせっかいを焼きに参るかもしれぬ。それに、物見高い連中が怖いもの見たさにやってくることも考えられる。五年まえの男も、もとはこのあたりに出没する見越し入道の噂の真偽を調べようとしておったのだ」

「なるほど……なにかべつの手も思案いたしましょう」

「頼む。わしはあの世話で手が放せぬ。一年で今がもっとも肝要な時期だからな」

「御意。――それでは物見をして参ります」

「見られぬように気をつけろ」

「見られぬのが我々の仕事でござる」

初老の武士はため息をつき、黒い影は無言でその場を去った。どこからかちゅんちゅんという雀のさえずりが聞こえてきた。

四

「おかん、ただいま。すぐにご飯こさえるわ」

長屋に戻ったみくが作ったのは、冷や飯、茗荷《みょうが》の味噌汁、イワシの丸干しを焼いたもの、大根の味噌漬けという献立だった。ふたりは夕食を食べながら、いろいろ語り合った。と言っても、みくが一方的にその日の御用の成果をあれこれしゃべり、ぬいは聞くだけなのだ。

「こんばんは」

甚兵衛が顔を出したが、膳を見て、しまった、という表情になった。

「まだ晩飯中やったか。もう終わってるやろと思うたのに……」

ぬいが如才なく、

「どうぞあがっとくなはれ。甚兵衛さんなら私らも気遣いせんでええさかい……」

「そ、そうか？　到来もんの団子があるのやけど、ひとりでは食い切れんさかい、固《かと》うならんうちに持ってきたのや」

みくが、

「団子やったら百本でも二百本でも引き受けるで！」

「そんなにあるかいな。せいぜい十本や」

そう言いながら甚兵衛は上がり込んできた。ぬいが、

「晩ご飯まだだしたら、どうぞ食べていっとくなはれ」

「いや、飯は食うたのやけど……まあ、せっかくやさかい、いただこか」

みくが五郎八《ごろはち》茶碗を渡すと、自分で飯をよそって食べ始めた。

「それにしても、みくちゃんも毎日たいへんやな」

みくは、冷や飯を頬張り、熱い味噌汁で流し込みながら、

「あれこれ考えながらたずねて回るのはなかなかおもろいわ。足がくたびれるけどな。今日は、見越し入道ていう化けものを見た、ゆう話をいろいろ聞いたわ。見越し入道のせいで東寺町のあたりはひと通りがほとんどないらしい」

「そのことやけど……見越し入道なる妖怪の正体について考えついたのや」

「えっ、甚兵衛はん、すごいやん」

「ふっふっふっ……横町きっての知恵者、謎解き甚兵衛と呼ばれるわしをあなどるなよ。おそらくそれは、からくり仕掛けの人形やと思う」

「はあ……？」

「からくり人形、知らんか？　ゼンマイ仕掛けで、お茶運んだり、太鼓を叩いたり、弓を射たりする人形や」

「聞いたことはあるけど……」

「たぶん首が伸びたり、背が高くなる仕掛けをほどこされた人形があるのや。せやから、からくり人形の細工師をあたるのが早道やないかな」

「うーん……そうやろか」

「それとな、宇佐七さんが残した書き付けに『八十八ツ』と『かくした』と書いてあった謎も解けたように思う」

「ほ、ほんまかいな……」

「わしが察するに、東寺町の寺のなかに、仏への信心を隠れ蓑《みの》にしてひそかにご禁制の切支丹《キリシタン》を信奉する連中がいるのやないやろか」

「えーっ！」

「考えてもみい。『八十』という文字は『やそ』と読む。つまり、耶蘇《やそ》や。宇佐七親方は、『耶蘇法度《はっと》』と言いたかったのやないやろか。『かくした』は『かくれきりしたん』を縮めたものや」

　なるほど、とみくは思った。

「ほな、あのなかに隠れ切支丹の寺がある、ゆうことかいな」

　隠れ切支丹の詮議となるとこれは大事《おおごと》である。

（でも、檀吉親方と回ったとき、そんな雰囲気の寺はなかったけど……）

　甚兵衛はなおもあれこれ推理を並べ立て、飯を五杯も食べてご機嫌で帰っていった。

「おかん、甚兵衛はんの言うてたこと、当たってるやろか」

「からくりのこと？　それとも隠れ切支丹のこと？」

「どっちもや」

「そやなあ……私の考えとはちょっとちがうわ」

「おかんの考え、聞かせてくれる？」

「あのな、鳥刺しに話しかけながら顔がどんどん高くなっていく、ゆうのは人形では無理やないかなあ。顔の部分は生きた人間でないとおかしいのとちがう？」

「…………」

「それと、私は『八十八ツ』の『八十』が『耶蘇』とは思えん。それやったら『八ツ』はいらんのとちがう？　あと、寺請制度というのは切支丹を見つけ出すためのものやろ。

お寺に隠れ切支丹が集まるのはむずかしいと思うで」

「なるほど……」

「八十八というのは、たとえば八木という漢字をばらばらにしたものかもしれへんやろ」

「八木……八木沼一角！」

ありうるかもしれない。「ツ」は「沼」の左側の「さんずい」だったのかも……。

「やっぱり八木沼一角ゆう浪人が下手人やったんか。倒れてるおとんから財布を持ち逃げした、ゆうだけやなかったんや」

「おみく、決めつけたらあかんで。まだ、なんにも証拠はない。頭を柔らこうして、いろいろ考えなはれ、て言いたかっただけや」

「おかんは、なにか思いついてることがあるん？」

「ないことはないけど……」

「教えて！」

ぬいは笑って、

「私の答はあくまで私の答。あんたの答は、あんたが自分で見つけ出さなあかんのや」

そう言って、教えてはくれなかった。

「おかんのケチ……」

「ほほほほ……それやったらその八木沼一角とかいうおひとの居場所、ちょっと心当たりがあるのやけど、それだけ言うたろか」

「知ってるん？」

「当たってるかどうかわからんさかい、話半分に聞いてや。八木沼一角は東寺町の寿郎寺ゆうお寺にかくまわれてるのとちがうやろか」

「えっ？　なんでそう思うの？」

「たいがいのお寺が、機嫌よく協力してくれたのに、なんでそのお寺の住職だけがそないにいきりたったのやろな。それに、東寺町のお寺は軒並み八木沼の被害に遭うてるのに、寿郎寺だけ素通りゆうのはおかしいやろ。少なくとも、名前ぐらいは聞いたことあるはずやのに、なんで『知らん』て言い張ったのやろか」

「あ……」

「お寺ゆうのはお寺社（寺社奉行）の支配やさかい、町方が勝手に踏み込めん。それをええことに、賭場がこっそり開かれてたりするらしい。お寺は、場所を貸すのと引き換えに博打の上がりからなんぼかもろてますのやろな。八木沼一角は賭場の用心棒をしてるそうやないか。もしかすると、見越し入道の噂も、賭場にひとを近寄らせんために寿郎寺がわざと流してるのかも……」

「おかん、なんでそんなことがわかるの？　家から一歩も出てないのに」

「あんたの話を聞いて、そやないかなと思ただけや。それに、じっと寝てるほうが案外わかってくることもあるのやで」

「ふーん……」

みくが、明日、寿郎寺に行ってみようと決心したとき、

「ご注進、ご注進！」

喜六がやってきた。

「どないしたんや」

「八木沼一角の居場所がわかりましたで！」

得意そうに言う喜六にみくが、

「もしかしたら寿郎寺ちゃうか」

喜六は顎が外れるほど口を開けて、

「な、なんでわかったんや？」

みくはぬいと顔を見合わせてくすくす笑った。

「わてが汗かいて調べてきたのに、もうご存じとは……骨折り損のくたびれ儲《もう》けやがな」

喜六は口を尖《とが》らせた。

「まあ、そう怒らんと、調べてきたことを言うてみ」

喜六の話によると、盗品の質入れの件で入牢《じゅろう》していたギラギラの茂兵衛は問われるがままに罪を白状に及んだため、五十叩きの刑を受けて釈放された。盗んだ品自体は安い品ばかりだったので軽い刑ですんだのだ。仲間の八木沼一角も盗みに関わっているのではないか、と吟味役にきかれたが、自分ひとりでやった、八木沼からは古い財布をもらっただけだ、と答えた。

牢屋敷を出た茂兵衛のあとを喜六がつけていくと、なんと天満の東寺町に向かい、寿郎寺に入っていったではないか。思い切って寺のなかまで入り込み、物陰に潜んで様子を窺《うかが》っていると、本堂の裏手から浪人がひとり出てきた。着物は垢《あか》じみており、腰の刀も塗りが剝げている。

「えらい目に遭うたようだな。わしのことは黙っていてくれたか」

「居場所は知らんて言うといたけど、五年まえにあんたが、倒れてた目明しから財布を盗ったことはしゃべってしもた」

「やはりそうか。財布のことを聞いたときに、まずいと思うたのだ」

「けど、あの財布には十文しか入ってなかったんやろ。夜鳴きうどんも食べられん、言うてボヤいてたやないか。そんなはした金盗ったかて、たいした罪になるかいな」

「おまえはかんざしや櫛を盗んだだけだからよいが、わしはそうはいかぬ。あの男が目明しだったことはあとになって知った。町奉行所の手先の死に関わったとなると、召し捕られるかもしれぬ。預かった財布を届けなかっただけ、という言い訳が通用すればよいが、わしも脛《すね》に傷持つ身ゆえ、きつい吟味を受けるとほかにいろいろぼろが出る。だから、捕まりたくはないのだ」

「それはわかるけどな。——ああ、打たれたところがきしきし痛むわ。痛い痛い。財布なんかもらわんかったらよかった」

「すまんすまん。まあ、酒でも飲んでくれ。わしのおごりだ」

そう言ってふたりは庫裏《くり》のほうに消えたという。喜六はみくに、

「けど、どう見てもあんまり強そうには思えまへんでしたで。あんな素浪人に宇佐七親方や檀吉親方がやられるやろか」

「うーん……」

みくは腕組みをして考え込んでいたが、

「よし、明日と思てたけど、今から寿郎寺に行って八木沼一角に会うてみる」

喜六が、

「召し捕りますのか」

「それはまだわからん。とにかく会わんとはじまらん」

ぬいが、

「江面の旦那にお知らせして、何人か人数を出してもろたほうがええのやないの？」

喜六が、

「それやったら、わてと清やんがついていきますさかい心配ご無用」

ぬいが、

「そやさかいに心配なんや。――ああ、私が病気やなかったらなあ……」

「おかん、大丈夫。危ない、と思たらパッと逃げるさかい。うち、逃げ足は速いで。――ほな、行ってくるわ」

「ほんまにほんまに気をつけるんやで」

帯に十手笛を差したみくは、提灯を持った喜六を従えて長屋を出た。途中で清八も合流し、三人で東寺町へと向かった。

「なんや蒸し暑いような、涼しいような晩やなあ……」

喜六がつぶやいた。寿郎寺の門はもう閉まっていた。あたりは静まり返っている。裏に回り、裏木戸を押すと、鍵はかかっていなかった。そっとなかに入る。明かりが灯《とも》っているのは庫裏だけだ。窓からのぞくと、ふたりの男が酒をくみかわしている。ひとりはこのまえ会った住職だ。喜六がふたりのうちのひとりを指差し、

「あいつがギラギラの茂兵衛だす」

「八木沼一角は？」

「いてまへんな」

すると、茂兵衛の声が聞こえた。

「八木沼さんは遅いな。酒が切れたからちょっと買い足しにいってくる、ゆうて、もう半刻《はんとき》（約一時間）は経《た》つで。酔っぱらって川に落ちたのやなかろうな」

住職が、

「まさか町方に見つかって召し捕られたのやないやろな。ここで賭場開いとることがバレたらわしもお寺社に捕まってしまうがな」

「このあたりはナントカ入道ていう化けものの噂が広まっとるさかい、夜のひと通りはない。博打には恰好の場所やからなあ」

「その化けもの、わしは見たことないけど、龍海寺の住職が見たらしいわ」

見越し入道は、寿郎寺の細工ではないようだ。みくたち三人はその場を離れ、寺の外に出た。どうやら八木沼は外出しているらしい。そうなると御用は楽だ。待てばいいのだから。三人は、松の木の陰に隠れてしばらく様子を窺った。喜六が、

「宇佐七親方と一緒になんべんもこんな風に張り込みしたなあ」

清八が、

「アホ……今言い出すことやないやろ。今は御用の最中やぞ」

「御用の最中は親方のこと思い出したらあかんのか」

「おみく親方が悲しい気持ちになったら困るやろ」

「このお方はそんなことで悲しゅうなったりせんわい」

「なるかどうかわからんけど、『なったら困る』て言うとんねん。おまえよりわしのほうが歳上やぞ。黙ってわしの言うこと聞いとけ」

「そんなポンポン言わんでもええがな。わてはちょっと宇佐七親方のことを……」

「それがいらんことや、て言うねん」

　とうとうブチ切れたみくはドスを利かせた低い声で、

「あんたら、今、張り込みしてるのやで！　そんな大きい声で喧嘩してどうするねん。口に栓でもしとき」

　喜六が、

「すんまへん。けど、口にするような大きな栓、どこ行ったら売ってまっしゃろ」

　子どものころから見慣れている喜六と清八の口喧嘩を久しぶりに聞いた。暇さえあればしょっちゅう喧嘩をしているふたりだが、本当は仲がよく、橋のない川を徒歩《かち》で渡るときや、捕り物のときに片方が危うい目に遭ったときなどはしっかり助け合う。いわばふたりで一組だ。これにおみくの父、宇佐七親方と、江面可児之進の四人でいつも探索御用に当たっていたものだ。しかし、そのうちのひとり、宇佐七はもういない……。

（うちにその代わりが務まるやろか……）

　その後もなかなか八木沼は戻ってこなかった。三人はひたすら待つしかなかった。

（なんやろなあ、この感じ……）

みくはなんともいえない居心地の悪さを味わっていた。待ち伏せしているのはみくたちのほうなのに、なぜか、だれかから見られているような気がしてならないのだ。それは、檀吉が死んだときに寺の塀のうえから向けられていた視線と同一のものに思えた。

（「目明し病」の話を聞き過ぎたせいやろか……）

みくがそう思ったとき、前方から足音が聞こえてきた。提灯の小さな明かりが近づいてくる。

「来たで」

みくが言うと、喜六、清八はうなずいた。やってきたのは酒の徳利をぶら下げた浪人で、喜六の言葉通り、尾羽打ち枯らしたような恰好をしている。

「よしっ」

みくは喜六と清八が止める間もなく、十手笛を抜いて、いきなり浪人のまえに飛び出していった。浪人はぎょっとして立ち止まった。それはそうだろう。夜中に、ひと通りのないこの町筋で、若い娘が現れたのだから。

「あんた、八木沼一角か？」

浪人は応えなかった。

「あんたが八木沼一角やったら、ききたいことがある。五年まえにこのあたりで、目明しの宇佐七という男を殺したんか」

浪人の顔が蒼白になり、

「お、おまえはなにものだ。まるで目明しのような口を利くわい」

「そうや、目明しや」

みくは十手笛の先を真っ直ぐ浪人に向けた。

「馬鹿を申せ。若い娘の目明しなどおるはずがない」

「それがおるんやから仕方ないやろ。――さあ、言うてもらおか」

「や、やかましい！　寄るな！　寄らば……こうだぞ！」

浪人はへっぴり腰で刀の柄に手をかけた。そして、その姿勢のままみくに向かって迫った。みくは後ろへ下がった。八木沼はなおもそろりそろりと前進した。

「抜くぞ、抜くぞ。わしが刀を抜いたらどうなるか……ひとりふたりではすまぬことになるぞ！」

悲鳴のような声でそう言うと、柄に手をかけたまま浪人は進んだが、急に踵《きびす》を返して逃げようとした。

「喜六！　清八！」

「へいっ」

喜六と清八が浪人を追う。浪人は酔っていたせいか、脚をもつれさせて転倒した。喜

六と清八は十手を構え、油断なく浪人の前後を挟んでいる。追いついたみくが、

「もっぺんきくで。あんた、八木沼一角か」

浪人は地べたに座ったまま、ヤケクソ気味の口調で言った。

「そうだ。わしは八木沼だ」

「五年まえに目明しを殺したんか」

「ち、ちがう、それはわしがやったことではない。わしが通りかかったとき、あの目明しはすでに斬られて、倒れていた。これは誓ってまことのことだ」

「けど……財布を盗ったやろ」

「う……それは……つい、出来心であった。盗んだわけではなく、檀吉とかいう目明しに届けてくれ、と預かったのだ。しかし、十手持ちのところに持っていく気になれず、そのままになってしまった。入っていた十文も使うてしまった。金がないと人間あさましい気持ちになるものよ」

八木沼は疲れ果てたような顔つきだった。清八が、

「このひとは、あの目明しのひとり娘なんや。もし、あのときあんたがお医者か会所に知らせてくれてたら、あのひとは死なんですんだかもしれんのやで」

「なんと……」

八木沼はみくの顔をしげしげと見つめ、しばらく黙っていたが、やがて頭を下げ、

「すまなかった。関わり合いになりとうなかったのだ。下手人と思われて吟味を受けると、いろいろその……都合が悪い。財布のことはともかく、医者を呼ばなかったのは申し訳なかった」

　みくは喜六、清八と顔を見合わせた。もっと修羅場になることを覚悟してきたのに、あっさりとなにもかも認めたうえ、謝罪までされてしまった。

（案外、悪いひとやないのかも……）

　みくは一瞬そう思いかけたが、

（だまされたらあかん……！）

　気を引き締めて、

「ほんまにうちのおとんを殺したのやないんやな」

「信じてくれ。わしにはひと殺しはできんのだ」

「ほな、このまえこの近くで、檀吉親方ゆう目明しが五年まえとおんなじ手口で殺されたんやけど、それもあんたの仕業やない、ゆうことか」

「ちがう」

「信じてもええのやな」

「信じるも信じぬも、わしは……これだ」

　そう言うと八木沼は腰の刀に手をかけた。みくたちが驚いて飛び退《すさ》ると、八木沼は苦

笑いしながら刀を鞘《さや》ごと抜き、みくに差し出した。受け取ったみくは、

「えらい軽い刀やな」

「それは竹光《たけみつ》だ。親の代からの浪人でな、伝来の刀などとうに売ってしまった。用心棒仕事に箔《はく》が付かぬゆえ持っているだけだ。ひとを斬ることはできぬのだ」

「そやったんか……」

　みくはそう言って、

「わかった。もうええわ」

「わしを召し捕らぬのか」

「あんたは下手人やないのやろ」

「それはそうだが……わしは、おまえの父を見捨てた男だぞ」

「もうすんだことや。うちは下手人が知りたいねん」

　八木沼はぼろぼろと涙をこぼした。

「そや、これ、あげるわ」

　みくは飴をひとつ取り出して、八木沼に渡した。

「なんだ、これは」

「飴や」

「飴はわかっておる。なにゆえ、わしにくれる」

「甘いもん食べたら、ちょっと元気出るからな」

八木沼は飴をなめ、

「うむ……飴など食したのは何十年ぶりであろうか……」

そう言うと、また泣きはじめたので、

「どしたんや？」

「わしにもおまえぐらいの娘がいた。娘が小さい時分、ときどき飴屋から飴を買うてやるとすごく喜んでいたことを思い出したのだ」

「その子、どないしたん？」

「わしの身持ちがあまりに悪いので、呆れて家内とともに出ていった。今はどこでどうしておるのかわからぬが、二度と会うこともなかろう」

八木沼は立ち上がると、よろよろと寺のなかに入っていった。みくは、ふう……とため息をついて、

「当てが外れたなあ」

清八が、

「ほんまによろしいんか、このまま放免して」

「そうするしかないやろ。――けど、やっぱり『八十八ツ』は八木沼一角のことやなかったんや」

喜六が、

「飴玉はおとなにも効き目あるなあ」

そんなことを言い合いながら三人が帰路に就こうとしたとき、一陣の風が吹いて周囲の木々がざわざわと揺れた。大川に向かって道が続いている。その先に、全身黒い着物を身に着けた男がこちらを向いて立っていた。さっきから感じていた視線はこの男のものだったのかも……とみくは思った。嫌な予感がした。暗くて、男がどんな表情をしているのかはわからなかった。男は、

「このあたりには見越し入道という化けものが出て、ひとを食う。近づいてはならぬ。帰ったほうがよいぞ」

みくは十手笛を抜いて、

「あんた、まさか……」

喜六と清八は歯の根が合わぬほど震えている。みくも怖かったが、十手笛を男に向けた。途端、男の足もとから黒煙が湧き上がり、男を包んだ。そして、つぎの瞬間、男の背丈はみるみる高くなっていった。それを見た喜六と清八は、

「見越し入道、見越した！　見越し入道、見越した！　見越し入道、見越した！」

しかし、黒衣の男の伸びあがりはまるで止まらず、ついには遥《はる》か高みから三人を見下ろした。

「まるで効かんやないか！　かみさん連中、嘘ばっかり教えやがって……」

「清やん、どないしよ……」

「どないしよて言われたかて……」

「わはははは……」

見越し入道の高笑いに喜六と清八は、

「ぎゃああああっ」

と叫んで転がるように走り去った。ひとり残ったみくは、

「頼りにならんなあ……」

そうつぶやくと、見越し入道と一対一で対峙《たいじ》した。十手笛を構えて、

（やっぱりからくり仕掛けやないな。ほんまもんの妖怪変化やろか……）

そのとき、月が雲から出て、見越し入道の顔を照らした。絵草紙などに載っている絵にそっくりである。そして、その両眼が怪光を放ち、大きく開けた口が真っ赤に輝いた。

「うわあっ！」

みくはひるんだが、逃げるのだけは必死で踏みとどまった。

「娘、ここになにをしにきた。このあたりはおまえのようなものが夜中に来るところではないぞ」

「うちはお上の御用で探索に来たんや！」

「なに？　娘……わしが怖くないのか。食うてしまうぞ。帰れ！」

　みくの両脚は端《はた》からわかるほどがくがく震えているが、

「お、おまえの正体、キツネかタヌキやろ。それやったら怖ないわい！」

「わしがそのような獣《けだもの》に見えるのか。ならばひと呑《の》みにしてやろう」

「ひえーっ」

　そのとき、

「加勢するぞ！」

　背後から声がかかり、見ると、八木沼一角だ。石を拾い上げて見越し入道目掛けて投げつけはじめた。石のいくつかは見越し入道に当たり、入道はぐらりとよろめいた。

「今や……！」

　みくは入道に突進し、十手笛で足のあたりを払った。

「うわあっ……！」

　見越し入道は突然崩れ、四散した。文字通り、なにかが四方にバラバラに飛んだように見えた。一瞬のち、目のまえにはなにもいなかった。みくは泣きそうになっていたが、八木沼の手前、涙は我慢した。

「おおきに」

　礼を言うと八木沼は、

「なんの……。外が騒がしいので出てみたら、かかる化けものが立っていたので夢中であった。なにしろ刀は竹光で役に立たぬゆえ、石礫《いしつぶて》を放ったが……情けないかぎりよ」

「そんなことない。助かりました。今のやつ、なんなんやろ」

「わしもこの界隈で見越し入道という化けものが出る、という噂は聞いていたが、まことは思わなかった」

「ほんまもんの妖怪やろか」

「わからぬ……。怪我はないか」

「うん。おまへん」

「家まで送ってやろうか」

「大丈夫。走って帰ります」

「気をつけてな」

八木沼一角は寿郎寺に戻っていった。みくは、なおも中腰で十手笛を構えながらあたりの様子を窺っていたが、月明かりになにかきらりと光るものがあった。拾い上げてみると、それは手のひらに収まるほど短い刃物だった。こんなものをみくは見たことがなかった。

（なんや、これ……）

首をかしげながらみくはそれをふところにしまった。急に怖さがつのってきた。みくは家に向かって一散に走り出した。そのあとをひとつの影がつけはじめたことにみくは気づかなかった。

◇

家に戻ると、ぬいがおろおろしながら待っていた。喜六と清八もしょんぼりした表情でそこにうなだれていた。

「すんまへん、親方……」

清八が言った。

「わてら、悪党相手ならともかく、化けものには弱いんだす」

「わかってる。うちもビビッた」

ぬいが、

「なんともないのか。その……見越し入道はどうなったんや」

みくはたった今のできごとをつぶさに語った。ぬいはいちいちうなずきながら真剣に聞いていたが、

「その見越し入道、急に伸びあがっていったかと思うと、いちばんうえの顔はちゃんとしゃべってたのやな。それで、あんたが十手笛で足を払ったらばらばらになって消えたんか……」

「そやねん。甚兵衛はんの言うようなからくり仕掛けではないわ。やっぱりほんまもんの妖怪かも……」

　喜六と清八はまた震え出した。

「あいつが、おとんと檀吉親方を殺したのやろか。頭と足のあいだが二十五尺ある、ゆうことは胴が伸びた、ていうことかな。それに、これ……」

　みくは先端が鋭く尖った短い刃物を皆に見せた。

「化けものが持つのにふさわしいもんやおまへんな」

　清八が言った。ぬいはしばらく考えていたが、

「みく、あんた、千疋狼《せんびきおおかみ》て知ってるか？　狼梯子《ばしご》ともいうけどな」

「知らん」

「山のなかでオオカミの群れに襲われた旅人が高い木に登って助かろうとした。てっぺんに着いて、やれ、安心と思ってたら、オオカミは一匹のうえにもう一匹が乗って、そのうえにまたもう一匹が乗って……という具合に肩車をしはじめた。つまり、オオカミの梯子を作ったのや。あとちょっとで旅人のところまで届く、ゆうところでオオカミの数が足らんようになって、なんとか助かった……ゆう昔話や」

　喜六が、

「なんや、おかみさん、今、昔話なんかしてるときやおまへんで」

　みくが、

「ちょっと待って。——もしかしたら、ひとがちちくま（肩車）して梯子を作ったとしたら……」

　清八が、

「なるほど。五人もいたらだいたい二十五尺にはなるなあ」

　ぬいが、

「いちばんうえのひとりがものすごく裾の長い黒装束を着て、ほかのひとがそのひとを下から下から持ち上げていったら、しまいに見越し入道ができあがる。たぶん顔には怖い面をつけてるのやな。目と口には銀紙でも貼ってあるのとちがうやろか」

　みくは手を打って、

「うわあ、おかん、それや！」

　喜六が、

「せやけど、ちちくまなんて普通はふたり、せいぜい無理しても三人までだっしゃろ。五人も肩車して真っ直ぐ立ってられるやろか」

　ぬいが、

「そのことやけど……みくが拾ってきたこの変な刃物なあ……私はこれまで見たことないけど、もしかしたら……」

ぬいはある言葉を口にした。みくは、

「まさか……」

清八も、

「いまどきそんなもんがいてるかなあ」

ぬいは、

「そやろか。まあ、これは私が頭で考えたことで、なんの証拠もないことやけどな」

「わかった。うち、明日もっぺんあそこに行ってみるわ。いろいろ見落としてることがあるかもわからん」

喜六が、

「えーっ、化けものがおる、てわかってるのにわざわざ行かんでも……」

「今のおかんの話、聞いてなかったんか。化けものやのうてひとや。それに昼間やったらええやろ」

清八が、

「明日はちょっと……どうしても抜けられん用事がおまして……」

喜六も、

「わてもだす。すんまへんけど、明日はおみく親方おひとりで……」

「アホっ！　あんたらビビりやなあ。そんなわがままは許さんで」

「へーい」

「見越し入道があのあたりにひとを近づけんためのもんやとしたら、おとんや檀吉親方はなにか別のものを『見た』のやと思う。せやから殺されたのや。うちは、おとんや檀吉親方が見たものを見るためにあそこに行くのや」

ぬいが笑いながら、

「ほほほ……あんたもちょっと親方らしゅうなったかなあ」

そのとき、表でカタッという音がした。

「だれやっ！」

みくが大声を出すと、「みゃー」という猫の声がした。

「なんや、猫か……」

みくはふうと息を吐いて、

「うち、今日ずっとだれかに見られてるような気ぃしてたんや。また、目明し病になってしもたわ」

それを聞いてぬいは不安そうな顔をした。

◇

喜六と清八が帰ったあと、みくは土間で十手笛を構えてみた。右手だけで支えようとすると、先端が下がってしまう。

（やっぱり重すぎるかなあ……）

みくが普段使っている十手は、宇佐七がみくのために鍛冶屋に特注した細くて短いものだが、十手笛は太くて長い。みくの十手の三倍ほどの重さだろう。よほどの膂力《りょりょく》がないと捕り物のときこれを振り回すのは難しいと思われた。

（たしか、酒《ささ》が好きや、とか言うとったな……）

垣内光左衛門の言葉を思い出したみくは遊び半分で料理用の酒を茶碗に入れ、そこに笛を浸してみた。すると、茶碗の酒がみるみる減っていくではないか。びっくりしてみくが笛を酒から出すと、黒かった笛がほんのりと赤くなっているように思えた。

◇

「なに？　五年まえに殺した目明しの娘だと？」

立派な身なりの武士は眉根を寄せた。

「はい。しかも、先日殺った目明しのところで見習いをしておったようで……」

「見越し入道でも効き目はなかったか」

「なかなか気のきつい娘で……。ややこしいことを探り出されるまえに、殺りますか？」

「馬鹿め。そうたびたび命を奪っていたら、いずれ我らがやっていることが露見する。殺すのは最後の手段だ」

「あんな小娘でも、なめてかかると、蟻《あり》の一穴《いっけつ》から千丈の堤も崩れることになりかねませんぞ」

「わかっておる。一応、町奉行所のほうには手を打ったゆえ、その娘もこれ以上の探索はできぬはずだが……」

「ご家老、何度も申しました通り、たしかなやり方は……殺すことでござる」

「言うな。主家のためとはいえ、若い娘の命を取るなど、後生に障る」

「後生など、まことはござりませぬ。あるのは目のまえの利害だけ」

「おまえの申すことを聞いておると、今が泰平の世とは思えぬ物騒さではないか。おまえは、いや、おまえたちは時代に合わぬ異物なのだ。それをわきまえよ」

「我らをそのようにしたのは殿やご当家ではござりませぬか。我らはただ……命じられるがままに生きて参りました。我らをうまく利用して家の存続を図ったのはあなた方でござる。我らの生きざまが時代に合おうが合うまいが、我らの知ったことではありませぬ」

「家が滅びては元も子もない。そうではないか」

「我らはいずれ滅びる運命《さだめ》と知っておりまする。武家の方々もまた……」

「それを言うな……」

　家老と呼ばれた男はため息をついた。

◇

　町奉行所まえの腰掛け茶屋で、十変舎の一九郎が同心斧寺伊右衛門に食ってかかった。

「檀吉の一件から手を引く？　冗談じゃありませんぜ！」

「俺ぁ、どうしてもこの勝負に勝って、高津の檀吉の縄張りを手に入れなきゃならねえんです。江戸からこっちへ来て、また一から顔を売っていかなきゃならねえってときに転がり込んできた棚ぼた話だ。ましてやあんな娘っ子が相手の捕り物勝負、勝つと決まってるこの勝負、手を引くなんてありえねえ」

「仕方がない。わしも手柄を立てる気満々だったのだが、上から『待った』がかかった」

「町奉行所の岡っ引きが殺されたんだ。下手人を召し捕らねえとお上のご威光に傷がつきますよ、って言ってみたらどうです」

「そうはいかぬ。相手は、同心支配役与力植松左馬《さま》之助《のすけ》殿だ」

　同心支配役与力というのは年番方与力の筆頭である。年番方は、町奉行所内の総務、人事、経理、同心の指導などを行う役で、たいへんな権力があった。植松左馬之助はそのひとりである。

「あのお方に逆らうと出世ができぬ。此度はこらえてくれ」

「なんでその旦那は檀吉の件から手を引けとおっしゃってるんです？」

「さあ……わからぬ。じつは五年まえ、月面町の宇佐七のときも同じことがあったのだ。手先の弔い合戦ということで皆張り切っていたのだが、突然、植松殿が『内々の沙汰有《これ》之《あり》、この探索は打ち切ることにいたす』と言い出したのだ」

「ふーん……そりゃあ妙ですねえ。ですが、あっしはどうしても縄張りが欲しい。打ち切れ、と言われて、はい、そうですか、とは言えませんぜ」

「おまえが檀吉の縄張りを手に入れてくれれば、わしもそれだけ幅が利くことになるゆえ、気持ちは同じなのだが……おい、一九郎、おまえは縄張りが欲しいのか事件を解決したいのかどっちだ」

「そりゃあ縄張りが欲しいに決まってまさあ」

「ならば、思い切って植松殿に相談してみるとするか。わしが考えるに、植松殿はなんらかの理由で真の下手人を暴きたくないのだろう。となると……」

　斧寺はなにごとかを一九郎に耳打ちした。

「これならば、おまえは勝負に勝てるし、植松殿のお望みにも沿うことになる」

「あっしはそれでかまいませんが、植松さまに納得していただけますかねえ」

「うむ、ここで待っておれ」

斧寺は腰掛けから立ち上がり、奉行所のほうに歩いて行った。一九郎は失笑して、

「また、ひでえことを考えなすったもんだねえ。さすが、あっしの見込んだ旦那だ。これなら上方でもうまくやっていけそうだぜ」

しばらくして斧寺は喜色満面で戻ってきた。

「それでよい、下手人をうやむやにせんですむ、との仰せだ。やはり、わしの思うた通りであった」

「なるほどねえ。町奉行所のお役人なんて江戸も大坂も変わりねえな」

「皆が皆、そうだとはかぎらぬゆえ気をつけろ」

「わかってまさあ。それにしても、その浪人は不運だねえ。財布を盗っちまったばっかりに……」

「かまうまい。浪人などゴミみたいなものだ。この世からひとり消えてもだれも悲しまぬ」

そう言って斧寺はほくそえんだ。

五

翌日の昼まえ、みくが腰掛け茶屋で江面可児之進を待っていると、驚いたことに昨夜会ったばかりの八木沼一角が通りかかった。縄で縛られており、その一端を十変舎の一九郎が摑んでいる。

「おう、おみく。悪いが勝負は俺の勝ちだ。下手人はこの通り召し捕ったぜ。へへへ……残念だったな」

八木沼がみくに、

「わしではない！　わしではないわしではない！　わしはひと殺しなどしておらぬ。おまえからもこやつらに言うてきかせてくれ！」

みくは一九郎に、

「そのひとは下手人やない。刀も竹光しか持ってないのや！」

「だれかから借りたんだろ。天満に住んでるし、あたりの鼻つまみものだ。ときどき切り取り強盗もしてたにちげえねえ。おめえの父親を斬り殺して財布を奪い、その罪が檀吉親方によってバレそうになったんで檀吉まで殺っちまった、てえところだろう。おめえの父親が書き残した紙にあった『八十八ツ』がなによりの証拠じゃねえか。八十八ツ……つまり八木沼よ」

「なんでこのひとの居場所がわかったんや」

「簡単だ。俺のいつものやり口さね。このあたりの博打打ちを何人か会所にしょっ引いて、十手で背中を嫌ってえほど打ち据えながら、八木沼って浪人が潜んでいそうなところの心当たりがねえかきいたんだ。だれだって死にたくなきゃ泥を吐くぜ」

「めちゃくちゃや……」

「なにがめちゃくちゃだ。江戸流って言ってもらおうか。だから、女にゃこの商売《しょうべぇ》は無理だって言ったんだ。へへへ……これで高津の縄張りは俺のもんだ。おめえは飴玉でも売ってろ。言っとくが、俺ぁおめえの親父の仇を討ってやったんだぜ。ありがたく思ってくれよ」

「このひとやない。ほかに下手人はおるんや」

「おいおい、勝負に負けたのを認めたくねえってのはわかるが、いい加減にしろよ」

「当人も、ちがうって言うてるやないか」

「最初《はな》っから自分で、あっしが下手人ですって言うやつはいねえよ。なあに、石を抱かせるか、海老責《えびぜ》めにするかすりゃあすぐに吐くだろうぜ」

　八木沼は蒼白になり、

「ひーいいっ、助けてくれ。わしは責めには耐えられぬ自信がある。やってない、と言い通すような根性はない」

「情けないなあ……。わかった、うちがほんまの下手人を見つけたる」

「頼む！　早《はよ》うしてくれ！　わしは……わしは牢問いの道具を見ただけであることないことしゃべってしまうかもしれぬ！」

　八木沼は泣きそうな声で言った。一九郎がみくに、

「わかってねえな。真の下手人もなにも、御用はもう終わったんだよ。こいつが下手人で、おめえは負けたんだ。会所での吟味も済んで、今から入牢証文をいただきにあがるところだ。――おっと、いつまでもこんなことしてられねえ。早く連れていかねえと斧寺の旦那に叱られらあ。――弥次郎兵衛、喜多八、行くぜ！」

　そう言うと、奉行所に向かって歩いていった。入れ替わるように江面可児之進が杖を突きながらやってきた。

「旦那、八木沼一角さんは下手人やおまへん。うちが昨晩、当人に会うて確かめました。あのひとは財布を盗っただけです。おとんと檀吉親方を殺ったやつはべつにいます。そいつはたぶん……見越し入道を操ってる連中やと思います」

　一気にまくしたてた。

「見越し入道……？　まだ、そんなことを申しておるのか」

　みくは昨夜の出来事を江面に報告した。自身で見越し入道を見たことや、その正体と

思われるものについても説明した。

「ふうむ、さすがはおぬい殿じゃ。相変わらずたいした知恵ものよ」

「うちのおかんは知恵ものだすか」

「知らぬのか。宇佐七があれだけの手柄を挙げられていたのも、おぬい殿の『推し量り』があったゆえじゃ。宇佐七も、御用に行き詰まった翌日、わしのところに来て、『夕べ、おぬいがこんなことを申しました。当たってるような気がしますんで、ちょっと調べてみます』と言うことがしばしばであったわい」

「へー！　知らんかった」

「わしもまさかとは思うが、ほかならぬおぬい殿が申しておられることならば、その真相……ありうるかもしれぬのう。しかし、この泰平の世に、そんな連中が残っていようか……」

「うちにも信じられまへん」

「じゃが、八木沼が下手人だというのも納得できる理屈がある。それを覆すには、明らかな証拠がいる」

「証拠……」

「もし、八木沼が白状に及ばず、どんな牢問いを受けても知らぬ存ぜぬと言い通し、そのあいだに真の下手人が見つかったらべつじゃが、責めに耐えかねて、おのれが殺ったと口にしてしまい、その中身を書かれた『口上書』に爪印を押してしまったら、それで落着となる」

　八木沼にはとうてい無理そうである。

「落着したらどうなります」

「死罪は免れまい」

「死罪！」

「しかも、切腹ではなく、打ち首獄門ということになろう。そうなると死人に口なし。これまでの一切合切は八木沼がやったことになる」

「そんなアホな……！　牢問いはいつからだすか」

「町奉行所の十手持ちふたりを殺害した憎きもの……ということで、おそらく数日内にははじまろう」

「うち、たった今からほんまもんの下手人を探しに参ります。なんとか見つけるまで、旦那のお力で牢問いの日延べを……」

「それがのう……同心支配役与力の植松左馬之助殿が、八木沼一角が白状に及ぶまで、この一件の探索御用は取りやめ、ほかの案件を優先するようにせよ、とのお沙汰を下された。もっともなことではあるゆえ、わしも従わざるをえぬ。無論、おまえもじゃ。家にて待機せよ」

「うちはなにがあろうと、おとんと檀吉親方を殺したやつを見つけます」

「すでに決まったことじゃ。おまえが動くと、わしがほかの同心たちから、抜け駆けをするつもりか、と非難されよう。それに、御用の途中でおまえが危険な目に遭うたとしても、奉行所の手勢は出せぬぞ」

　みくはうつむいて、じっと考え込んでいたが、やがて顔を上げ、

「すんまへん、旦那。うちは、やっぱりこのままじっとはしてられまへん。ひとりで勝手にやります」

　江面はむっつりと黙り込んでいたが、突然、笑い出した。

「はっはっはっ……おまえは宇佐七の子じゃのう。あいつもしょっちゅう、そんなことを申してわしを困らせておった。懐かしいわい。――おみく、やれるだけやってみよ。ただし、覚悟はしておけよ」

「はいっ」

　江面は声を潜め、

「わしの考えでは植松殿は、天満の地でなにかを企《たくら》んでいるやつらとつながっておる。その連中から袖の下をもらい、なにかあったらもみ消す役目を請け負っておるのじゃろう。わしもうかつには動けぬが、奉行所内でそのあたりのことを調べておこう」

「植松さまというのはそういうおひとなんですか」

「袖の下次第で白を黒と言い変えることも辞さぬお方じゃ。身分が高いのでお頭も一目置いており、だれも意見できぬ」

「お奉行所ゆうのは悪いやつをこらしめるところやと思うてたけど、なかのお役人にそんな悪者がおるんか。がっかりや……」

「これ、声が高い」

「けど、お金で法度が曲がるんやったら、法度になりまへん」

「その通りじゃ。だが、なかには賄賂《まいない》など受け取らぬ高潔の士もおいでじゃ。植松殿にしても、悪人ではない。ただ……腐っておるのじゃ」

「………」

「そういうありさまを変えようとしたものも少なからずおる。おまえの父親や檀吉もその一人《いちにん》じゃ。志半ばで倒れてしもうたがな……」

「そやったんか……」

みくは父宇佐七の顔を思い浮かべていた。

(うちは、おとんのことも御用のこともなんにも知らんかった……)

みくはそう思った。

◇

そのあと、みくは喜六、清八と合流してまたしても東寺町を訪れた。

「こんなことしてほんまによろしいんか？」

歩きながら喜六が心配そうにみくに言った。

「かまへん。うちは、やると言うたらやる」

清八も、

「わてらだけが探索を続けてるのを、ほかの目明し連中に見られたら、えらいことになりまっせ」

「えらいことってどんなこと？」

「その……つまはじきにされたり、寄ってたかってどつかれたり……」

「うちは怖ない。それでもやる。あんたら、怖いんやったら帰ってもええで。ビビッてるやつを無理矢理連れていってもかえって足手まといや」

「足手まとい、はつらいなあ。行きまっせ。行きますけどね……」

喜六が、

「ほんま、おみく親方は怖いもん知らずや。このあたりは同心町が近いさかい目明しの出入りも多いねん」

「ごじゃごじゃ言うとらんと、ついといで！」

「へいっ」

三人は、長屋や商家などの聞き込みを再開した。最初はたどたどしかったみくだが、コツが飲み込めてきたせいか、だんだん迅速になっていった。喜六が、

「おみく親方のやり口見てると宇佐七親方を思い出すなあ。あのお方も、うえからなにを言われても自分の考えを曲げへんかった。そのせいで無茶もけっこうして、わてらびくびくもんやった」

清八が、

「こらっ！　御用のときに宇佐七親方の名前は出すな、て言うたやろ！　このボケ茄子《なす》が！」

「だれがボケ茄子や！　おまえこそえーと……えーと……」

「思いつかんのやったら黙ってえ！」

みくが振り返り、

「かまへんよ。うち、おとんのこと……どんな話でもいろいろ聞きたいねん」

清八の顔がぱっと明るくなり、

「そうだっか。それやったらわてらが、嫌がる親方引っ張って、おかみさんに内緒で新《しん》町《まち》に行こうとした話……」

みくが赤面して、

「そういう話やないねん！　うちが聞きたいのは御用の話！」

「あ、そうだっか。すんまへん」

三人は遅くまで聞き込みを続けたが、収穫はなかった。

◇

「なに？　その娘、まだ探索を続けておると申すか」

身なりの立派な侍が言った。

「はい。手下《てか》のものふたりとともにこの界隈の聞き込みをしておりまする」

「植松殿からの報《しら》せでは、下手人は八木沼一角という浪人と決したがゆえに、同心たちにはこの件の御用を打ち切るように指図した、とのことであったが……」

「聞く耳を持っておらぬのでしょう。昨夜、見越し入道で脅したときも、一向に退く様子を見せませなんだ。おそらく肩車のからくりも見破っておるかと……」

「うーむ……あなどれんやつ。——どうする？」

「それがしははじめから申しております。——消すことでござる」

「だが、今殺しても、八木沼の仕業にはできぬぞ」

「ならば、死骸を放置せず、神隠しのごとく見せかければよろしゅうござろう。ご家老は考えすぎでござる。これまでも幾度となくそうして参りました」

「しかし……若い娘を殺すというのは気が引ける」

「若い娘だろうと赤ん坊だろうと老人だろうと、我らの先祖は命じられるがままに殺してきたのです。そのための技を磨くのが我らの日々の務めでござった。我ら、ご当家では長らく百姓の真似事をさせられておりまするが、本来の姿は『ひと殺し』でござれば」

「忍びとは非情なものよの」

「非情なのは、それを他人にやらせ、おのれは手を汚さぬ権力者のほうではござらぬか。我らは権力者に代わって手を血に染めてきたのです」

家老と呼ばれた武士はため息をつき、

「ひと殺しはしとうないのう……」

「ご決断を。手遅れになりまする」

「わかった。——だれにも気づかれるでないぞ。大勢では目立つ。いつものようにおまえひとりでやれるか？」

「身どもをだれだと思うておられる。伊賀《いが》の影一郎《かげいちろう》でござるぞ。まして、相手はただの小娘……」

男はにやりと笑った。まるで、獲物を獲ることを許された鷹《たか》のような顔つきだった。

◇

夜になった。みくは、

「今日はこのへんにしとこ。よう働いてくれた。これ、お小遣いや」

そう言って、喜六と清八に紙に包んだものを渡した。

「うほっ、これで独楽《こま》でも買うて回して遊ぼか」

喜ぶ喜六に清八が、

「アホ！　煮売り屋へ飲みにいくのや」

みくが、

「悪いけど、帰りに檀吉親方のところへ寄ってくれへんか。おかみさんに、もし十変舎の一九郎が下手人を挙げた、て言うてきても信用せんといてほしい、て言うてほしいのや」

「承知しました。——おみく親方は？」

「うちはもうちょっと聞き込みするわ」

「あんまり無理したら身体いわしまっせ」

「うん、おおきに。けど……あとちょっとだけ……」

そう言ったみくの顔には疲れがにじんでいた。

ひとりになったみくは決然とした顔つきで、真っ直ぐ東寺町筋を大川に向かって歩き始めた。ときどき振り返るのだが、前後にひとの姿はない。僧侶ですら、日暮れになると寺に籠ってしまうのだ。みくは最東端の専念寺《せんねんじ》を越えても歩みをやめず、聞き込みをはじめようとする様子もない。鈴《すず》鹿町《かちょう》に出たあたりでやっと立ち止まり、月を見上げた。

「そろそろ来るはずや……」

みくはそうつぶやいた。ひとりになったのにはわけがある。これ以上聞き込みを続けても埒《らち》が明かぬ。なにより時間がない。こうしているうちにも八木沼一角はあることないことしゃべってしまっているかもしれないのだ。こうなったらこちらから出向いて、真犯人をおびき出すしかない……みくはそう考えて、捨て身の作戦に出たのである。みくは十手笛を抜くと、周囲に向かって、

「見越し入道、聞いてるか？　月面町のみくが来てやったで。出てこんかい！」

あたりは物音ひとつしない。まだ寝ていないらしい雀の鳴き声が聞こえるだけだ。

「聞こえんのか？　あんたらが東町の植松ゆう与力に賄賂摑まして、八木沼一角を下手人に仕立て上げて、この件を幕引きするつもりゆうのはわかっとんねん。けど、うちは手を引かんで。ぜったいにあんたらの尻尾《しっぽ》を摑んで、なにをしようとしてるか暴いたる！」

みくはそう呼びかけながら、十手笛を構え、油断なく前後左右を見やった。十手笛は重い。みくは必死に持ち上げていた。どこにも人影はない。ずらりと並ぶ寺の塀のうえや、墓場などにも目を配ったが、だれもいない。

（おかしいな……。うちの考えやと、すぐに襲ってくると思たんやけど……見込み違いやったか……）

そう思ってみくが緊張を解いた瞬間、なにかがキラリと閃《ひらめ》いた。それは、自分の影法師のなかからだった。みくは、十手笛でかろうじてそれを受け止めた。父親から受けた十手術が身体の芯まで染み込んでいたからできたことだが、みくは十手笛を取り落としそうになった。

地面から湧いたように黒い影がずるりと現れた。黒装束に身を包んだ男だった。手には短い忍刀を持っている。

「ふふふ……わが一撃をかわしたのはおまえがはじめてだ。だが、二撃目はそうはいかぬぞ」

男は刀を逆手に持っている。みくは、

「そうやったんか。地べたに伏せって、相手の影が近づいたら、そこから跳ね上がって喉を斬ってたんやな……」

「そこまで読み取るとはたいしたやつ。生かしておいてやりたいが、そうはいかぬ。こちらも仕事なのだ。父親のところに送ってやる。覚悟せい」

そのとき、十手笛がふっ……と軽くなった。理由はわからないが、手にしっかりとなじんだのだ。

「おとんと檀吉親方の仇や！」

みくは腕まくりをすると、十手笛で男に打ちかかった。男は身軽に何度もとんぼを切りながら後退していく。

（やっぱりおかんの言うた通り忍びの衆やったんやな……！）

みくが追いかけていくと、男はとんぼを切りながらも同時に刀を振るってくる。とてつもない体術である。みくは鉄製の十手でがっきと受け止め、鉤の部分で刀を挟んでからめとろうとした。それを右手だけで、十手をくるくる回転させながら行うのだ。これも宇佐七から学んだ十手術のひとつである。男は驚いたようで、忍刀を奪われそうになった。すかさずみくが一撃した。男とみくは二合《ごう》、三合と斬り結んだ。まったく互角である。男は信じられない、という顔つきになり、軽口も叩かなくなった。

「えいっ……！」

みくが気合いとともに十手笛を槍《やり》のように突き出した。男の十八番《おはこ》を奪って、喉を狙っての「突き」だった。男は受け止めようとしたが、受け損ねて刀を取り落としてしまった。

「不覚……！」

あわてて拾おうとするのをみくは遠くへ蹴飛ばした。男が空中に飛んでそれを受け止めようとしたとき、帰ったと見せかけて近くに潜んでいた喜六と清八が飛び出して、男に石礫をぶつけまくった。

「宇佐七親方と檀吉親方の仇じゃ！」

「くたばれ！」

男は不意をつかれて焦ったようで、刀を掴むことはできなかった。必死で石礫をかわしていたが、馬鹿力の清八が金剛力を発揮して、大きな岩を持ち上げ、男に向かって投げつけた。

「うわっ！」

あわてて飛び退《の》いた男がよろめいた一瞬、みくが十手笛を思い切り横薙《よこな》ぎにした。それが、男の顔面を強打した。

「ぎゃあっ」

男は涙をこぼし、

「ご家老に、あんな小娘でもなめてかかると、蟻の一穴から千丈の堤も崩れる……と申したが、なめていたのは俺のほうだったか……」

そうつぶやくと、ふところからなにかを取り出し、地面に投げた。たちまち黒々と煙が立ちのぼり、男の身体を包み込んだ。

「覚えておけ。忍びは決してあきらめぬ。どんな手段を使うても役目を果たすのだ」

みくは十手笛を構えて立っていたが、一陣の風が吹いて黒煙が消えたとき、そこにはすでに男の姿はなかった。忍刀もなくなっていた。みくは全身の緊張を解いて、十手笛をだらりと下げた。十手笛はいつもの重さに戻っていた。

「やった、やった！」

清八が跳び上がる。

「わてらの勝ちや！」

喜六も躍り上がる。

「アホ！　わてら、やない。おみく親方がほとんどひとりでやったんや」

「ええやないか。わてら一蓮托生《いちれんたくしょう》や。なあ、親方……」

そう言って喜六がみくを見ると、みくはまだじっと立ちすくんでいる。

「どないしましたんや。下手人をひっとらえることはできまへんでしたけど、つぎこそはかならず……」

「そやないねん」

みくは忍びのものが消えた方向を見つめていたのだ。東寺町筋のいちばん突き当たり、空心町《くうしんちょう》と鈴鹿町を越え、木村堤へと向かうすぐ手前に、高い塀で囲まれた建物があった。まるで城郭のように高いその塀のせいで、なかの様子はまったくわからない。しかも、塀のうえにはずらりと忍び返しが仕込まれていて、だれをも寄せ付けぬという強い意志が感じられる。ちょうど昨夜、見越し入道が現れたあたりである。

「あの建物、なんや？　めちゃくちゃでかいけど、寺か神社かなにか？」

みくが喜六と清八にきいた。清八は、

「あれは鈴鹿屋敷とか呼ばれてまんのや。たしか……どこかの大名家の蔵屋敷のはずでおます。どこやったかなあ……」

喜六が、

「伊勢安濃津《あのつ》の藤堂《とうどう》さまやないか？　ほれ、まえにわてらふたりで伊勢参りに行ったときに通ったがな」

「ああ、そやった。親方、津《つ》でおます」

「津……？」

みくは引っ掛かりを覚えた。

（八十八「ツ」……）

蔵屋敷というのは、各大名家が領地で穫《と》れた米や特産品を運び込み、それを売却して換金するための施設である。天下の台所大坂における大名家蔵屋敷は百二、三十ほどもあり、知行地を与えられている寺社、旗本、大名家家老などのものも含めると六百にも及んだが、そのほとんどは中之島《なかのしま》に集まっていた。米相場の立つ堂島《どうじま》に近いことと、大きな川に面しているため海路自国から米や特産品を船で持ってくる便がよかったからである。

芸州《げいしゆう》安芸《あき》の浅野《あさの》家、筑後《ちくご》の有馬《ありま》家、筑前《ちくぜん》の黒田《くろだ》家などはことに大きな敷地を誇っていた。中之島や堂島以外にも多少の蔵屋敷があり、天満にも佐賀の鍋島《なべしま》家、尾張徳川《おわりとくがわ》家、岸和田《きしわだ》の岡部《おかべ》家のものなどいくつか点在していた。なかでも津の藤堂家の蔵屋敷は敷地が広く、浅野家の四千二百坪を上回る圧倒的な広大さを誇っていた。

(なにかある……。蔵屋敷にしては塀が高すぎる。もしかしたら檀吉親方が指差してたのは、これやないやろか……)

みくはふたりを連れて、その屋敷のまわりをぐるりと一周してみた。しかし、門は固く閉ざされ、なかを見ることはできない。耳を澄ましてもなにも聞こえない。ただ、大川からいくつか水路が引き込まれているのがわかった。

水路といってもいずれも小川のように細いもので、米を運んできた船を引き入れるためのものではなさそうだ。

「喜六、どこかに登って、なかをのぞけんやろか」

喜六は身軽で猿のように木登りが得意である。清八が、

「そやそや。アホと煙は高いところに登る、ていつもわしがほめてるやろ」

「やかましい! けど、おみく親方……あきまへんわ。この屋敷、塀のまわりに木が一本も生えてない。切り株がありますさかい、全部伐《き》ってしもたんやろなあ」

「うーん……よほどなかを見られとうないのやろな……」

みくは、

（うちの頭ではこれ以上わからん。帰って、おかんにきいてみよ）

そう思った。

「清八、あんた、江面の旦那のとこへ今のことを報せにいってくれへんか。うちはおかんのご飯支度せなあかんさかいお願いや」

「えー、またわてだっか。なにかあったらお使い役はわてや。たまには喜ぃ公にやらせとくなはれ」

清八が仏頂面をした。喜六は喜んで、

「親方の言いつけや。ちゃっちゃと行かんかい」

みくは、

「喜六に話しさせると、いらんことばっかりしゃべりまくって肝心のことが伝わらんかもしれへんやろ。せやから、清八が適任なんや」

清八はニタリと笑って、

「そういうことだすか。わかりました。それやったら喜んでお使いに行かせてもらいます」

今度は喜六がふくれる番だった。

◇

帰宅したみくは、家の戸が開いていることに気づいた。嫌な予感を覚えながらなかに入って、呆然とした。土間には篠笛の材料の竹が散乱し、家具もこじあけられ、食器や着物などが放り出されている。布団に寝ていたはずのぬいの姿がない。隠しておいた例の刃物もなくなっている。そして、壁に一枚の紙が貼ってあった。

母御は我らが預かった
取り戻したくば
今宵《こよい》子《ね》の刻（深夜零時）
さきほどの場所にひとりで参れ
さもなくば母御の命はないものと知れ

「しもた……！」

みくは、その紙を引きちぎりながら、さっきの忍びのものの「忍びは決してあきらめぬ。どんな手段を使うても役目を果たす」という言葉を思い出していた。

（おかんは病気やのに……ひどいやつらや……）

そこへ隣に住む味噌屋のおくまという老婆が飛び込んできて、

「おみくちゃん、やっと帰ってきたんかいな。おぬいさんがえらいこっちゃ。急に黒ずくめのやつらが押し入ってきてな」

「ひとりだすか」

「いや、五人ぐらいいてたな。おぬいさんを連れていこうとしたさかい、わてが大声出したら、突き飛ばされて……」

「おくまさん、大丈夫ですか」

「わては尻もちついただけやけど、おぬいさんが……」

「わかってます。今から取り戻しにいきます」

「あかんあかん、お奉行所に知らせて、大勢で行かんと、あんたが危ない」

「けど、ひとりで来い、て書いてありますねん。言うこときかんとおかんが殺されてしまいます」

「せやけど女の子がひとりで……」

「うちは女の子やおまへん。――目明しだす」

そのとき、表から入ってきたのは江面可児之進だった。

「江面の旦那、どうして……」

「清八の報告を聞いて、まことに忍びのものがからんでおるならば、このままますむはずがない。おぬい殿の安否が心配になってやってきたのじゃが、このありさまではひと足遅かったか……」

みくは紙を江面に見せた。

「ううむ……これは容易ならぬこと。今からわしは奉行所に立ち帰り、人数を出す手配りをするゆえ、おまえは一緒に来い」

「それはあきまへん。ひとりで来い、て書いてあります。大人数で押し寄せたら、おかんは殺されてしまいます」

「しかし、向こうは明らかにおまえの命を奪うつもりで手ぐすね引いて待ち構えておるのじゃぞ。そんなところへひとりで行くなど、とんでもないことじゃ」

みくはかぶりを振り、

「すんまへん、旦那。こればっかりは勝手させとくなはれ」

江面はしばらく唸《うな》っていたが、

「それはそうと、『ツ』が『津』のことだとしたら思い当たるふしがある。大坂には百二十ほどの蔵屋敷があるが、そのほとんどは大名家が町人から借り受けておるのじゃ。というのは、大坂は徳川家の御領《ごりょう》（天領）ゆえ、大名が土地を所有することは禁じられておるからじゃが、例外がふたつだけある。それが備中松山《びっちゅうまつやま》の小堀《こぼり》家と津の藤堂家じゃ。両家は、大坂の陣で焼け落ちた大坂城を再建する際の普請総奉行の大役を果たした功により、とくに地所を拝領したという。とりわけ天下の豪傑藤堂高虎《たかとら》公への家康《いえやす》公の信頼は厚かったという」

「それがどないかしましたか」

「まあ聞け。藤堂家の蔵屋敷の地所は広大で、およそ二万五千坪はある。おそらく大坂一の広さであろう。ところが、今は留守居役と名代《みようだい》がおるだけで、蔵元も掛屋もおらぬという。津から大坂に米を運ぶのは船の便が悪しく、蔵屋敷としてはほとんど使われていないのではないかと思われる。使うておらぬならば、売ってしまえばよい。それなのに、おまえも見たと思うが、周囲に高い塀をめぐらし、忍び返しをほどこして囲い込んでおる。まるで要害のようじゃ。町人からの借地ならば勝手はできぬが、拝領した土地ゆえ、なにをしようと自由なのじゃ」

「水路が引き込んであったさかい、だれかが住んでるとは思いますけど……」

「じつはあの蔵屋敷の敷地、かつては多数の桜の木が植えられ、花の季節になると道からでも見物できたものじゃ。ところが十年ばかり以前、突然、あのように塀を高くし、外から見えなくしてしまった。十年ばかりまえというと……ちょうど伊勢や伊賀で地震や凶作が相次ぎ、厳しい年貢に耐えかねて一揆《いつき》が起こり、藤堂家の勝手向きが破綻したころじゃが……」

「そのこととなにか関わりが……？」

「うーむ……わしが考えるに、藤堂家はあの高い塀のなかで『なにか』をしておる。それは、ひとに見られたくないことなのじゃ。そのために、見越し入道の噂を流してひとを遠ざけておる。その『なにか』を見た宇佐七と檀吉は殺された……と思う」

「ほんまにほんまだすやろか」

「証拠はない。町人の借地ならばともかく、大名家の敷地に町方が踏み込むわけにもいかぬ。だが……檀吉がおまえに残した最後の言葉を思い出してみよ」

「『わかった……とう……とう……』……あっ！」

「檀吉は『とうとうわかった』と言うたのではなく、『藤堂』と言おうとしたのではないか」

「きっとそうに違いおまへん！」

「それに、藤堂家といえば、伊勢だけでなく伊賀にも大きな領地を所有しておる。伊賀といえば……」

「伊賀の忍び！」

「そうじゃ。忍びのものは戦国の世の終焉《しゅうえん》とともに役割を終えたと伝えられておるが、藤堂家の伊賀者は、わずかな扶持《ふち》をもらい、普段は農耕をしながら代々忍びの技を伝承し続けていると聞く。おまえが戦ったのはその連中ではないか」

「そやったんか……」

みくは、今日相対した男が、ひとの影のなかに身を潜め、地面から跳ね上がるようにして喉を狙う技を使ったことを説明した。

「彼らはまともな武芸とは異なる恐ろしい技を身に付けておる。腕達者な宇佐七や檀吉が斃《たお》されたのもそのせいじゃろう。そのようなものたちを相手にして、おまえひとりで立ち向かって勝てようはずがない」

「わかってます。けど、今、おかんを助け出せるのはうちひとりだす」

「わしがお頭を説得してくるまでしばし待てと申すに」

「嫌や嫌や。あとで後悔しとうない」

「駄々をこねるな。宇佐七を失い、今またおぬい殿やおまえまで失おうとしておるわしの気持ちを考えよ。断じてわしはおまえをひとりでは行かさぬ」

「旦那……あれ、なんやろ？」

みくは天井を指差した。江面がそちらを向いたとき、

「えいっ！」

みくは江面を突き飛ばし、その脇をすりぬけて駆け出した。

「旦那、ごめん……！」

「あっ、待て！　待たぬか！」

追いかけようとしたが、腰が曲がっている江面はとうてい追いつけぬ。あっというま

にみくの姿は見えなくなってしまった。

「仕方のないやつじゃ……」

江面はゆっくり歩き出したが、

「水路か……まさかとは思うが……」

そうつぶやいた。

六

その部屋で、ぬいは布団に寝かされていた。すぐ横に、身なりのよい初老の武士が正座していた。そのうしろには、黒ずくめの男たちが五人、並んでいる。初老の武士はぬいに向かって頭を下げ、

「おまえを人質にするというのはわしの指図ではない。こやつらが勝手に先走ってしたことだ。足腰立たぬ病人をかかる無体なやり方で連れてきたこと、申し訳なく思うておる。しかし、連れてきてしまったうえは、仕方がない。覚悟していただこう」

「わかってます。私も長年目明しの女房してましたさかい、いつかはなにか起きるやろと思とりました」

「たいした落ち着きぶりだな……。わしは、小山田《おやまだ》史郎三郎《しろうさぶろう》と申して、訳あって主名と

身分は明かせぬが、さる大名家に仕えるもの。ここに控えておるは、わが家来たちだ。おまえにはなんの恨みもないが、おまえの娘があれこれ嗅ぎまわっておるようでな、ついには当家きっての手練れと互角に戦ったばかりか、痛手を負わせた。末恐ろしい、たいした娘だ」

　黒ずくめの男たちのうちのひとりは、横面が腫れ上がっている。

「さよか……おみくがそんなことを……」

「あの娘ならば、いずれ我らの秘密を見つけ出してしまうだろう。それは困るのだ。あの娘の口を封じねばならぬ。わしは五年まえ、心ならずもおまえの夫の目明しを殺した。此度、おまえの娘も手に掛けることになろうとは……これも因果とあきらめてくれい。菩提《ぼだい》はねんごろに弔ってつかわす」

　横面を腫らした男が、

「ご家老、甘うござるぞ。冷徹になられませ」

「たわけ！　人前でわしを家老と呼ぶな、とあれほど申したではないか！」

「どうせこの女も消してしまうのですからかまいますまい。それに、どこの家中の家老かは口にしておりませぬ」

　ぬいが、

「あの……どこのご家中のお方か、お当てしまひょか？」

「なに？」

小山田はぎくりとした。

「おそらく、津の藤堂家のご家老さま。うちのおみくが、東寺町の外れで見越し入道を見た、と聞いたときに、ぴんと来ましたのや」

「うう……なにゆえそれが……」

「そして、あなた方がここでやってることもお当てしてもよろしいのやけど」

「なにい？」

「大坂一広い敷地の蔵屋敷を、近頃はまったく使てはらへんとか。それなのに売ろうとはせず、まわりを高い塀で囲んでしもた。そんなことをまえに耳にしました。そして、うちの夫が残した書き付けにあった『八十八ッ』『かくした』という文字のことを考えると……」

ぬいは、あることを口にした。小山田は蒼白になり、

「なぜわかったのだ！」

「『推し量り』ましたのや」

そう言ってぬいは微笑んだ。

「違てましたかいな」

「いや……おまえの申す通りだ」

小山田はため息をついた。

「気づいたものを殺めて口を封じる……そんな無理を重ねていけば、いつかは露見する。そう思いながらも、やめるわけにはいかぬのだ。わしも、このような綱渡りを続けていることに耐えかねて、すべてを放り出したい気持ちになるときもある。しかし……殿は決してやめさせてはくれぬ。それどころか、もっと増やせ、と言うてくる。ふふ……すまじきものは宮仕えよ」

小山田家老が自嘲気味にそう言ったとき、不思議な音が耳に入った。

「む……なんだ、これは」

黒ずくめの男のひとりが、

「笛の音のようでござる」

ぬいが、

「おみくや……！」

そうつぶやいて、胸のまえで両手を合わせた。

◇

みくは、藤堂家の蔵屋敷のまえに立って、十手笛を吹いていた。笛を吹くときは心を込めて吹け、そうしたらつらいことも悲しいことも忘れる、笛には神さんが宿ってるのや……宇佐七の言葉を思い出しながら。

（おとん……今から仇討ちするさかい見といてや……）

曲は「妖星」である。旋律を重ねていると、いきなり目のまえに垣内光左衛門が現れた。

「やっぱりあれは夢やなかったんか……！」

「なにを申しておる。酒《ささ》はどこだ」

「酒なんかない」

「なに？　つぎに呼び出すときは酒をたもれ、と申しておいたはずだ」

「昨日、飲ませたったやろ」

「あんなもの、飲んだうちに入らぬ。せめて一升は飲ませてもらわぬと……」

「それどころやないねん。じつは……」

みくは事情を早口で説明した。なにしろ二百数えるあいだしか現世《うつしょ》にとどまれぬ相手なのだ。

「それを早う申せ。――わかった。案ずるな。すぐにかたをつけてやる」

「いらんことせんとってや。おかんを取り戻してくれたらそれでええねん」

「ほーっほっほっほっ……皆まで言うな。わかっておる」

垣内光左衛門はふわり……と跳び上がった。その姿はまるで「重さ」のないもののようにすうーっと宙を進み、高い藤堂家の塀を楽々飛び越すと、なかに消えた。

「ほーっほっほっほっ……」

　笑い声が遠くから聞こえてきた。

「だいじょぶかいな、あのひと……」

　みくはそうつぶやきながらも待つしかなかった。

◇

「だれがこのような夜中に笛を吹いておるのだ」

　影一郎が、

「見届けまする。——影三郎、様子を見てこい」

　ひとりが立ち上がり、部屋を出ていったが、あわてて戻ってきて、

「影一郎さま、あの娘です」

「来たか……。さっきの恨み、晴らしてくれる。行くぞ」

「ははっ」

　五人が忍刀を掴んだそのとき、

「そのほうら、待ちおれ」

　部屋の奥から声がかかった。皆が振り向くと、そこには烏帽子をかぶり、狩衣を着た

男が立っていた。影一郎は信じられぬ思いで、

「い、いつ入ってきたのだ！」

「今だ」

「どうやって……」

「ほーっほーっ！　おろかものの目には入らぬようにだ」

「き、貴様、なにものだ！」

「垣内光左衛門。この女子《おなご》はもろうていくぞ」

垣内はぬいを両手で捧《ささ》げるように軽々と抱き上げ、部屋の四隅に立ててあった四本の蠟燭に向かって「ふーっ！」と息を吹きかけた。たちまちあたりはまったくの闇となり、

「明かりをつけろ！」

「火打石はどこだ！」

「逃げられるぞ。扉を閉めよ」

「貴様、垣内か！」

「ちがう、わしだ。影五郎だ！」

やっと明かりが灯されたとき、垣内光左衛門とぬいの姿はどこにもなかった。しかも、戸は閉まったままであった。

◇

「おみく……！」

振り向いたおみくは、月光の下に母親が立っているのを見た。

「おかん……！」

目に涙をためて、みくはぬいに抱きついた。

「おかん、なんともないか？　なにかされへんかったか？」

「なんともないよ。ものすごいふかふかのお布団に寝させてもろて、ちょっとおしゃべりしただけ。——今の垣内とかいうお方は……？」

ぬいはきょろきょろと周囲を見回したが、垣内光左衛門の姿はどこにもなかった。

「ああ、もう帰ったわ、笛のなかへ」

「えっ……？」

「いや、なんでもないねん」

「私、あのひとに抱えられたあと……なんや、ふんわり空を飛んだような気がしたんやけど……」

「さ、さあ……あんまり軽々と抱えたから、そんな風に思ったんやない？」

「そやろか……。まあ、ひとが空飛んだりせえへんわな。天狗やあるまいし」

　天狗ではないが、それに近い存在かもしれない、とみくは思った。

「おかん、ちょっと離れたところに腰かけといて。今からあいつらが出てくるはずや」

「なにするつもり？　あんた、まさか……」

「そや、召し捕ったる！」

「無理や。一緒に逃げよ！」

　ぬいがみくの手を摑んだとき、

「もう、遅い！」

　蔵屋敷の正門が開き、なかから家老小山田史郎三郎と五人の忍びのものが現れた。小山田は、

「悪いが、おまえたちをこのまま帰すわけにはいかぬ。——さっきの公家はどこにいる」

　みくが、

「もう帰った。二百数えるあいだしかおられへんねん」

「なにをわけのわからぬことを申しておる」

　影一郎が、

「やつがおらぬならば好都合。今のうちに片づけてしまいましょう」

「うむ……罠《わな》かもしれぬが、そのようなことは申しておれぬ。——娘、おまえの母親は

わしらがここでやっておることをすべて言い当てよった。恐ろしいことだ。すまぬがふたりとも生かしておくことはできぬのだ」

みくは十手笛を構え、

「頼むで。お酒飲ませたるさかい……」

ささやくようにそう言うと、十手笛はすーっと軽くなり、手になじんだ。小山田は一歩後ろに下がり、五人の忍びが前面に出、抜刀した。なかには例の短い刃物を手にしているものもいた。影一郎が、

「この娘は俺がやる。おまえたちは見ておれ」

そして、刀の切っ先が地面に付くほどの下段に構えた。みくの全身から汗が噴き出した。

「この刀が跳ね上がったときがおまえの最期だ」

影一郎はそう言ってじりじりと近づいてくる。

（喉を斬る、と見せかけて、脚を狙《ねろ》てるな……）

みくにはなぜかそれがわかった。おそらく笛が教えてくれているのだろう。

「きえーっ！」

影一郎は身体を後ろに大きく反らせると同時に刀を跳ね上げた。刃は脚に飛んだ。みくはそれを十手を垂らすようにして受け止めた。忍びのものの奇襲は一撃必殺でこそ効

果がある。それを受け止められると、急に攻撃力が落ちる。影一郎は刀を持ち替え、二撃目、三撃目、四撃目……を左右に振るってきたが、みくはいずれもしっかりと受け、十手笛をずらして刀を鉤の部分で挟んだ。

「ちっ……！」

皆が見ているまえでの不覚に影一郎がなんとか鉤を外そうとしたとき、みくは左手でふところから大きな飴玉を取り出し、影一郎の顔に叩きつけた。飴玉は、影一郎の右目に命中した。

「ぐえっ……！」

刀を取り落とし、目を押さえて呻《うめ》く影一郎に向かって大きく踏み込むと、みくはその額に十手笛を真っ向から振り下ろした。影一郎は白目を剝《む》いて倒れた。

「おとんと檀吉親方の仇、討ったでえ！」

みくはそう叫んだ。小山田が、

「影次郎、影三郎、影四郎、影五郎……一斉にかかれ！」

残った四人がみくに向かって突進しようとしたとき、

「貴様らはわしが相手じゃ！」

見ると、江面可児之進がよたよたと走ってくる。みくの隣に立つと、

「やっと追いついたわい。——さあ、あとはわしに任せよ」

そう言ったあと、長く走ってきたせいか、げぼげぼと痰《たん》のからんだ咳《せき》をした。

「任せられへん。うちがやる」

「よいから、おまえはぬい殿を守れ」

そして、江面は刀を抜いた。その瞬間、「コ」の字に曲がっていた腰がしゃきんと真っ直ぐに伸びた。驚いたみくのまえで江面は刀を正眼《せいがん》に構え、

「どこからでもかかってまいれ」

忍びたちは互いに様子を見合っていたが、やがてひとりが、

「きぇーいっ！」

そう叫んで斬りかかった。江面は軽くその刀を払うと、見事な胴を決めた。峰打ちである。

「つぎはどいつじゃ」

べつのひとりが斬りつけるのを半身《はんみ》になってかわし、鮮やかな太刀捌《さば》きで首筋を打った。忍びは悶絶《もんぜつ》して倒れた。

「さあ、お代わりお代わり」

江面があざけるように言うと、残ったふたりが左右から同時に襲い掛かってきた。江面は右から来た男と刀を合わせると、左の男の脾腹《ひばら》に蹴りをいれ、ふたりの上体が崩れたところをいずれも一撃で片づけた。みくは呆然としてその活躍を見つめていたが、

「すごい！　旦那……ほんまは強いんだすな」

「ほんまも嘘も、わしは強いのじゃ」

そこまで言ったとき、江面の顔の位置が急にすーっと下がった。しゃんとしていた腰が元通りに曲がってしまったのだ。

「ははは……刀を持つと、一時《いっとき》だけ腰が伸びるのじゃが……長続きせんのじゃ」

小山田史郎三郎は、

「もはやこれまでか……」

そう言って刀を抜いた。

「藤堂家家老小山田史郎三郎、忍びのものを使嗾《しそう》して目明したちを殺め、ここなる母子の口もふさがんとしたことはすでにわかっておる。会所までご同道いただきたい。このあたりは同心町ゆえ、東西町奉行所の同心たちの屋敷が並んでおる。わしが呼子を吹いたら、それらのものが駆けつける。もはや逃れられぬぞ」

「わしは痩せても枯れても藤堂家二十七万三千九百五十石の家老だ。不浄役人の縄目の恥辱は受けぬ。町方が浪人でもない武家を捕えることはできまい」

そのとき、いつのまにか気絶から息を吹き返していた影一郎が、ぬいとみくの後ろから忍刀を構えてそっと近づこうとしているのが小山田には見えた。江面が、

「召し捕ることはできぬゆえ同道願いたいと申しておる。そのうえで藤堂公に大坂ご城

代からお許しを願い、忍びのものたちの裁きに同席していただこう」

「それは……できぬ」

「では、どうするのじゃ」

「こうするのだ！」

　小山田史郎三郎は、素早く移動すると影一郎に背中から斬りつけた。不意打ちを食らった影一郎は血を噴いて倒れ、

「ご、ご家老、な、なにゆえ……」

　そうつぶやきながら息絶えた。返す刀を小山田はおのれの脇腹に突き刺した。

「なにをなさる！」

「今からわしが申すこと、いちいち書き取ってくだされ。最後に書き判をいたすゆえ……」

　そして、その場に座り込んだ。江面可児之進は懐紙と矢立てを取り出した。

「拙者儀、私利私欲のため、家来沢村《さわむら》影一郎なるものを使い、大坂の町人をたびたび斬り殺して金品を奪ったること間違いなしと認めるものなり。この件に藤堂家は一切関知せず、ただ小山田一人に罪科あることは拙者天地神明《てんちしんめい》に誓うべし。なお、八木沼一角なる浪人は冤罪《えんざい》であることも申し添えるものなり。小山田史郎三郎義孝《よしたか》」

　江面は小山田が述べた言葉をすべて書き取った。小山田は震える手で書き判を記すと、

「いろいろ迷惑をかけた。虫のいい話だが、武士の情けだ。残りの忍びたち四人と蔵屋敷にいるほかのものたちは見逃してやってくだされ。かかることが起こりたるときは後始末をする手はずになっておる。――頼む」

「わかり申した」

　小山田はホッとしたような顔になり、息を引き取った。みくとぬいが近寄ってきた。

「おみく、これでよいか。おまえの父と檀吉を殺した罪はなにもかもこのふたりが背負ってあの世に行った。藤堂家を守るためにそうしたのじゃ。このあといろいろと掘り返して、藤堂家の企みを暴き、二十七万三千九百五十石に傷をつけることもできぬではないが……」

　みくはふたりの死体を見下ろし、

「うちはもうええ。仇は討った。――おかんは？」

「私もこれで幕引きにしてほしゅうおます」

「そうか……」

　みくは、

「けど、おかん……このご家老さま、おかんがすべてを言い当てた、ゆうとったけど、ここで結局、このひとらなにをしてたん？」

　江面が、

「さすがはぬい殿じゃ。わしも、水路があると聞いて、ある考えが浮かんだが……」

「私が思いついたのと同じじゃと思います。みく、なかを見なはれ」

みくは門のなかに駆け込んで、

「うわあっ……こ、これ、なんや！」

ぬいと江面は笑いながらゆっくりとそのあとに続いた。

蔵屋敷のなかは、たしかに大坂一の敷地であった。門のところから向こうの端が見えないほどの広さである。その二万五千坪すべてに稲が植えられていた。美しい穂を風に揺らしながら、まもなく迎えるだろう秋の実りを待っているのだ。つまり、蔵屋敷のなかは全部田んぼだったのである。そこを、大川から用水路によって引き込まれた水がめぐっていた。

「おみく、これは隠し田やで」

ぬいが言った。みくはハッとした。宇佐七が残した書き付けの「かくした」という文字は隠し田のことだったのだ。そして、「八十八」はやはり「米」を表していたのだ。

隠し田というのは本来、百姓が年貢の取り立てを逃れるためにひそかに作った田んぼの意である。太閤《たいこう》検地でも多くが摘発され、徳川家においても見つけ次第耕作者は厳罰に処された。しかし、此度の件は、百姓ではなく、藤堂家という大名家による隠し田なのである。江面が、

「藤堂家では、この土地で米を育てていたのであろうのう。藤堂家はその秘密を守るために、ひと殺しまでしたのじゃ」

かつて大和《やまと》の柳生《やぎゅう》家は、ほんのわずかな隠し田の存在を豊臣《とよとみ》家に密告され、所領二千石を没収《もつしゅ》された。

「なんでこんなもんを……」

みくが言うと、

「おそらくは、飢饉《ききん》に備えてのことじゃろう。十年まえに藤堂家が直面した大飢饉のおり、これが始まったのじゃ」

「隠したりせんと、どんどん新しい土地を開墾して田んぼを広げていったらええやん」

「今はどの大名家も、穫れた米を大坂の蔵屋敷に移して、米問屋に売り、換金する、という手順ではなく、空米《からまい》売買ということをしておる。おそらく今年、これぐらいの収穫があるだろうという見通しで、先に米問屋から金を借りてしまうのじゃ。しかし、田畑のことはなかなか目論見《もくろみ》通りにはいかぬ。旱魃《かんばつ》や水害などで米が穫れなかった場合は大きな借金が残る。仕方ないから翌年はまた空米売買をする。こうして借財だけがどんどん膨らんでいく。大名家はどこもかしこも勝手向きは火の車じゃ。おそらく藤堂家が今、大坂の商人たちに対して抱えている借金は百万両か二百万両か……」

「二百万両……！」

「それゆえ、どんなに領国内の米の穫れ高が少なくとも藤堂家は百姓に、年貢は決まり通り納めるよう命じるしかないし、掻き集めたその米は大坂の米商人に渡すしかない。そんなときにまた飢饉が襲ってきたら、領民は飢えて死ぬほかない。そこで、ここで米を作り、もし飢饉が起きたら、国表に移送して領民を救おうとしていたのではないか。米商人に見つかってしまったら取り上げられるゆえ、ひそかにな……」

「ええことやん」

「よいこと？　いくらここが広くとも、穫れる米は百石ほどであろう。それだけの米では飢饉は救えぬ。百石と申せば三百俵ほど。粥にしてふるまえば、それなりの人数が命をつなぐことができるとは思うが、ほんの一時のことじゃ。これだけの米では実際の飢饉においては焼け石に水なのじゃ」

「ふーん……」

「おそらく藤堂公は十年まえの領内の悲惨なありさまが忘れられぬのじゃろう。借金のために米がなく、飢えた領民を見殺しにしなくてはならなかったときのことがな。だからと言うて、ひとを何人も殺したり、ひとをさらったり、無実のものを下手人にしたてたりするなど、けっして許されることではないぞ」

「………」

「空米売買の決まりからすると、穫れた米は米商人に引き渡さねばならぬ。自領内での収穫は公のものゆえ、米粒ひとつまで厳重に管理されており、帳面につけられておる。当然、米商人たちもその中身を知っておる。それゆえ、その帳面外の米が必要だったのじゃ。しかし、他領に隠し田を設けているなどと知れたら、おそらくお家取り潰しは免れまい」

みくが、

「隠し田を大坂に作ったのはなんでやろ」

「ひとに見られぬためであろう。飢饉がないときは、穫れた米を売って金に換えねばならぬ。長い道のりを運ぶことなく、米をすぐに売り払うことができる。そんな場所は天下広しといえど、蔵屋敷が並んで米相場が立つ大坂しかない」

ぬいが、

「けど……見てしもたんやな、うちのひとと檀吉親方は……」

江面とみくは、ぬいを塀にもたれるように座らせると、蔵屋敷の敷地内を調べてみた。ほとんどが田んぼだが、一部には朝鮮人参など高価に売れる薬草類の栽培も行われていた。農具をしまう小屋や収穫した米を蓄える蔵などが並び、農作業をさせられていた農民たちが住み暮らす長屋もあった。忍びのものたちの長屋は別棟になっており、そこにはさまざまな武器が置かれていた。見越し入道の面もあった。

「さあ、これでもうよかろう。帰るぞ」

「えっ？　もうおしまい？」

「今からわしは奉行所に参り、お頭をお起こしいたし、家老の聞き書きを届けることとする。小者ふたりをここにつかわすゆえ、そのものたちにおぬい殿を戸板に乗せて家まで運ばせよ。おまえもおぬい殿とともに帰宅し、看病いたせ」

「わかりました！」

みくは元気よく答えた。

◇

こうして事件は落着した。東町奉行高《たか》井《い》山城守《やましろのかみ》は小山田史郎三郎の聞き書きを証拠と認め、一連の犯行は小山田とその家来沢村影一郎の仕業であり、目的は切り取り強盗ということに決した。翌日、東町奉行所の役人たちが藤堂家の蔵屋敷を検分のために訪れると、門が開け放ってあり、なかにあったはずの田んぼはすべて崩され、稲も一本残らず刈り取られて、どこかに持ち去られていた。船で運ばれたのだろう。おそらく四人の忍びのものとここで働いていた農民たちの仕業であろうと思われた。もちろん彼らの姿はなかった。

八木沼一角は釈放され、十変舎の一九郎の勝ちは取り消された。そして、なぜか古参与力の植松左馬之助が罷免された。理由は「不行き届きの段、有之《これあり》」とのことだった。

町奉行所は家老と影一郎の死骸を藤堂家に引き取ってもらおうとしたが、その両名はある理由で以前に当家をお構いになっているものたちである、とのことで引き取りは拒否された。

つるは高津の檀吉の縄張りすべてをみくに渡そうとしたが、みくは断った。

「うちが欲しいのは、月面町の縄張りだけでおます」

「さよか……ほな、どないしよ」

一九郎が、

「俺がもらってやるよ。そうすりゃいちばん収まりがいいだろ？」

つるは困惑して、

「うーん、そやなあ……。おみくちゃん、どない思う？」

みくは、

「おかみさんさえよければそれでもかまいまへん」

一九郎はにんまりとして、

「そうかい。それなら俺が……」

しかし、まことの下手人を召し捕れなかったのに縄張りを引き継ぐなどもってのほか……という意見が檀吉の手下《てか》たちから続出し、結局、高津の縄張りは複数のものに分割されることになった。一九郎もそのひとりだが、

「ちっ……ずいぶん目減りしちまったもんだ……」

つるが、

「いらんのやったらやらへんで」

「いえ、いただきやすいただきやすちょうだいしやす」

一九郎は両手を差し出した。

◇

数日後の瓦版には、みくの手柄が絵入りで載っていた。そこには、八木沼一角は濡れ衣だったこと、目明し殺しの下手人は大名家を放逐された武士だったが前非を悔いて自害したこと……などが書かれていたが、ほとんどは推測によるいい加減な記事だった。そして、最後に「横町在の謎解き甚兵衛なる仁によると、藤堂家蔵屋敷は隠れ切支丹の集会所として利用されていたのではないか、また、そこにひとを近づけぬためにからくり仕掛けの見越し入道を使っていたのではないか、とのことである」とあったので、みくとぬいは驚き、大笑いした。

こうして「月面町のおみく親方」が誕生した。しかし、事件がないときはあいかわらず篠笛を吹いて子どもたちに飴を売っている。そうしないと生活費が工面《くめん》できないし、手下の喜六と清八に小遣いを渡せないからだ。

「おかん、行ってくるわ」

「気ぃつけてな」

ぬいもあれ以来、心なしか明るくなったようだ。

（やっぱりおとんのことはずっと気になってたんやな……）

みくは篠笛を数本腰に差し、飴を入れたつづらを担いで家を出た。篠笛を口に当てて吹こうとしたとき、

「おみく親方……」

声がかかったのでそちらを見ると、

「あっ、八木沼さん」

八木沼一角はみくに向かって頭を下げ、

「親方のおかげで命が助かった。礼を申す」

そう言って、蒸し羊羹の包みを差し出した。

「おおきに。おかんといただきます」

「ところで、親方に折り入って頼みがあるのだ」

「その『親方』ゆうのやめてんか」

「いや……親方でよいのだ。親方、わしを手下にしてくれぬか」

みくは腰が砕けそうになった。

（注）
「最後の忍者」として知られている沢村甚三郎《じんさぶろう》は、藤堂家に仕えており、嘉永《かえい》六年、浦《うら》賀《が》に来航したペリーの黒船に隠密裏に潜入するよう主君からの命を受け、見事にその任を果たして帰還したという。

ぴーひゃら

その二　未来から来た娘

一

早朝。気の早い真夏の日差しは、大坂の町のあらゆる場所にじりじりと平等に照りつけはじめている。城にも神社仏閣にも大店《おおだな》にも、そしてここ裏長屋にも。セミしぐれといえば風流だが、そんな生易しいものではない。「セミ嵐」ぐらいがふさわしい、耳がキーンとなるほどのやかましさでセミたちが鳴きわめいている。そんななか、みくは目をぎゅっと閉じ、寝よう寝ようとつとめていたが、ついにガバッと跳ね起きた。

「なんや、おみく。もう起きるんか」

上半身を起こした母親のぬいが言った。

「うん、暑うてもう寝てられん。汗だくや。――おかんも起きてたんか？」

そう言いながらみくはぬいの持つ団扇《うちわ》に目を止めた。

「あおいでくれてたん？」

「けど、あんまり効き目なかったなあ」

「そんなことない。夢のなかで涼しい風が吹いてきたなあ、て思てたら、あれはおかんやったんか」

「ほほほ……口の上手《うま》い子」

「おかん、身体《からだ》起こして大丈夫か？」

「私はこれぐらい暑いほうが調子ええみたい。汗もかかへんのや」

たしかに寝汗でべとべとのみくに比べ、ぬいは顔も首筋もすっきりしている。

「ちょっと顔洗《あろ》てくるわ」

下駄《げた》をつっかけて井戸端へ行き、水を汲《く》んで顔を洗い、うがいをする。

「あー、目ぇ覚めた！」

みくが濡《ぬ》れた両手をパッパッと振って乾かしていると、

「おはよう、おみくちゃん」

「おはようさん、今日も暑いなあ」

あちこちの家から長屋のかみさん連中がわらわらと現れた。みくも、

「おはようございまーす！」

「おぬいさんの塩梅《あんばい》、どや？」

かみさん連中は遠慮ということを知らない。ずけずけときく。

「あいかわらずです。けど、今日は身体起こしてたさかいちょっと気分ええらしいで

す」

　みくも負けじとずけずけ返す。これが毎朝くりかえされる「井戸端会議」というやつだ。

「そうか、よかったなあ」

「これ、うちのひとの朝商いの余りや。よかったら持っていき。おぬいさんに食べさせたげて」

　担ぎ（棒手振《ぼてふ》り）の八百屋のかみさんが、売りものにならない屑《くず》野菜のナスをくれた。

「おおきに！」

　みくは水をたらいに汲むとそのなかにナスを入れ、家まで運んだ。

「おかん、八百屋のお浪《なみ》さんに、おかんに食べさせたげて、いうてナスもろたで」

　そう言ってたらいを上《あ》がり框《かまち》にすえる。ぬいはたらいのなかを見て、

「まあまあ、おナスが泳いでますなあ」

　笑いながら顔を洗い、うがいをする。そのあいだにみくは湯を沸かし、飯びつに残っていた飯を茶碗《ちゃわん》によそうと、ナスの塩もみを作った。ナスは小さいので包丁を使わずに手で裂いて、塩をまぶし、きゅっきゅっと水気を絞る。かつおぶしをかけるとできあがりだ。醤油《しょうゆ》もいらぬ。大根の糠漬《ぬかづ》けとともに小鉢に盛る。

「おかん、朝ご飯できたで」

今日は湯漬けだ。暑いときはこれがいちばんさっぱりする。ぬいはお上品に口に運んでいるが、みくはがさがさっと掻《か》き込んで二杯お代わりをした。

「みんな、おかんのこと心配してくれてるわ。今日はナスもろたし、きのうはそうめんもろたし……」

「ほんまにありがたいなあ……。お返しに飴《あめ》でも差し上げたらどうやろ」

「うん。出がけに持っていっとくわ」

「せやけど、まわりは年嵩《としかさ》のおかみさんばっかりで、この長屋にはあんたとおんなじぐらいの年頃の女の子がいてないさかい、話が合わんことないか？」

「そんなことないけど……たしかにこの長屋、若い子ゆうたら赤ん坊か小さい子どもぐらいやなあ」

そのとき、みくはなにかを思い出しかけた。かなりまえ、みくと同い歳《どし》の女の子が住んでいたような気がする。その子と毎日のように遊んでいた……あの子の名前は……たしか……。

「おかん、昔、うちと同い歳の子、おらんかった？　ほら、目のくりくりっとした、おでこの広い……」

「そ、そやったかなあ……。私は知らんわ」

ぬいが言葉を濁したのがみくにもわかったので、それ以上話題にするのはやめた。

（一心寺《いっしんじ》の境内で隠れ鬼したり、ままごとしたりしたような気もするけど……あれは夢やったんかな……）

みくはときどき、自分が「こうあってほしい」と思っていることと現実の区別がつかなくなる。小さいころにそういう友だちがいてほしかった、という気持ちが、記憶とすり替わっているのかもしれない……。

冷たい茶を飲んだあと、つづらを開け、今日の売りものを確認する。仏壇の父親の位《い》牌《はい》に手を合わせ、

「おとん、行ってきます」

そう言ったあと、ぬいに向かって、

「お昼には帰ってくるわ」

「今日は暑うなりそうやさかい、笠《かさ》かぶっていったらどない？」

「いらんいらん。かえって暑いわ」

「そう……？　とにかく気をつけてね。汗かいたら日陰に入って水を飲むのやで。霍乱《かくらん》（熱中症）になるさかい……」

「はーい」

「笛吹飴本舗」という幟《のぼり》が立った大量の飴が入ったつづらを背負い、腰に篠笛《しのぶえ》を一本差し、頭にねじり鉢巻き……といういで立ちでみくは家を出た。まずは、さっき屑ナスを

もらった八百屋の家に紙袋に入れた飴を持っていく。

「そんな気ぃ遣わんでええのに。おぬいさんもきっちりしてはるなあ」

「美味《おい》しいからなめてや。おっちゃんの分も入れてあるで」

「おおきに」

　そのとき、隣の家から悲鳴のような声が聞こえた。

「あんた、なにしてんのや！　それは、わてが着物を質入れして作ったお金やないか！」

「わかってる。ちょっと貸してもらうだけや。すぐに返す」

「なにに使うんや。言わんでもわかってる。富《とみ》を買うのやろ。あかんあかん。富くじなんか当たるはずがない」

「そんなもん、買《こ》うてみなわからんやろ。わしらが知らんだけで、どこかのだれかには当たっとるのや。つぎにそうなるのは……わしかもわからんで」

　みくたちはその家の入り口に近づいて聞き耳を立てた。

「ちがう。あんただけはちがう」

「そんなことないわい。わしは聞いたのや。わしのダチの知り合いの知り合いの知り合いの知り合いの知り合いが当たった、ゆうのをな」

「返してんか、これは家主さんに払う大事な店賃《たなちん》や。ずっと滞ってるさかい、もうじき追い出される。そうなったらわてら一家三人、路頭に迷うのやで」

「富が当たったら、表通りの家に住めるやないか。そのことを考えてみい」

「考えられるかい！　とにかくこのお金はあんたに渡すわけには……あっ、あっ、あっ……盗人《ぬすっと》！」

「ひと聞きの悪いこと言うな！　わしはおまえらのことを思て、こんなことしとんねん。ほな富札買うてくるわ」

「あああ、行ったらあかん！」

家のなかから算盤《そろばん》職人の忠吉《ちゆうきち》が飛び出してきて、かみさん連中をひとにらみしたあと、走り去った。八百屋のかみさんがため息をついて、

「忠吉さんにも困ったもんやなあ」

「どういうこと？」

「今度、高津《こうづ》さんで久しぶりに富突《とみつ》きがあるのや」

かみさんはそれだけ言うと家に入ってしまった。大きな寺院や神社では、修繕費用を賄うためにしきりに富突き興行を行った。今度それが高津神社で開催されるのだ。みくは富突きのことはよく知らないが、その規模にはピンからキリまであり、高津神社のものはことに規模が大きく、その分、当たりの額も半端ではないらしい。しかし、みくは当たるか当たらないかわからない（というよりほとんど当たらない）ものに夢を託すよ

うな気持ちにはなれなかった。父親が、

「あんなもんは貧乏人が一生懸命稼いだ金をお上《かみ》がゴソーッとさらっていくための手立てや。ヤクザの賭場と変わらんで」

と言っていた言葉が今でも耳の底にある。金のないものは一攫千金《いっかくせんきん》を狙ったりせず、コツコツ稼ぐしかないのだ。

「さあ、稼ぐでーっ！」

父親から受け継いだみくの本業は町奉行所の目明《めあか》しであるが、自分が世話になっている同心から手札《てふだ》という小遣いをもらうだけなので、とてもそれだけでは暮らしていけない。ふたりいる手下《てか》にも小遣いをやらねばならない。それゆえ、飴売りはみくにとって大事な収入源だった。

表に出ると、太陽が容赦なく照りつけてきた。茶を飲んだせいか、一旦引っ込んでいた汗がふたたび噴き出してきた。負けるものかと空を見ると、ゲンコツを重ねたような入道雲がそびえたっていた。ふう……と大きなため息をついたあと、みくは歩き出した。篠笛を腰から抜き、祭り囃子《ばやし》を奏でる。

もうじき天神《てんじん》祭りである。船渡御《ふなとぎょ》、だんじり、ハモ料理、花火……しばらくのあいだ大坂の町は祭り一色になる。天神祭りのあとも、御霊《ごりょう》神社、座間《ざま》神社、難波《なんば》神社、生《い》國魂《くたま》神社、高津神社……と夏祭りにはことかかない。老いも若きも、商売そっちのけで文字通り「お祭り騒ぎ」に没頭するのだ。しかし、祭りもいいことばかりではない。ほかの町内に張り合おうとして高額な揃《そろ》いの着物を作り、その支払いができずに夜逃げをした、だの、女房や娘を色町《いろまち》に売った、だのといった「行き過ぎ」もときにはあるらしい。そういう意味では祭りも富くじも似たところがあるようだ。富くじと祭り……今の大坂の町はこのふたつへの期待感で熱に浮かされているように思われた。

いくらみくがお囃子を吹いても、今日はだれも寄ってこなかった。どうやらあまりに暑すぎるらしい。飴はべたつくから買う気にならないのだろう。こういう日はさっぱりしたところてんや枇杷葉湯《びわようとう》（枇杷の葉を煎じた暑気払いの飲みもの）、涼しげな風鈴、団扇、金魚……などが売れるのだ。

この飴なめたら
あっというまに
口のなかがお祭りや
ぴっぴっひゃらひゃら
ぴーひゃらら
憂さも忘れてお祭りや……

みくは鉦《かね》を打ち鳴らして拍子を取り、いつもの客寄せ歌を大声で歌いながら、真《ま》っ直《す》ぐに北へ上っていった。下寺町《したでらまち》に並ぶ寺を尻目に松屋町《まつやまち》を進み、極楽橋《ごくらくばし》を越えると、すぐ東は高津神社である。このあたりは亡くなった檀吉《だんきち》親方の縄張りだったが、今はいくつかに分割され、手下たちに引き継がれている。

太陽が高くなるにつれ、ますます暑さが増していく。

（笠かぶってきたらよかったな……）

今更ながらにぬいの忠告を聞かなかったことを後悔したが、もう遅い。二《ふた》ツ井戸《いど》に出ると、目のまえが道頓堀《どうとんぼり》と東横堀《ひがしよこぼり》の境目である。鉢巻きのあいだから汗が滴ってきて、目に入る。みくは、商売ものの薄荷《はっか》飴をひとつ口に放り込んだ。薄荷なので、すーっとする。多少は涼しい気持ちになれた。そこへ堀から川風が吹きあがってきた。

「すずしーっ！」

みくは、堀川沿いを歩くことにした。風だけではなく、きらきら光る川面《かわも》を見ていると、それだけで少しは涼しく感じる。

甘《あも》うて美味しい
またなめたい
買うてや買うてや

大坂一の笛吹き飴や

安堂寺橋《あんどうじばし》付近まで来るとひと通りが絶える。この辺から農人橋《のうにんばし》、本町《ほんまち》の曲がりあたりまでは昼でもさびしい場所である。

（橋を渡って船場《せんば》のほうに行こうかな……）

そんなことを思っていると、

「おう、姉ちゃん、飴一個もらおか」

土手下から声がかかった。のぞき込むと、人足らしき男が三人立っていた。杭打《くいう》ちをしていたようで、皆、上半身は裸で大きな木槌《きづち》を持っている。三人とも髭面《ひげづら》で、屈強な身体つきである。もちろん全身汗だくで、その汗が太陽に光っている。ぐったりとして、疲労しきった顔つきである。

「へえ、おおきに！」

子どもではないが、今日はじめての客である。みくは精いっぱい声を張り上げた。もうひとりの男が、

「こら、為《ため》、飴なんか食うな。こんな暑いときに食うたら口のなかがねちゃねちゃするやないか」

「知らんのか、留《とめ》。飴なめたら唾《つばき》が出る。暑いのに水が飲めいで喉がからからのときは

飴をなめたらええのや。それも塩気のあるやつをな」

「なんで塩飴やねん」

「汗には塩がぎょうさん含まれとるんや。それが身体からどんどんなくなっていったら具合が悪いさかい、塩飴でおぎなうのや」

「ほー、おまえ、物知りやな」

「これぐらいのこと知らんかったらこの仕事はやっていけんぞ。なんちゅうたかて身体が元手やからな。——おい、飴屋、塩飴あとふたつくれ」

「おおきにーっ！」

　みくは満面の笑顔でつづらを開け、三人にひとつずつ塩飴を渡した。

「おお、美味《うま》い。ガキのころを思い出すなあ」

　留と呼ばれた男が言った。三人の男は仕事の手をしばし休めて、柳の木陰で飴をしゃぶりはじめた。みくは、

（そうか……汗かいたときは塩飴がええのか。知らんかった……）

　そんなことを思いながら、

「おっちゃんら、人足か？」

　為が、

「わしらはもともと黒鍬《くろくわ》ものやったんやけど、今はこの三人で小さい組を作って、あち

らこちらに呼ばれて力仕事をしとるのや」

　黒鍬ものというのは、土木工事や川普請を専門的に行う集団のことである。

「飴買うてくれたお客さんには笛をお聞かせすることになってるねん。曲になにかお望みがあったら言うてや」

「そやなあ……もうじき大坂のあちこちで夏祭りがあるさかいお囃子の笛が聴きたいな。わしら、仕事で行かれへんのや。吹けるか？」

　留が言った。

「お祭りのお囃子……得意中の得意や！」

「おお、それはたのもしいがな」

　みくは篠笛を構えて息を吹き込んだ。ぴーっぴっぴっぴっ……！　という鋭く、太い音が川面にこだました。三人の男はその音の大きさに驚いたようだったが、すぐにがはは……と笑い出し、手を打ってお囃子に加わった。しばらくしてみくが笛を吹き止《や》めると、

「あっははは……なんか疲れが取れたわ。祭りに行ってる気分になった。飴のせいもあるやろけど、お囃子に乗せられてしもた」

「そやな、元気でてきたわ。為に亀《かめ》、残りの仕事、ぱぱーっと片づけて、飲みにいこか」

「アホ、まだ昼にもなってないやないか。それに、今は無駄遣いしたらあかんのを忘れたか」

「あ、そうか。富の札を買わなあかんさかいな」

みくは、

「おっちゃんらも高津の富を買うんか？」

留が、

「そういうこっちゃ。久しぶりの富や。夏の稼ぎは全部放り込むつもりやねん」

「やめとき。めったに当たるもんやない、てうちのおとんが言うとった。全部すってしもたらどうするねん」

「言うとくけどな、そういう考えのやつは生涯金持ちにはなれん。わしらはいつまでも杭打ちやってるのはご免や。富で一発当てて、お大尽《だいじん》になるんや。そうなったときは、おまえの飴、百でも二百でも買うたるわ」

「そら、どうもおおきに」

　三人は、木槌を担いで土手を下りていった。しかし、そのあと客足はぷっつりと途絶えた。みくは柳の下に座り、竹の水筒から水を飲みながら、ぼんやりと川を見やった。日本中の大名家から蔵屋敷に米や特産物を運んでくる船、客を乗せる三十石船、大船に荷を積み込む小舟、舟遊びの屋形船、大小の漁船……などが川を埋め尽くすほどにひしめき、「出船千艘《そう》入船千艘」といわれた中之島《なかのしま》や堂島《どうじま》あたりに比べると船の数は少ないが、それでも漁船や上荷船《うわにぶね》、農家の船、客を乗せた茶船などが狭い堀を上下に行き交っている。みくは船を見るのが好きだ。子どものころから父親に道頓堀に連れて行ってもらい、役者の船乗り込みを見物したり、天神祭りのときは大川《おおかわ》の船渡御を見物したり、ときには木津川《きづがわ》の河口まで行って樽廻船《たるかいせん》や菱垣《ひがき》廻船といった江戸へ下る千石船を見たりしたものだ。

（おかんと船旅をしてみたいなあ……）

　そんなことを思いながら、日陰で汗を拭いているうちにみくはうたたねをしてしまった……。

「ええお天気でよかったなあ」

　ぬいが言った。みくとぬいが乗った船は播磨灘《はりまなだ》あたりの海を進んでいた。帆は風をはらんでぱんぱんに張り、船は波のうえを滑るように走っていた。

「気持ちええなあ、おかん」

「そやねえ。おみくと船旅ができるとは思わなんだわ」

「うちもや。——あそこに見えるの、あれが大坂やろか」

「ほほほほ……あれは淡路島《あわじしま》。大坂はもっと向こうや」

「なんや、そやったんか……」

みくが頭を掻いたとき、

「ひひーん……ぶるぶるぶる！」

という、複数の馬がいななくような声が聞こえ、船の近くを茶色のたてがみのようなものが遠ざかっていくのが見えた。

「おかん、あれはなんやろ」

「あれは海馬《かいば》ゆうてな、海の底に住んでる馬や」

「へー、馬が水のなかにいてるん？」

「よう見てみ。馬ていうても腰から下は魚やで」

みくがもっとよく見ようと身を乗り出したとき、突如、落雷のような音が轟《とどろ》き、地面がぐらぐら揺れた。みくは船から海中に落ちそうになり、船べりを摑《つか》もうとして……ハッと目を覚ました。

（地震……？）

みくは跳ね起き、咄嗟《とっさ》に十手を構えようとしたが……ない。今は飴売りに来ているのであって、十手を持っていないことを思い出した。揺れはすぐに収まった。

「な、なんやったんや……？」

あちこち見回すと、妙なものが目に入った。安堂寺橋の東詰、橋のすぐ下あたりの岸辺に、直径およそ二間《けん》（約三・六メートル）ほどの球形の物体が鎮座している。さっきはこんなものはなかった。色は黒く、下部は格子状の模様がほどこされていた。材質は鉄のようだが、何カ所かにギヤマンでできているらしい小窓があった。もちろんみくがこれまでにまったく見たことのないしろものだった。

目明しとして、細部を検分しなければ……と思ったが、その異様さに足がすくんで近寄れない。逡巡《しゅんじゅん》していると、

「おい、大丈夫か」

見るとさっきの三人の人足である。

「うん、なんともない。おっちゃんらは？」

「わしらも無事やけど……びっくりしたなあ。急にこの丸いもんが空から降ってきたんやからなあ。おまえも肝潰したやろ」

「そ、そやなあ……」

眠っていたとは言えないので、みくは適当に相槌を打った。もうひとりが、

「おまえのうえに落ちてこんでよかったわ。もし、ぶつかってたらオダブツやった」

あとのひとりが、

「ごろごろごろごろ転がって、やっとここで止まったんや」

みくが、

「どこから落ちてきたんやろ」

「さあ……わしら、ずっと杭打ってたからなあ……」

みくは覚悟を決めて、その球体を調べることにした。ゆっくりゆっくり近づいていく。

人足のひとりが、

「お、おい、危ないぞ。やめとけ！」

しかし、みくは球体の側《そば》まで寄ると、手で表面を触ってみた。ざらっとした手触り。思い切ってこぶしで叩《たた》いてみる。ゴン！　という音がした。硬さから考えて木製ではなく、鉄かなにかの金属でできていると思われた。

「よっしゃ、わしも行こ」

人足のひとりが言うと留が、

「やめとけ、為。怪我《けが》してもつまらんぞ」

「せやけど、あんな娘っ子が触っとるのや。わしも負けてられん」

為と呼ばれた男がそう応え、残りのふたりは顔を見合わせた。結局、三人の人足たちも、恐る恐るみくのところにやってきた。

「なんともないか？」

留が言った。

「わからんけど……窓みたいなもんがあるからのぞいてみるわ」

みくはギヤマンをはめこんであるらしい五つある窓のひとつから、なかをのぞき込んだ。しかし、暗くてよくわからない。みくの様子を見て安心したのか、人足たちは球体のいろいろな箇所を調べ始めた。最初はおっかなびっくりだったが、次第に図々《ずうずう》しくなり、しまいには足で蹴ったり、腕をかけて揺らそうとしたりした。

「おい、ここに縄がついてるぞ」

為が言った。みくがそこに目を向けると、鐘の竜頭《りゅうず》のような突起に太い縄が結び付けられていた。しかし、その縄のもう一方の端は、ちぎれたようになっている。

（縄で引っ張ろうとしてたんやろか……）

みくがそう思ったとき、

「お、おい、ちょっと来てくれ」

「どないした、亀？」

亀と呼ばれた男は球の下部を指差して、

「ここに扉みたいなもんがあるぞ！」

格子状の模様がある一部に縦横の切れ目がある。亀は、そこを両手で強く押した。すると、その部分が手前に開き、四角い大きな穴がぽっかりと開いた。みくと人足たちの四人はしばらくその穴を見つめていたが、やがてみくが言った。

「よし……入ってみよ」

みくは、十手代わりに篠笛を一本握りしめると、その穴に向かって一歩踏み出した。

「待て！　なかに入る気か！」

「うん……」

「お役人に届けたほうがええのとちがうか」

　亀が言った。

「うちは目明しやねん」

「嘘《うそ》つけ。おまえみたいな小娘が目明しのはずないがな」

「信じへんのやったらそれでもええ。うちになにかあったら、そのときはよろしゅう」

　そう言うと、みくは穴のなかに潜り込んだ。はじめのうちは目が慣れておらずなにも見えなかったが、はめこまれたギヤマンからのかすかな採光で、そのうち球のなかの様子がだんだんわかってきた。かなり狭い。人間ひとりがかろうじて入れるぐらいの狭さだ。みくが入ってきた穴のうえに、奇妙な文字が書かれていた。漢字でもひらがな、かたかなでもない。異国の文字なのかもしれない。みくは懐紙と矢立てを取り出し、その文字を書き留めた。

（なんもないなあ……）

　荷物や道具の類はなにもなかった。ただひとつ、木製の椅子が中央に置かれている。みくがその椅子をよく見ようと近づいたとき、

「あーっ！」

思わず声が出た。椅子の陰になってわからなかったが、だれかがうつぶせに倒れているのだ。

「どうした、姉ちゃん、なんぞあったんか！」

為と留と亀が同時になかに入ってこようとして入り口でぶつかり合っている。

「ひとが倒れてるんや。だれかひとりだけ手ぇ貸して！」

みくと留のふたりで、その人物を球の外に運び出した。陽光のもとで見ると、それはみくと同じぐらいの年齢の若い娘だった。しかし、衣服が変わっている。白い布でできた、身体にぴったり合う着物に、同じく白い布の袴《はかま》を穿《は》いており、頭にも白い頭巾をかぶっている。そして、頭巾が赤く染まっているのは、頭のどこかに怪我をしており、出血しているものと思われた。みくは娘の頭巾を脱がした。後頭部から血が出ているのがわかった。みくはつづらのなかから晒《さらし》を取り出し、細く裂いて、それで血止めをした。その様子を三人の人足はじっと見守っている。亀が、

「なにものやろ。尼さんかな」

留が、

「こんな尼さん、おらんやろ」

為が、

「この丸いもんに入って、空から落ちてきたんやろ。天人とちがうか？」

「なるほど、この白い着物は羽衣……ちがうやろ！」

留がノリツッコミをした。亀が、

「女やけど、雷さんかもしれんな」

「雷さんが怪我するか？」

「えらい高いところから落ちたとしたら、怪我もするやろ」

「えらい高い高いところてどこや？」

「いちばん高いのは……そら月やろ」

「月宮殿《げつきゆうでん》から来たとしたら、かぐや姫や。この球はかぐや姫の乗りものか」

「空飛ぶ船かもしれんな」

「船にしては櫂《かい》もなければ艪《ろ》もないで。帆柱もないし、舵《かじ》もないし、錨《いかり》もないし……」

みくが三人を振り返って、

「やかましい！　うち、今、脈とってるんや。ちょっと静かにしといて！」

「すんまへん……」

三人は首をすくめた。みくは、

「脈は乱れてるけど止まってはない。だれかお医者さん呼んできて！」

為と留と亀は、

「おまえが行け」

「わし嫌や。おまえが行け」

「わし、医者の居所知らん。おまえ、頼むわ」

「なんでわしが……」

みくは篠笛を振り上げ、

「こらあっ！　押し付けあってんと、とっとと行け！　一刻を争うのや！」

「へいっ」

亀が走り出した。いつのまにかけっこうな数の野次馬が集まってきていて、みくたちとその球を遠巻きにしている。みくはその娘の口に竹筒をあてがい水を飲ませた。大半はこぼれてしまったが、少しは飲んだとみえ、娘は喉を鳴らした。

娘の顔をみくはあらためてじっくりと見た。歳はみくと同じぐらいだろう。身なりが変わっているので気づかなかったが、とても整った顔立ちだ。子どもっぽい丸顔のみくとは正反対で、ほっそりした小顔で、目鼻立ちがすっきりしており、おとなびた色香が感じられる。

「しっかりしぃ！　うちの声が聞こえるか？」

みくが耳もとで叫ぶと、娘はうっすらと目を開けた。みくと留と為が、

「よかった！　気ぃついたみたいや！」

その声に娘は大きく両目を見開き、上体を起こした。しかし、つぎの瞬間、

「あ……痛《い》たたた……」

そう言って後頭部を押さえた。

「急に動いたらあかん。寝てたほうがええ」

みくはそう言ったが娘は眉根を寄せて、

「私は……どうしたのでしょう」

「どうした、て……あんたはこの鉄の玉みたいな乗りものに乗って、空から降ってきたのや」

その瞬間を目撃していないにもかかわらず、みくはそう言った。娘は振り返って球を見た。

「たぶん落ちたときに頭を打って怪我したのやと思う。うちが一応血止めしといたけど、今、お医者の先生が来るさかい、ちゃんと診てもろたほうがええで」

「お医者……」

娘は顔をしかめた。

「うちはこう見えて目明しでな、月面町《つくもまち》のみく、ゆうもんや。御用の筋で二、三たずねるさかい、隠し立てせんと正直に答えてや」

娘は無言だった。

「あんたの名前は？」

「私の……名前……」

娘はなにかを思い出そうとしているようだったが、

「わからない……う……頭が……痛い……」

娘の額には脂汗がにじんでいた。

「……」

「名前をど忘れした、ゆうんかいな。——ほな、どこから来たんや？」

「変わった着物着てるけど、なんで？」

「……」

「この鉄の玉みたいな乗りものはそもそもなんなん？」

「……」

みくはため息をついて、

「なにもかもど忘れした、ゆうんかいな。これでは吟味にならへんな」

留が、

「なあ、忘れたふりしてごまかそうとしてるんちゃうか」

その可能性もあったが、娘の態度を見ているかぎりでは、嘘をついているようには思えなかった。

「住んでるところがわからんと、家のひととか家主さんに迎えにきてもらうわけにもいかんしなあ……。どないしたらええやろ」

　為が、

「とりあえず会所《かいしょ》へでも連れていって、いろいろ思い出すのを待つしかないんとちゃうか」

　もっともな意見である。みくが、

「ほな、うちと一緒に会所に行こか」

　そう言うと娘の顔が蒼白《そうはく》になり、かぶりを振った。

「嫌なんかいな」

　娘はうなずく。留が苦笑して、

「まあ、会所に行きたがるやつはおらんけどな」

　みくが、

「会所があかんのやったら、どこに連れていったらええやろ……」

　そのとき、亀が医者の手を引いて走ってきた。全身に大汗をかいており、川に飛び込んだようになっている。

「あー、汗の小一升もかいたわ」

　医者は荒い息をつき、

「わ、わしもじゃ……み、み、水くれ……」

どっちが病人だかわからない。

「どれどれ……うーむ、なるほどなるほど」

茨木町《いばらきまち》に住む上野長賀《うえのちょうか》という医者が診察と治療をすませたあとで、みくが、

「先生、どないだす？」

「そやなあ……頭の怪我は手当てをしといたさかい、あとは一日に一回、膏薬《こうやく》を貼り替えたらええ。血も止まっとる」

「名前も住んでるところも思い出せんみたいなんですけど……」

「これは、ときどきあるこっちゃ。健忘というてな、頭を強く打ったり、ものすごく驚いたりしたとき、一時的になにもかも忘れてしまう、ゆうことがあるのや」

「どないしたら治ります？」

「普通は、静かに暮らしてりゃだんだん思い出してくるもんや。それでもあかんかったら、気を落ち着ける薬を煎じて飲む、とか、湯治に行くとかすりゃ、ちょっとずつ記憶は戻ってくる。けど、もっぺん大きな衝撃を与えたら突然治る、という場合もあるらしい」

「ほな、しばらくしたら思い出しますか」

「いや……なかには生涯思い出せんまま、ということもあるそうな」

「どっちですねん」

「まあ、おまえさんも関わり合いじゃ。家に連れて帰って、何日か様子を見なされ。薬は出しとくさかい、あとで取りにくるように」

そう言って医者は帰っていった。留がみくに、

「おまえもとんだ関わり合いやな。もう生涯なにも思い出さんかったらどないする？」

「それは……困る」

狭い長屋のひと間で母親とふたり暮らしなのだ。赤の他人に住みこまれてはたまったものではない。

「とにかくこのひとがどこのだれかを調べんと……」

こんな珍しい乗りものに乗っていたのだから、きっとだれかが素性を知っているはずだ……とみくは思っていた。喜六《きろく》と清八《せいはち》を呼んで乗りもののなかをもう一度徹底的に調べ、それでもわからなかったら、そのうちなにか手がかりになるようなことを思い出すのを待つしかない。

「会所が嫌なんやったら、うちの家に行こか」

みくがそう言っても、娘は無表情で球を見つめているだけだ。みくはその横顔になんとなく見覚えがあるような気がした。しかし、いくら考えても思い出せなかった。そのとき、

「おう、どいたどいたどいたどいたあっ」

「高津の十変舎《じっぺんしゃ》一九郎《いちくろう》親分のお通りだぜ、蹴殺されたくなけりゃ道をあけねえか！」

土手のうえからそんな声が降ってきた。野次馬たちはあわてて左右に退いた。そこを下りてきたのは、十変舎一九郎とその子分、弥次郎兵衛《やじろべえ》と喜多八《きたはち》だった。一九郎は野次馬たちに、

「てめえら、御用の邪魔なんだよ。そんなところでまごまご見てやがったら、かたっぱしから牢《ろう》へ叩っ込むからそう思え」

弥次郎兵衛と喜多八が居丈高に十手を振り回しながら、

「牢が嫌なら、とっとと帰りやがれ。さあ、散った散った！」

「見世物じゃねえんだ。散らねえか！」

野次馬たちは仕方なく三々五々帰っていった。一九郎は、

「さて、と……異国から来た、てえ若《わけ》え女はどこにいる？」

だれかが町奉行所に知らせたらしい。同心が動くほどの事件か、それともでたらめかを見極めるために、一九郎が差し向けられたのだろう。喜多八が娘を目ざとく見つけると、

「親分、あいつですぜ」

一九郎は娘に歩み寄って十手を突きつけ、

「おい、おめえ。鉄の球の船に乗って異国から来たってのは本当か」

娘は答えない。

「名前はなんという」

「わかりません」

「なんだと？　俺をなめてるのか！」

「まことにわからぬのです」

「俺のにらんだところじゃあ、おめえ、ご禁制の切支丹《キリシタン》だな。異国から邪宗を広めにきたんだろう。切支丹は大罪だ。打ち首獄門は免れめえぜ」

娘はかぶりを振り、

「私はこの国のものです。異国人でもなければ切支丹でもありません」

「だとしたら、船が沖に流されて、異国船に拾われて、そこからこの丸い船で戻ってきた、てえのか。それでも死罪は免れめえよ。異国に行った日本人が帰ってくるのは禁じられてる。どっちにしても俺《おら》ぁ大手柄ってわけだ。さあ、おとなしく御用になりやがれ！」

「あなたに捕まるわけにはまいりません」

そう言って娘は一九郎に向かって一歩進んだ。一九郎はびくっとして一歩退き、

「弥次郎兵衛、喜多八……この女《あま》をふん縛《じば》っちまえ。抗《あらが》ったら容赦はいらねえ。十手で叩きのめしてやれ！」

「おう！」

「合点！」

　みくが、

「十変舎の親分さん、このひとは異国から来たのやない、と思います。日本の言葉をしゃべってるやないですか」

「なんでえ、おめえ、いたのかい。この件は、斧寺《おのでら》の旦那から俺がご指名を受けたんだ。おめえは引っ込んでろい」

「そうはいきまへん。最初にこの球を見つけたのは、うちと……ここにいる三人だす。あとから出しゃばってきて大きい顔されたら迷惑や」

「出しゃばってるのはおめえだろ。おめえは飴売ってただけだろうが、俺ぁ御用で来てるんだ。――空から人間が降ってくるわけはねえ。異国から来たにちげえねえ。――さあ、会所へ来い！」

　一九郎は娘の腕を摑んで引っ張ろうとした。娘はするりとかわし、一九郎の手首を手刀で打った。

「痛てっ！　なにしやがんでえ！」

「あなたに不幸が訪れます」

「な、なんだと？」

一九郎は気味悪そうな顔をしたが、子分たちの手前、

「へへへ……妙なこと言うじゃねえか。おめえは占い師か？」

「いいえ、違います。違いますが……あなたがもうじき不幸な目に遭うことはわかっています」

「気の悪いことを言う女だぜ。お生憎《あいにく》だが、俺は不幸なんて……」

そこまで言ったとき、ぴしゃっ、という音とともに一九郎の額に白いものが落ちてきた。

「な、なんだ、こいつぁ」

「親分、カラスの糞《ふん》ですぜ」

「そんなこたぁわかってらあ。くそったれめが！」

アホーアホーと鳴きながら頭上を舞うカラスをにらみつけて、一九郎が言った。喜多八が、

「あははは……これがほんとのくそったれだ」

「うるせえ、馬鹿！」

カッとした一九郎は喜多八を殴ろうとしたが、喜多八がかわしたので、一九郎はたたらを踏んだ。踏みとどまろうとしたが体勢を崩してそのまま川に転げ落ちた。ずぶ濡れになった一九郎は必死で立ち泳ぎしながら、娘に向かって怒鳴った。

「やい、女《あま》！　俺が不幸になるってえのは、たかだかカラスに糞をかけられて、川に落ちるだけのことか？　大げさに言い立てるねえ！　冷たくって気持ちがいいぐれえだぜ」

娘は落ち着いた声で、

「そうではありません。あなたの不幸というのは……あなたの後ろに船がありますね」

一九郎が振り返るとそこには荷を運ぶ上荷船が一艘停泊していた。干鰯《ほしか》（イワシを干した肥料）問屋の船のようで、干鰯を入れた大きな俵が山のように積まれており、四、五人の男がそれを小舟に移し替えていた。照りつける太陽のせいで、干鰯はふんぷんたる臭気を放っていた。

「その船は沈みます」

「な、なんだと？」

一九郎は呆《あき》れたように笑って、

「なんでそんなことがおめえにわかるんだよ」

「私にはわかるのです。早く岸に上がったほうがいいですよ」

「うるせえやい！　おめえに指図される覚えは……」

ねえ、と言おうとしたとき、突然、船が右に大きく傾いた。積み上げてあった俵の山が崩れて、川へ落ちていった。船頭らしき男が、

「いかん、船底に穴が開いてる！　このままじゃこの船は……」

言いかけたときにはすでに遅かった。上荷船はガクン！　と膝を突いたようになったかと思うと、艫《とも》のほうから沈みはじめた。あっというまに船は半分ほどが水没した。

「逃げろ！　巻き込まれたらおだぶつや！」

船頭や人足たちは先を争って川に飛び込んだ。一九郎も逃げようとしたが、その頭上から干鰯を入れた俵がつぎつぎと落下してきて、そのうちのひとつが立ち泳ぎをしている一九郎の顔面を直撃した。俵が破れ、大量の干鰯が一九郎に雨のように降り注いだ。干鰯にまみれた一九郎は川のなかに仰向《あおむ》けに沈んでいった。がぼがぼがぼ……という水を飲む音が聞こえてきた。

「いけねえ、親分……！」

弥次郎兵衛と喜多八は一九郎を助けるため大あわてで土手を駆け下りていった。目を丸くしたみくは娘に向かって、

「なんであの船が沈む、てわかったん？」

「見えたのです」

「見えた……？」

「船が沈んでいき、俵の山が崩れて、そのひとつがあの男にぶつかる光景が……。ですから、『不幸な目に遭う』と申し上げたのです」

「ちょ、ちょっと待って。今のことが起きるよりまえに、船が沈むのが見えた、ゆうこと？」

「はい……」

「そ、そんなアホな……」

しかし、たしかに娘が言ったとおりのことがみくの目のまえで起きたのである。

「あんた……先のことが見えるん？」

「そのようですね」

「なんでそんなことができるん？」

娘は下を向き、

「わかりません……」

そこに亀と留と為がやってきた。留が娘に、

「あんた、すごいやないか。これから起きることを言い当てるやなんて、もしかしたら占い師とちがうか？」

娘はかぶりを振り、

「私は占い師ではない……と思います」

「それやったら占いの店出したらごっつうもうかるで」

「私は占ったりしてはいません。ただ……見えるだけです」

「占い師やなかったら、なんやろな」

「わかりません……」

「名前とか、思い出したか？」

「思い出せません……頭のなかに霧がかかったみたいで……」

娘は顔をしかめた。おそらく痛みに耐えているのだろう、とみくは思った。なにかを思い出そうとすると痛むようだ。為が、

「異国から来たのやない、て言うてたな。それはたしかか？」

「はい……私はこの国のものです。それは間違いありません」

「けど……球のなかに異国の文字みたいなもんが書いてあったで」

「でも、私には読めませんでした」

亀が、

「それやったら心配いらんわ。逃げ隠れすることもない。けど……異国から来たのやない、としたらどこから来たのやろ」

留が、

「わしもそれを考えてたのや。異国から来たのでも、天から来たのでもない、としたら……」

為がぽん！　と手を叩き合わせ、

「わかった！　もしかしたら先の世から来たのとちがうか」

　みくが、

「先の世、てなに？」

「未来や。たとえば五年先、十年先の世界から今の世界に来たとしたら……」

　一瞬みくは考え込んだが、すぐに、

「なんや冗談《てんご》かいな。真面目《まじめ》な話かと思たわ」

　為はケケケ……と笑って、

「あの鉄の球が先の世から今の世にさかのぼれる乗りものやったらおもろいなあ、と思たんや」

　留が為の頭を張り飛ばして、

「こいつはわけのわからんことばかり言うとるんや。姉ちゃん、気にせんといてや」

「あはははは……おもろいおっちゃんや」

「時」というものは過去から未来へと流れていくものだ。それに棹差《さおさ》すことはできない。そんなことができるのは神さまだけだろう。しかし一方で、

（この鉄の球が「時」をさかのぼれる船やとしたら……）

　そんなことを考えながらみくは鉄の球のほうを見やって、

「あれ……？」

さっきまで岸辺にあったはずの鉄の球がなくなっているではないか！

「ない……ないないないない！」

為と留と亀もそれに気づき、あちこち探したが見当たらない。亀が、

「消えてしもた……。やっぱり先の世から来た乗りものやったんやろか」

みくが、

「そんなはずない。さっきの騒ぎのさなかに誰かがこっそり持っていったんや。見てみ、地面にひきずった跡がついてるやろ」

みくが指差したところを三人は見つめた。

「あの江戸弁の目明し連中とちがうか」

いつのまにかいなくなっている一九郎たちのことを亀が言うと、

「ちがうちがう。あいつら、溺れた親方を介抱して連れて帰るのに精いっぱいで、そんなことする余裕はなかったはずや。やったのは、ほかのやつやな」

「どこのどいつやねん」

「それを調べるのがうちの仕事や」

「はー、なるほど。おまえはほんまに目明しなんやなあ。見直したわ」

「へへへへ……」

照れながらみくは娘に、

「会所に行くのは嫌なんやろ」

娘はうなずいた。

「ほな、うちの長屋に行こか。おかんが病気で寝込んでるさかいあんまり長いあいだはあかんけど、しばらくやったらいてもろてかまへんで。――うちは、月面町のみく。おとんの跡を継いで目明しと飴売りをしてるんや」

「月面町……のみく……」

娘の息遣いが少し速くなった。

「うちの名前、知ってるんか？」

娘はかぶりを振った。みくは、さっきからずっと頭の片隅に引っかかっていることをとうとう口にした。

「なあ……あんた、もしかしたらまえに月面町の長屋にいた、名前はえーと……えーと……」

みくは突然、名前を思い出した。

「おりんちゃんとちがう？」

娘は、ハッとしたような顔をしたが、すぐにまた能面のような顔つきに戻り、

「ちがいます……」

「あ、そう……。うちが小さいころ、うちとこの長屋に住んでて、よう一緒に遊んだお

りんちゃんていう子がいてな、その子とよう似てたさかい……。けど、あれからずいぶん経《た》つから、今会《お》うてもお互いわからんかもしれへんな」

「そうですね」

「おりんちゃんは、いつのまにかおらんようになったんや。引っ越しする、て知ってたら、最後にいろいろ話もできたし、引っ越し先も聞けたのになあ……」

「でも、私はおりんではありません」

「ごめん、ひと違いやったみたい」

「………」

　みくは留、為、亀の三人に、

「このひとが、あとで起こることを言い当てた、てゆうような話は内緒にしてたほうがええと思う」

「なんでや」

「お医者の先生が、静かに暮らしてたら健忘は治る、て言うてはったけど、評判になって、野次馬が押しかけたら、治るものも治らんやろ」

「そらそうやな。わかった。わしら、黙ってるわ」

「ほな、おっちゃんら、うちはこのひとと一緒に長屋に戻ります。いろいろ手《て》伝《つど》うてくれておおきに」

為が、

「わしらもおもろかったわ。また来いよ。飴買うたるわ。わしらはしばらくこのあたりで杭打ちの仕事しとるさかい」

「うん、またよろしくお願いします」

みくはぺこりと頭を下げ、娘に向かって、

「ほな、行こか」

そう言った。

◇

「あの女《あま》、俺をひでえ目に遭わせやがった。ぜったいに許せねえ！」

ほうほうのていで家に戻った十変舎の一九郎は、飲んだ水を全部吐き出したものの、身震いが止まらず、熱も出てきた。弥次郎兵衛が、

「でも、親分、あいつはなにもしてねえぜ。親分になにかしたのは……カラスと干鰯の俵です」

「うるせえ！　あいつがくだらねえ予言をしたからこんなことになったんだ。あの女のせいだ」

喜多八が、

「けどよ、あいつの言ったことは全部当たったんだ。マジの生き神さまかもしれませんぜ」

「馬鹿野郎！　なにかからくりがあるんだよ！」

「どんな？」

「それをつきとめるのがおめえたちの仕事だろ！　とっとと働きやがれ」

「親分は……？」

「俺ぁ大恥を掻いたんだ。しばらくはひと前にゃあ出られねえ。おめえたちが俺の穴を埋めるんだ」

「なにをすりゃあいいんです」

「そんなことまでいちいち俺が言わにゃあならねえのか。まずは戻ってあの鉄の球を町奉行所まで運ぶんだ。なかを細かく調べればかならずなにか出てくる。それと、あの女の行き先をつきとめろ。あんな乗りものに乗ってるようなやつだ。なにか企《たくら》んでやがるにちげえねえ」

「少々手荒《てあれ》えことをしてもかまやしませんか」

「もちろんよ。言うこと聞かなけりゃ吐くまでひっぱたくなり蹴飛ばすなりしてやれ。高津の一九郎を虚仮《こけ》にしやがった罰だ」

「ですが、親分……先のことを言い当てた、てえだけじゃ罪になりませんぜ」

「まだわからねえのか。俺がにらんだところじゃ、あいつは切支丹バテレンだ。日本人であるもんか。切支丹だ、てえ証拠さえ出てくりゃこっちのもんだ。あの女……この俺さまに楯突《たてつ》くたぁ太《ふて》えやつだ。思い知らせてやる。縛り首にしてやるぜ」

一九郎が凄《すご》んだとき、弥次郎兵衛が言った。

「じゃあ、俺たちゃ御用に出かけやすが、その間に親分は風呂に行ってきなせえ」

「どうしてだ」

「向き合ってると、干鰯臭くってしかたねえんだ」

弥次郎兵衛はそう言って鼻をつまんだ。

二

「ここや。ここがうちの長屋や」

みくは、月面町の裏通りにある長屋に娘を案内した。娘は物珍しそうに木戸や井戸、厠《かわや》、共同の物置きなどを見回していたが、やがて一軒の家のまえで立ち止まった。

「どないしたん？」

娘はかぶりを振って、

「なんでもない。あなたの家に参りましょう」

みくは自分の家の外から、

「おかん、ただいまー。お客さん連れてきたで」

そう言いながら戸を開けた。ぬいが起き上がろうとしたので、

「寝といて。御用の筋の関わりで、しばらくここに住まわせることになったんや」

娘はぺこりと頭を下げた。ぬいは、

「私は腰が悪うてあんまり起き上がれませんのや。不作法やけど堪忍しとくなはれ」

そう言いながらみくに、

「どちらのお方だす?」

みくが、

「それがわからんねん」

「――へ?」

みくは、安堂寺橋付近で起きた大事件のことをぬいに詳しく説明した。

「へー、こちらのお方が鉄の球のなかからなあ……」

娘はきまり悪そうに顔を伏せている。

「会所に行くのは嫌や、て言うさかい、うちに連れてきたんやけど……おかん、かまへんか?」

みくが言うと、ぬいは娘のほうに顔を向けて、

「ここでよかったらなんぼいてもろてもかましまへん。自分がだれか思い出すまでゆっくりしとくなはれ。けど、名前がないとなにかと不自由やさかい、なにか仮の名前をつけてほしいのやけど……」

みくが、

「それやったら、球のなかにおった、ゆうことで、おたまちゃんゆうのはどやろ」

「よろしいな。――それでもかましまへんか？」

娘は、なんだかうれしそうにうなずき、ぬいのまえに両手を突いて、

「名前もどこに住んでいてなにをしていたかも覚えていない、見ず知らずの私にかかるご親切を賜り、こんなありがたいことはありません。このご恩は生涯忘れません」

ぬいは笑って、

「大げさやなあ。困ったときはお互いさまやがな」

そのとき、

「ご注進、ご注進！　親方、えらいことだっせ！」

どぶ板をガタガタ鳴らしながら飛び込んできたのは手下《てか》の喜六である。みくのふたりの手下、喜六と清八はふたりともこの近くの長屋に住んでいる。清八は普段は大工、喜六は下駄屋の職人をしているが、仕事のない日は暇なのでぶらぶらしているのだ。

「なんやねん、お客さん来てるんや。大声出さんとって」

「あ、すんまへん。——えらい別嬪《べっぴん》さんでんなあ。掃きだめに鶴《つる》とはこのことや」

喜六がしくじりを取り繕おうと客をほめると、

「あのな、ここは掃きだめやないで。それに、うちとおかんは鶴やなかったらなんやねん。いらんこと言わんと、用件だけ言い」

「うわあ、口は禍《わざわい》のもとや。——じつは親方、安堂寺橋の岸辺に、空から大きな鉄球が降ってきて、そのなかから若い女が出てきたそうだっせ！　頭を怪我して健忘になってて、自分の名前も思い出せんのやけど、これから先に起きることを言い当てた、ゆうてえらい評判になっとりまんのや。高津の一九郎親方が、異国から来た切支丹の疑いをかけて召し捕ろうとしたら、『私はこの国の人間です！』てピシャッと言い返して、親方をへこましたそうな。そのあと、一九郎親方の身に不幸が降りかかる、て言うたらそれが的中して、親方はカラスの糞をかけられるやら、川に落ちるやら、干鰯を頭から浴びるやらさんざんな目に遭《お》うて、家で寝込んでるらしい。せやけど、いつのまにかその球も未来を言い当てる女も見当たらんようになった、ゆうてえらい騒ぎになっとりまんのや。目明し連中や瓦版屋、物見高い野次馬……いろんなやつらが安堂寺橋のあたりに集まっとりますねん。ここは一番、おみく親方のご出馬を願います！」

　ぺらぺらとそこまで言い切ったあと、喜六は部屋に漂う妙な空気に気づいたらしく、押し黙った。みくもぬいも、娘もくすくす笑っているではないか。

「あの……わて、なんかけったいなこと言いましたかいな？」

みくが、

「その『未来を言い当てる女』ゆうのは、このひとや」

そう言ってたまを指差した。

「頭を打って、一時《いっとき》健忘になってるだけや。その球を最初に見つけたのはうちなんや」

本当は留、為、亀の三人だが、少しぐらい話を盛ってもかまうまい。

「へー、さすがはわての親方や。とっくに出馬済みやったとは……」

「お医者の先生によると、しばらく静かに暮らしてたらだんだん思い出すそうやねん。せやから、ここに連れてきたのや。——そうか、そんな騒ぎになってるんか。早《はよ》う連れてきてよかったわ。お役人は来てはるんか？」

「わてが見にいったときは、町奉行所やのうて、大坂お船《ふな》奉行の同心が来てましたけど、あれは沈んだ上荷船を検分しにきただけだっしゃろ。天から降ってきた球の一件は、肝心の球もないし、乗っていたひともおらん。ただの風聞かもしれんさかい、当分は目明しの探索に任せて、なにかあったらお役人が乗り出す、ゆう算段とちがいますか」

「なるほど……。あんた、その話、だれに聞いたんや？」

「杭打ちの人足三人が言い触らしてるそうでおます。わてはそのひとりから聞いた髪結い床の大将に教えてもろて、すぐに安堂寺橋にすっ飛んでいったけど、とくになんにも見あたらんさかい、急いでここへ来ましたんや」

「あんたにしては上出来や、と言いたいけど、骨折り損やったな」

みくに笑われた喜六はたまに向き直り、

「あんた、先行きのことがわかる、ゆうのはほんまなんか？　船が沈む、てなんでわかったんや？」

たまは言いにくそうにしていたが、

「見えたのです……」

それだけ言った。

「なんやわかったようなわからんような話やな……」

腕組みをする喜六にみくは言った。

「喜六、悪いけど、ひとっ走りお医者の先生とこ行って薬もろてきてくれへんか」

「よろしゅおます」

「茨木町の上野長賀先生て言うてはったわ。これが薬代や」

「へ、ほな行ってまいります」

たまが、

「喜六さん、私のためにすみません」

「かまへんかまへん。鶴のためやったらお安いご用や」

そう言って喜六は出ていった。たまが厠に立ったとき、みくはぬいに小声で言った。

「おかん……あのひと、この長屋に住んでたおりんちゃんに似てると思わへん？」

ぬいはハッとしたような顔つきになったが、

「そう言われれば、似てるような似てないような……子どもの顔とおとなの顔はちがうさかいな……」

「もしおりんちゃんやったら、さすがにこの長屋に来たらなにか思い出すはずやわな」

「それはわからんわ。健忘ゆうのは、なにからなにまで忘れてしまうらしいから……」

「けど、喜六も言うとったけど、おたまちゃんが未来のことが見える、ゆうのはほんまやろか。一九郎のことを言い当てたのはうちも見てた。あの船は未来から来たのとちがうか、て言うてるひともおったわ」

「健忘のふりはできるけど、未来を言い当てるふりはでけへんやろ」

「ということは、やっぱりほんまに言い当ててるゆうことか？」

「さあ……私にはわからへんわ」

ぬいがそう言ったとき、表で足音が聞こえたので、たまが戻ってきたものと思ったふたりが口をつぐむと、

「こんにちは、入れてもらいまっせ」

そう言って入ってきたのは、横町に住む隠居、甚兵衛《じんべえ》であった。

「なんや、甚兵衛《じんべ》はんか」

「なんやはないやろ。せっかく庭で穫《と》れた茗荷《みようが》、持ってきたのに……」

そう言って甚兵衛は丸々と肥えた茗荷の束を示した。

「おおきに。早速そうめんのおつゆに入れていただくわ。今日は暑いさかい、飯《まま》炊くのは晩にして、お昼はそうめんや」

「ありゃ、お昼まだかいな。それやったらまたあとで来るわ」

ぬいが、

「甚兵衛さん、せっかくやからおそうめん、食べていっとくなはれ」

「いや、わし、昼飯はもう食うたのや」

「ええやおまへんか。ひと箸だけでも……」

「そ、そうか。それならお言葉に甘えて……」

冷たいそうめんの魅力には抗いがたいようで、甚兵衛は上がり込んだ。みくは土間に降り、鍋に湯を沸かすと同時に、醤油とみりん、作り置きの出汁《だし》を合わせたつゆを作りはじめた。甚兵衛が、

「だれかお客さんかいな？」

みくが、

「なんでわかるん？」

「つゆを入れるお椀《わん》が四つ出てるやないか」

「さすが『謎解き甚兵衛』やな。ええ勘してるわ」

「勘やない。推量や。――で、どなたが来てはるのや」

みくは、ネギと茗荷をきざみ、生姜《しょうが》をすりおろしながらざっと説明したあと、

「けど……ちょっと遅いな。はじめての長屋で迷とるんやろか」

みくの住む裏長屋は、建て増し建て増しで作られているので、迷路のようになっており、なかで迷うものも少なからずいた。

「うち、ちょっと見てくるわ」

みくは立ちあがると、家の外に出た。厠のほうにしばらく歩くと、たまがふたりの男と向かい合ってしゃべっている。男のうちひとりは背が高く、痩せ型で、手足が長い。のっぽなだけでなく、首がやたらと長い。もうひとりは対照的に背が低く、ずんぐりとした体形で、もみあげが長く、目がぎょろりとしている。耳が大きく、コウモリの羽ぐらいある。みくは、立てかけてあった材木の陰に反射的に身を隠し、聞き耳を立てた。

背の高い男が、

「ずいぶん探しましたで。こんなところでなに油売ってますのや。例のものは見つかりましたんか?」

たまは、

「例のものとはなんです？」

背の低い男が耳障りなガラガラ声で、

「とぼけなはんな。見つけたんやったらすぐに取りにいかんと……」

「取りにいく？　なにを？」

背の高い男が、

「まさか、ほんまに健忘になったのとちがいまっしゃろな。わてだす。竹蔵《たけぞう》だす」

もうひとりが、

「わし……重助《じゅうすけ》や」

たまはかぶりを振り、

「あなた方のことはわかりません」

男たちは顔を見合わせた。

竹蔵と名乗ったほうが重助に、

「ほんまにわてらの顔、忘れてしもたんとちがうか」

重助が、

「わしは、目明しをごまかすために健忘のふりしてるんやと思てた。――なんぞ腹に一物あって忘れたふりしてはるのやったら、わしらにだけは明かしとくなはれ。やりにくうてしゃあない」

たまが険のある声で、

「私は『ふり』などしておりません。まことになにも思い出せぬのです。あなたたち、私がどこのだれか知っているなら教えてください」

竹蔵が、

「ほな、例の球のことも覚えてまへんのか」

「なんのことでしょう。私が入っていたという球のことですか？」

重助が、

「おい、竹蔵、こらあかんわ。話にならん」

「けど、わいらだけでやるわけにはいかんやろ」

「そらそうや。あの力がないと無理や……」

たまは、

「用がお済みなら、私はおみくさんのところに帰らねばなりません。そこを通してください」

「そうはいきまへん。あんたには一緒に来てもらわんと困りますのや」

重助がたまの腕を摑んで引っ張った。みくは飛び出そうとしたが、たまは、

「なにをする！」

そう叫ぶと、重助の手首の急所を強く押した。

「痛ったたったたっ！」

重助がたまの腕を放したところを、手首を逆さまにねじった。

「痛い痛い、骨折れる！」

たまは冷ややかな表情で、なおも重助の手首をねじり上げる。

「ぎゃあああっ」

たまが手を放すと重助は涙目で数歩退いた。たまは「つぎはおまえだ」という風に竹蔵に顔を向けたが、竹蔵はおびえたようにかぶりを振った。たまが、

「では、失礼します」

ふたりの男はさっと道を開けた。たまはそのあいだを抜け、隠れているみくにも気づかずに通り過ぎていった。みくはなおも聞き耳を立てた。竹蔵が、

「縄が切れて、球が地面にぶつかった拍子に頭打って、なにもかも忘れてしもたんや。思い出すまでしばらく様子を見よか」

「アホ抜かせ。そんな悠長なこと言うとる暇はないで。だれかに先越されたらどないするのや」

「ほな、どうする？　健忘、直す工夫でもあるのか」

「ないことはない。わしが聞いた話ではな……」

そのあとは小声になり、みくにはよく聞き取れなくなった。

「ええっ？　そんなことしたらえらいことに……」

「しゃあない。それしかないやろ」

「けど、わてはちょっと……」

「やるのや。わしら、そのためにずっと苦労してきたのやろが！」

　みくはそっとその場を離れ、家に戻った。

「みく、なにをしてましたんや。おたまさん、とうに戻ってきてはりまっせ」

　ぬいが言った。

「ごめんごめん。うちが迷てしもたわ。すぐにそうめん湯がくさかいちょっと待ってな」

　沸かした湯にそうめんの束を放り込み、しばらくしたら笊《ざる》にあける。その笊とたらいを持って井戸端に行き、大量の水でそうめんを洗い、ぬめりを取る。井戸水は夏場でも冷たい。ほどよく冷えたそうめんを持って部屋に戻ると、

「さあ、どうぞ」

　四人はそうめんをつゆに浸《つ》け、薬味を入れ、つるつると啜《すす》り込んだ。たまが、

「美味しい！　暑さが消えていきます」

　甚兵衛も、

「のど越しがええなあ。昼飯食うたとこやけど、これやったらなんぼでも入るわ」

ぬいも、

「上手に茹《ゆ》でてあるわ。あんまりぐらぐら煮たら舌触りが悪うなるけど、ええ塩梅や」

みくは得意げに、

「そやろ？　どんどん食べてちょうだい」

ぬいが、

「あんたも食べや。なくなってしまうで」

「うわっ、えらいこっちゃ」

あわててみくも箸を手にした。四人はしばらくそうめんを啜っていたが、甚兵衛が言った。

「えーと、おたまさんやったな。あんたが乗ってたというその鉄の球やけど、ちょっと思い出したことがあるのや」

たまが興味深そうに、

「どういうことですか」

「うん……曲亭《きょくてい》馬琴《ばきん》、知ってるやろ」

ぬいが、

「『南総里《なんそうさと》見《み》八犬伝《はっけんでん》』を書かれたおひとですなあ」

「そや、読本《よみほん》作者の馬琴や。その馬琴が書いた『兎園《とえん》小説』という本がある。これは江戸の文人墨客が集まって、いろいろな珍談、奇談、怪談……を披露しあう『兎園会《とえんかい》』という内輪の集まりがあって、そこで語られた話題を馬琴が一冊にまとめたもんや。そこにあんたのこととよう似とる話が載っとるのや」

ぬいが、

「私もその話、聞いたことがおます。うつろ船《ぶね》だすな」

「さすがはおぬいさんや。——そう、うつろ船や」

みくが、

「うつろ船てなに？」

甚兵衛は記憶を探るように、

「たしか享保《きょうほう》のはじめ頃、常陸国《ひたちのくに》鹿島《かしま》の浜の沖合に、縦横三間ほどの鉄でできた球が流れ着いたのや。上部にはギヤマンをはめた窓がいくつかあって、下部は格子みたいな模様がある。漁師たちがその球を小舟で浜まで曳《ひ》いて帰ったら、なかには妙な恰好《かっこう》をした女が乗っていたらしい」

みくが、

「おたまちゃんとおんなじや！」

「球のなかには、だれにも読めない文字が書かれてた。漁師たちはその女にしゃべりかけたけど、女の言葉はちんぷんかんぷんやった。たぶん、異国から流れ着いた船とちがうか、と思た漁師たちは、関わり合いになるのを恐れて、その球を海に戻してしもたらしい」

「えーっ！」

「この球のことを『うつろ船』と言うのや。馬琴のほかにも、このときのうつろ船に触れている文章がいくつもあるそうや」

「ということは、作り事やない、ゆうことやな」

「それだけやないで。うつろ船が流れ着いた、という言い伝えは遠く神代の時代からあって、近年に限っても、加賀国《かがのくに》、尾張国《おわりのくに》、越後国《えちごのくに》、伊予国《いよのくに》などでの報告があるらしい。なかでも、対馬《つしま》ではうつろ船の言い伝えが多いそうや。うつろ船には、高貴なお姫さまが乗っているとか、金銀財宝が積まれている、とか言われていて、村人が姫さまを殺してその財宝を奪った罰で祟《たた》りにあったり……という話もけっこうあるようや」

「ほな、おたまちゃんが乗ってたのは、うつろ船やったんか」

甚兵衛は、

「わしはそやないかと思うのや」

「鹿島に流れ着いた女のひとは、健忘になってたんか？」

「いや……そういうわけでは……」

たまは首を傾《かし》げ、

「私は、あなた方と同じ言葉でしゃべっていますし、そのほかの言葉は知りません。もちろんお姫さまではありませんし、金銀財宝も持っていません」

みくはふところから懐紙を取り出し、

「球のなかに、こんな文字が書いてあったんやけど……意味わかる？」

たまはしばらく考えていたが、

「まったくわかりません。私には読めません」

甚兵衛が、

「ちょっとわしにも見せてくれ。うーん……うーん……うーん……読めん」

「読めんのかいな」

「がんばったら読めるかと思たけど、無理やった。――これ、異国の文字やなかったら、天人の文字かもしれんな。天でしか使えん文字や」

ぬいが、

「もしくは、未来の文字かもしれまへんな」

みくが、

「おかん、おたまちゃんが未来から来た、ゆうのを信じてるんか？」

「そやないけど、もしそうやったら面白いと思て」

そのとき、

「親方！　薬もろてきましたで！」

そう言いながら喜六が入ってきた。そして、そうめんを食べたあとを見て、

「わての分のそうめんは……」

「ごめん。みな食べてしもたわ」

「そんな殺生な。茨木町から走って戻ってきて、ぺこぺこに腹減ってまんねん」

「ほな、もっぺん茹でるさかい、ちょっと待っててや」

みくが鍋に湯を沸かしはじめたとき、

「すんまへん。月面町のおみく親方の家はここだっしゃろか」

男の声がした。

「へえ、そうだすけど……？」

「こちらに、これから起きることを言い当てるえらい先生がおられると聞いてまかりこしました。入れてもらいまっせ」

入ってきたのは白髪交じりの恰幅《かっぷく》のよい中年男で、大店の主《あるじ》のように思われた。男は四人を見渡して、たまがその「先生」であると目星をつけたらしく、たまのまえに両手を突き、

「わては船場の米相場師で、相模屋《さがみや》勘《かん》右衛門《えもん》と申します。先日、相場の目を見誤りましてな、どえらい損をしてしもたんだす。店もひと手に渡り、破産寸前まで行きましたが、

此度《こたび》、あちこちで金を借り倒して、起死回生の大勝負に出ることにいたしました次第。これでしくじったらもう二度と這《は》い上がれまへん。なにとぞわての読みが吉と出るか凶と出るかをお教えくださいませ」

そう言うとたまを伏し拝み、柏手《かしわで》を打った。たまは困惑した表情になり、

「そうおっしゃられても、私は他人《ひと》さまの未来を言い当てるようなことは……」

言いかけて、たまは身体をびくりと硬直させた。そして、相模屋勘右衛門の顔をじっとにらむように見つめたあと、息がかかるほどに顔を近づけ、

「おまえが……物乞いになった姿が……見える……襤褸《ぼろ》を着て……丸亀屋《まるがめや》という看板のまえで……立っている姿が……」

相模屋は息がとまったような表情になったが、

「へへーっ！」

とたまのまえに平伏した。

「おおきに。危ないところやった。あんたに教えてもらわんかったら、一家で首くくらなあかんとこやった。最後の大勝負、やめて地道に働きますわ。おおきに……おおきに」

そう言って帰りかけたので甚兵衛が、

「あんた、このひとが言うたことを信じますのか」

「わては今日、このおひとの噂《うわさ》を聞いて、なにを言われてもそれを辻占見徳《つじうらけんとく》にするつもりで来ましたのや。丸亀屋というのは、うちの競争相手でおます。たぶん食うに困って丸亀屋さんにすがろうとしたんだっしゃろな。情けない。よう止めてくださった」

　みくが、

「相模屋さん、このひとのこと、どこで聞いたん？」

「三人組の人足だす。将来のことが知りたかったら月面町の目明しおみくのところにいる先生に聞け、て言い触らしてましたわ」

「あいつらー！」

　入れ替わるように入ってきたのは、丸髷《まるまげ》を結った年増女で、粋な着こなしから商家の娘とは思われず、稽古屋の師匠かなにかだろうと推察された。

「なんでも当てる占いの先生ゆうのはどちらだす」

　皆がたまを見たので、女も自然とたまがその「先生」だと察したらしく、

「お願いがおます。わては具足屋町《ぐそくやまち》で三味線と踊りのお稽古をさせてもろてる小松《こまつ》と申します。うちへお稽古に通うてる弟子のなかに、とある大店の番頭さんがいてはります。いつしか思い思われる仲になりましたのやが、わてが夫婦《めおと》約束をしてほしい、というと話をはぐらかしますのや。もしかしたら親旦那から縁談を押しつけられてるのやないか、と思てたずねてみたら、そんなことはない、おまえ一筋や、と言うんだす。先生……あ

のひとがほんまにわてと添うてくれるかどうか教えとくなはれ」

たまは困ったように、

「私は占い師ではありません。そのひとの顔を見たとき、ときどき先行きのことが見えることがあるのです」

「ほな、よう見とくなはれ」

たまはしばらく女の顔を見つめていたが、

「申し訳ありませんが、なにも見えません」

「どういうこと？　なんでわてだけ見えへんの？　そんなんおかしいわ！」

「そんなことを言われても……」

みくが、

「あのなあ、このひとは占い師やないし、ここはうちの家や。あんたらに押しかけてこられても困るのや」

「あんたにはきいてない。わてはこの先生にきいてますのや」

そこへ商人らしい男が、

「えーと、呉服屋だすけど、今年の流行《はや》りの柄は……」

またべつの男が、

「今年の米の取れ高は……」

浪人体の男が、

「拙者の父の仇《かたき》の居所は……」

みくは立ち上がり、

「ええかげんにせえ！　みんな出ていけ！　出ていかんと……」

怒鳴りながら、壁に立てかけてあった篠笛用の竹をびゅんびゅん振り回した。

「うへえっ」

「なにすんのやっ」

「危ないっ」

招かれざる客たちは皆、頭を抱えて出ていった。ぬいが、

「みく、あんまり手荒なことしたらあかんよ」

「わかってる。けど……あんまり勝手やから……」

たまが悄然《しょうぜん》として、

「私がここにいると皆さんのご迷惑になります。やはり、出ていったほうがいいようですね……」

甚兵衛が、

「ちょ、ちょっと待っとくれ。このひと、わしの家に来てもろたらどやろ。ここはみんなに知られてしもたみたいやから、場所を移したほうがええのとちがうか。うちは一軒

家やし、ここよりは匿《かくま》いやすいやろ」

みくが、

「甚兵衛はん、そないしてくれるか。うちもできるだけ早うにおたまちゃんの身もと素性をつきとめて、もとの家に戻れるようにするさかい……」

というわけで、たまは甚兵衛が一時引き取ることになった。手ぬぐいで頰かむりをさせ、ひと通りが途絶えたのを見計らって甚兵衛が連れ出す。付き添いはみくと喜六である。四人は左右を見やり、

「そら、今や！　行けーっ！」

みくの号令で、甚兵衛の家のある横町まで四人で走りに走った。

「上手いこといった！　だれにも見られへんかったみたいやな……」

みくが甚兵衛にそう言ったが、甚兵衛はぜいぜいと激しく息を吐き、

「――しんど！」

と言うのが精いっぱいのようだった。甚兵衛は家に入ると、上がり框に座り込んだ。

たまは甚兵衛に頭を下げ、

「では、しばらく厄介になります」

甚兵衛は口を金魚のようにぱくぱくさせたが、返事はできなかった。たまはみくに向き直り、

「おみくさん、あとはよろしゅうお願いいたします」

「任せといて。すぐに、あんたがどこのだれか調べてみせるさかい。占ってほしい連中とかがたずねてきても、会うたらあかんよ」

そう言うと、みくと喜六は家に戻った。喜六が、

「大丈夫かいな、あの隠居。ちょっと走っただけであの始末だっせ」

「頼りないけど、ほかに預けられる場所の心当たりもないからしゃあないわ。あんたもちょいちょい様子見にいってや」

「わかりました。わてはこれからなにしたらよろし？」

「清八とふたりで、安堂寺橋界隈《かいわい》の聞き込みしてくれるか。あの球がどこから来たのか、どこに消えたのか……ひと通りの少ない場所やけど、細《こま》こうに探したら、なにか見聞きしてたもんがおるはずや。あと、おたまちゃんの素性に結び付くようなことならなんでもええから調べてほしい」

「承知しました。今から行ってきまっさ。――おみく親方は？」

みくは十手笛を腰に差すと、

「うちは、江面《えづら》の旦那と会うて、この件について相談してみるわ。なんぞええ知恵貸してくれるかもしれん。――ほな、きばってや」

喜六は数歩行きかけたが、ふと振り返り、

「うーん……なにか忘れてるような気がしまんのやが……なんだっしゃろな」

「知るかいな。とっとと行き！」

「へいっ」

喜六は駆け出したが、急に立ち止まり、

「ああっ、そうめん！」

そう叫んだ。

◇

東町奉行所まえの腰掛け茶屋で茶を飲みながら、みくは江面可児之進《かにのしん》を待っていた。茶屋の下働きに頼んで手紙を門番に届けてもらったのだ。しばらくすると、杖《つえ》をついた江面が現れた。腰が直角に曲がり歩きにくそうだが、これでも毎日よちよちと大坂中の町廻《まちまわ》りをしているというのだから驚く。達者なのかそうでないのかわからない老人である。

「おお、よう来た。じつはわしの方からおまえを呼ぼうと思うておったところじゃ」

「なにかおましたか」

江面はみくの隣に座ると、腰をこぶしで叩き、

「あー痛い痛い。近頃は少し歩くと腰がめきめき痛むのじゃ。そろそろ引退かのう」

近頃は、と言っているが、もう五年ぐらい同じことを言っている。みくが黙っていると、

「そこは、引退だなんてとんでもない、江面の旦那はまだまだ働けますよ……であろうが」

　ややこしいジジイである。

「引退だなんてとんでもない。江面の旦那はまだまだ働けますよ」

　みくが棒読みのように言うと、

「そうかのう。おまえがそう言うなら、もう少しがんばってみようかのう」

「どうぞどうぞ」

「まずはわしの用件から話すとしよう。おまえは『逃げ足の五郎吉《ごろきち》』という盗人を知っておるか」

「いえ……知りまへん」

「大坂の目明しのおまえが知らぬのも無理はない。江戸の生まれで、明石《あかし》、姫路《ひめじ》、岡山、広島……と西国を股にかけて盗みを働いており、大坂にはなじみがないが、わしらは播《ばん》州《しゅう》や兵庫の公事事《くじごと》も扱《あつこ》うておるゆえ、その名を聞くこともしばしばじゃ。『逃げ足の……』という二つ名のとおり、これまで一度も捕まったことがない。いくら厳重にわしらや捕り方たちが網を張っていても、巧みにかいくぐって姿を消すのじゃ」

これまで何度となく厳重な包囲をものともせずに逃亡し、町奉行所の面目が潰されたことも多いという。奉行所の内部情報が漏れているのでは、と疑いたくなるほど見事に裏をかかれるらしい。

「数人の手下とともに盗みを働いておるようじゃ。わしらは御領《ごりょう》（天領）でのやつらの悪事しか知らぬが、西国の諸大名の領地でも同じような盗みをしておるのであれば、その損害はかなりのものだろう。しかし、我らは首魁《しゅかい》の五郎吉の顔すら把握してはおらぬのじゃ」

「その五郎吉がどないぞしましたか」

「三カ月ほどまえ、兵庫の豪商北城屋《きたしろや》寿平次《じゅへいじ》の蔵が破られ、見張り番をしていた手代が殺され、金塊を入れた木箱が盗まれた。手口からして、五郎吉一味の仕業に間違いない。すぐに街道の要所を奉行所の手のもので固めたが、召し捕ることはおろか、その行方さえわからぬ。どうやら鍛冶屋町《かじやまち》の浜に船を待たせてあって、そこから海路、どこぞへ逃げたらしい」

「ははあ……向こうのほうが一枚上手《うわて》だすな」

「そういうことじゃな。金塊の額はおよそ二千両ほどだとか」

「に、二千両！」

「以来、わしらは五郎吉一味の行方を追っていたが、皆目わからん。ところが、数日まえ、五郎吉の手下のひとりを大坂で見かけた、というものがおるのじゃ」

「えっ……」

「背の高い男でな、『ろくろ首の竹蔵』というやつじゃ。そやつがいる、ということは、おそらく五郎吉も大坂に来ていると思われる。おまえも気をつけてくれ」

「へえ……」

みくは、さっきのふたり組のかたわれが「竹蔵」と呼ばれていたことを思い出したが、あの男が「ろくろ首」である確証はないので黙っていた。

（ということは、あの背の低いほうも五郎吉の一味……）

そんなみくの思いをよそに、江面は言った。

「それと、もうじき高津神社で久々の富があり、また、大きな夏祭りもいくつも控えておる。我ら東西の町奉行所のものは、月番であるかどうかに関わりなく、ひと立ち繁《しげ》き催しには出役をせねばならぬのが決まりじゃ。おまえにも声がかかろうゆえ、しっかり頼むぞ」

「心得ました」

「それで、おまえのほうの用とはなんじゃ」

みくは、安堂寺橋の岸辺に鉄球が降ってきた件について江面に語った。

「ふうむ……その鉄球のなかから若い女が出てきた、と言うのか」

「はい、頭を強う打ったみたいで、自分の名前や住まい、なにをしてたのかも忘れてしまう健忘ていう病にかかっとりますねん。お医者の診立てでは、静かに暮らしていたらそのうちぼちぼち思い出すかもしれへんそうですけど……。高津の一九郎さんが異国から来た切支丹や、ゆうて召し捕ろうとしましたけどしくじったみたいだす」

「まこと異国から漂着したとすれば一大事じゃが、だとすれば和泉灘《いずみなだ》あたりで見つかるはず。そこから川をさかのぼり、大坂市中に入り込み、東横堀に至る……というのは解せぬ。おそらく異国から来たというのは手柄を立てたいがための根も葉もないでたらめであろう」

「ほな、天から降ってきたんだっしゃろか」

「ふふふ……月や空の星々にもひとが住んでいる、と言う蘭学者《らんがくしゃ》もおるらしいが、そのような高みから落ちてきたとなると、大惨事になっておろう。頭を打つぐらいでは済むまいて。――うつろ船か。わしもそういうことが書かれた書物を読んだことがある。たしか、曲亭馬琴のなんとかいう本であったが……」

甚兵衛が言っていたものと同じだろう、とみくは思った。

「あの……そのひと、これから先に起こることが前もってわかるらしいんだす」

「はあ……？」

江面は半ば呆れたような顔になり、

「八卦《はっけ》見《み》かなにかか？　わしも一度、順慶町《じゅんけいまち》の夜店で見てもろうたことがあるが、高い見料を取るわりには、まるで当たらなんだ。『水難の相』がある、と言われたゆえ、銭湯に行くにも気を付けていたがなにもなかったぞ」

「そういうのとはちがいます。これから先に起こることがときどき見える、て当人が言うとりますねん」

「ほう……」

　江面は興味を引かれたようだった。

「はじめはうちの家に来てもらいましたんやけど、先のことが見える、ゆうのが口から口へと伝わってえらい評判になったみたいで、占ってほしい、ゆう連中がうちに押しかけてきたさかい、今は近所の甚兵衛はんていう隠居のところに匿《かくも》うてもろてます。名前がわからんさかい、仮におたまちゃんて呼んでますけど……」

「まことに未来が見える、と申すか」

「うーん……うちにはそう思えます」

「なにかからくりがあるのではないか？　言い当てるものと言い当てられるものがグルになっておるとか……」

「そんなことないと思いますけどなあ……。それに、当人はえらい嫌がってますねん。そんなたいそうなからくりを仕掛けて、なんの得もおまへんやろ」

「それはそうだな……」

「なかには、おたまちゃんが鉄の船に乗って未来から来た、て言うてるものもいてます。けど、なんぼなんでも未来から来るやなんて、そんなアホな……」

「いや、一概にそうとも言い切れぬ。『時』はつねに過去から現在、そして未来へと流れるものだ、とわしらは思うておるが、もしそのうつろ船が時を旅することができる乗りものだったとしたら、その女は未来のものかもしれぬぞ」

「そんな船がある、なんて聞いたことおまへん」

「わしも聞いたことはない。なれど、南蛮にはそのような乗りものがあるのかもしれぬ。どこかの商人が長崎で買い付けたものがその女の手に渡ったとも考えられぬか」

「そんなはずないと思います。だって、過去と未来を自由に行き来できる船があるとしたら、織田信長《おだのぶなが》が本能寺《ほんのうじ》で死なないようにもできるし、関ケ原《せきがはら》の戦いで東軍が負けるようにもできるし……どんなことでもやり直しがきくはずやけど、そうはなってまへんもん」

「はっはっはっ……わしもそう思う。今申したのは冗談じゃ。時を旅する乗りものなどたとえ南蛮でもあろうはずがない。遠い将来にはわからぬがな」

「ほな、おたまちゃんはなんで先行きのことがわかるんだっしゃろ」

「時を超える乗りものはまだ発明されてはおらぬが、人間の頭というものはそういったからくりよりずっと優れた能力を持っておる。もしかするとある種の人間には、未来が見えるのかもしれぬ。聖徳太子《しょうとくたいし》は飛鳥《あすか》時代推古朝《すいこちょう》のおひとじゃが、平家《へいけ》の都落ち、承久《じょうきゅう》の変、太閤秀吉《たいこうひでよし》の朝鮮出兵、徳川《とくがわ》家の天下統一なども予見していた、という。また、日蓮聖人《にちれんしょうにん》は元《げん》の襲来を言い当てた。修行によって、そのような法力を得ることができるのであろう。たまという娘も、生まれながらにして未来を垣《かい》間《ま》見《み》る力を持っているのかもしれぬな」

「はあ……」

　わかったようなわからないような話である。

「財産をつぎ込んで最後の勝負に出ようとした船場の相場師が、『物乞いになった姿が見えた』と言われて、勝負を思いとどまったとすれば、その男は物乞いにはならなかった……未来は変わったのじゃ。つまり、現在からみて、過去はすでに固まっておるが、未来はどう変わるかわからぬあやふやでうつろうもの。そういう世界から来た、という意味ならば『うつろ船』という名前はぴったりかもしれぬ」

「………」

「当たるも八卦当たらぬも八卦のうちはよいが、あまりに先のことを言い当ててそれが騒ぎになれば、町奉行所としても人心を惑わす不届きものとして取り締まらねばならぬ。記憶が戻るまではおとなしくしておるほうがよかろう」

「へえ、おたまちゃんに言うときます。うちは、消えた球の行方を探して、おたまちゃんの身もとと、あそこでなにをしようとしてたのかをつきとめたいと思います」

「そのような奇怪な鉄球に乗っていたのじゃから、なにか世間をはばかることが行われていたのは間違いなかろう。わしも、鉄球について調べておこう」

「ありがとうございます」

「それはよいとして、逃げ足の五郎吉一味の探索と、高津の富や夏祭りの出役のほうを重んじねばならぬこと、言うまでもないぞ」

「わかっとります」

腰掛け茶屋を出たみくは、谷町筋《たにまちすじ》を南へと下りながら考え込んだ。

(旦那の話を聞いてたら、おたまちゃんが未来を言い当てる、ゆうのはほんまかもしれん、ていう気ぃしてきた……)

みくは路上に立ち止まって、

(うちは、このあとどうなるか……未来はどうなる……?)

目をつむり、一心に先行きのことを見たいと念じたが、なにも見えなかった。

「こらあ、気ぃつけんかい！　邪魔じゃ！」

目を開けると、荷をかたげた箒売《ほうきう》りが怒鳴っていた。どうやらぶつかりそうになったらしい。

「すんまへん」

「往来のど真ん中で目ぇつむってボーッとしとるやつがあるかい！」

そう言うと、箒売りは行ってしまった。

「あかん……うちには才能ないわ」

もし、みくに未来が予知できたら、箒屋とぶつかりかけるから危ないということがわかったはずである。ため息をついて、みくはふたたび歩き出した。

月面町の家に戻るまえに、みくは安堂寺橋に立ち寄ることにした。喜六と清八が、藪《やぶ》のなかや木立ちの下などを四つん這いになって調べている。

「おーい、喜六と清八！」

「あっ、親方や。――ちょっと来とくなはれ」

汗みずくの清八が手招いた。

「なんぞわかったか？」

「これ……なんやと思いなはる」

指差したのは、木陰の暗がりに落ちていた板のようなものである。みくが片側を持ちあげると、陽光にぎらりと光った。ずっしりと重い。

「ギヤマンのかけら、みたいやな……」

「そうだっしゃろ。なんでこんなもんがここにあるのやら……」

「うーん……」

たまが乗っていた鉄球にもギヤマンがところどころ窓のようにはまっていたが、どれも割れてはいなかった。今、目のまえにあるギヤマンはかなりおおきくて、分厚く、途中が湾曲している。ギヤマン製のものはいろいろあるが、いずれも高価である。天満は日本のギヤマン製造の発祥地でもあり、みくも小さな装飾品や小鉢、盃《さかずき》、皿、金魚鉢……などを見たことがあるが、こんな分厚くて大きなものははじめてだった。

「唐物《とうぶつ》屋にでも見せたら、なんかわかるかもしれへんな」

みくがそう言うと清八が、

「それやったらこのすぐ先に、『出島屋《でじまや》』ゆう唐物屋がおまっせ」

唐物屋というのは、清国《しんこく》や南蛮から長崎を経て仕入れた衣類や道具類、薬などを商う商売である。

「ほな、うちがそこにこのギヤマン持っていって見てもらうわ。あんたらはこの辺の探索を続けてくれるか」

清八が、

「それはよろしいけど……こう暑いとはかどりまへんわ」

喜六も、

「汗ばっかり掻いて、霍乱《かくらん》になりそうだすわ」

みくは、

「わかったわかった。あそこに砂糖水屋がおるさかい、一杯ずつ飲み」

砂糖水屋というのは、江戸でいう冷や水売りのことで、夏場に冷たい水を売り歩く商売である。江戸のものには白玉が入っていたが、上方《かみがた》では白玉はない代わりに砂糖を入れて甘くしていたので砂糖水屋と呼ばれていた。

「こらありがたい。――おーい、砂糖水屋、二杯おくれんか」

「へえ、おおきに」

砂糖水屋の親爺《おやじ》は錫《すず》でできた椀《わん》に水を汲んだ。喜六と清八はひと息で飲み干し、

「あー、冷たい！　生き返るわ」

「汗がすーっと引いていくなあ。親方は飲みまへんのか」

「うちはやめとくわ。飲んだらよけい汗出てヘバる」

みくは代金を砂糖水屋に渡し、喜六と清八に、

「ほな、しっかりやってや」

「へえ、承知しました！」

ふたりの手下が元気回復したのを見届けて、みくはギヤマンのかけらを抱えて出島屋を探した。店はすぐに見つかった。かなりの大店で、店先では大勢の奉公人が働いている。みくはそんななかに入っていった。結界のなかで帳合いをしていた番頭らしき男が

不審そうにみくを見て、

「なんだっしゃろ。間違《まちご》うてはるのとちがいますか。うちは唐物問屋だっせ。若いお嬢さんがなんの用だす」

みくは十手笛を抜いて、

「お上の御用でたずねたいことがあるのや」

番頭は十手笛とみくの風体を見比べ、あなどったようにかすかに鼻で笑った。

「これはこれは可愛《かわい》らしい目明しさんだすなあ。けど、うちはお上にお咎《とが》めを受けるようなことはなにもしとりまへんで」

「わかってる。――ちょっとこれを見てほしいのや」

そう言うと、みくは携えていたギヤマンの板を番頭のまえに置いた。その瞬間、番頭の顔色が変わった。

「ど、どこでこれを……」

「安堂寺橋東側の岸辺に落ちてたのや。なにか心当たりがありそうやな」

「ちょ、ちょっと拝見させていただきます」

番頭はそれを受け取り、天眼鏡を持ち出して裏表をじっくり調べていたが、やがてため息をつき、

「間違いおまへん。これはフラスコのかけらだす」

番頭は座り直し、

「お見それして失礼いたしました。これはふた月ほどまえにうちが長崎のカピタンに頼んでポルトガルから取り寄せたもんで、河口から難波橋のあたりまでは土佐堀川《とさぼりがわ》を上荷船で運び、そこから割れんように布団でくるんで、丁稚《でっち》四人にベカ車《ぐるま》で運ばせましたのやが、そこで……やられました」

「やられた、とは……？」

「抜き身引っさげた強盗に襲われて、荷を奪われましたのや。刀を見た途端、丁稚四人は逃げてしもたさかい、あとのことはわかりまへん。報《しら》せを聞いてわてが駆けつけたときにはベカ車ごとなくなっとりました。これが安堂寺橋にあった、というのはどういうことだすやろ」

「まだわからんけど……その、フラスコいうのはどんなもんやねん」

「ギヤマンでできた瓶だす。ちょっとお見せしまひょか」

番頭は近くにいた丁稚に、

「うちで使《つこ》とるフラスコ、何本か持っといで」

「へえ」

しばらくしてその丁稚が持ってきたのは、球状の胴から短い首が突き出したギヤマンの壺《つぼ》だった。大きさも大小あり、胴の形もさまざまだった。

「使い方もさまざまで、金魚鉢代わりにしたり、お花を生けたり……なんにでも使えます。こんな具合に……」

番頭はそのうちのひとつを手に取った。なかには液体が入っている。

「お酒を入れることもできますのや。火であぶることもできるさかい、じきに燗《かん》がつきまして、重宝なもんだっせ」

そこまで言ったとき、番頭は手をすべらせて、フラスコを板の間に落とした。ひびが入り、酒が流れ出た。

「これはとんだ粗相をしました。——これ、だれか片づけとくれ」

そのとき、みくの腰に差してあった十手笛が帯からするりと抜け、流れ出た酒のうえに落ちた。まるで、十手笛がみずからの意思でそうしたかのようであった。

「あっ、これはいかん。すぐにお拭きいたします」

「ああ、かまいまへん。この十手はお酒が好きだすねん」

みくが冗談めかして言ったので番頭は笑ったが、笛をみくが拾い上げたとき、こぼれた酒の量は明らかに減っていた。

（こいつ……）

みくは十手笛をにらみつけた。番頭が、

「こんな風に、割れやすいというのが欠点でおましてな……」

そう言って頭を掻いた。女子衆《おなごし》が割れた破片を片づけ、こぼれた酒を拭いているあいだに番頭はみくが持ってきた破片をもう一度見つめ、

「これはフラスコのなかでも特大で、口のところに栓ができるようになっとりました。日本でも風鈴やら盃やら皿やらお椀やら……ギヤマン製品はいろいろ作られとりますけど、これだけ大きいものとなると日本の職人では無理で、南蛮から仕入れるしかおまへん」

「なにに使うん？」

「お金持ちの道楽だすわ。人間ひとりがなかに入れるぐらいの大きさでな、小舟で曳きながら川に浮かべて、魚やら海老《えび》が泳いでるのを見る、ゆう趣向に使いますのや。なかに酒肴《しゅこう》を持ち込んで、水のなかを見物しながら一杯飲む、ゆうわけだす」

みくはふと思いついて、

「川の底に沈んだものを拾えんやろか」

「それは無理だす。フラスコは水に浮きますし、手足は出せまへんさかいな」

「ふーん……なんでそんなもんを奪ったんやろ」

「さあ……高《たこ》う売れると思たのとちがいますか。元値は二十両ほどでおました」

「二十両……！」

みくはその価格に驚いた。

「今見ていただいたように、ギヤマン製品の欠点は割れやすい、ゆうことだす。これほどの大きなものになると、よけいに割れやすい。ちょっとそのへんにぶつけただけでピーッとひびが入る。たぶん、運んでる途中で割れてしもたさかい、始末に困って安堂寺橋のあたりでほかしたのかもわかりまへんな」

「だれの仕業かわかってないんか」

「お奉行所にも届け出ましたのやが、結局なにもわからずじまいでおました。まあ、商売してると、こういうことはちょいちょいおます。暖簾《のれん》に元入れした、と思てあきらめなしゃあない。けど……」

「けど……？」

「逃げた丁稚に話を聞くと、相手はふたり組で、ひとりは背が高くて、もうひとりは背が低かったらしい。背の高いほうは首がやけに細うて長い。背の低いほうは耳が大きくて、横に突き出してたそうだす。お役人に言うても、そんなやつは大坂になんぼでもおる、ゆうて取り合ってくれまへんでしたわ」

　みくは、たまと話をしていたあのふたり組を思い出した。

（あいつらがフラスコを盗んだのやろか……？）

　みくは、ふたりの男がフラスコをなにに使おうとしていたのか気になった。番頭はみくに、

「よう教えてくださった。ギヤマン製のものは割れてしもたら終わりだすけど、せっかく仕入れた商品、どこでどうなってるか気になっとりましたのや。これで腑《ふ》に落ちました」

「割れへんフラスコゆうのは作れんのかなあ」

「無理だすやろ。でも、頑丈な木とか鉄で作った乗りもののところどころにギヤマンをはめ込んで窓にしたら、全部をギヤマンで作るよりは壊れにくいのとちがいますか」

　それを聞いてみくはハッとした。

（もしかしたらうつろ船はフラスコの代わり……）

　みくは番頭に、

「そんな乗りもの、どこかにあるやろか」

「さあ……ひとが乗れるような大きさとなると、そのへんの鋳物屋や鍛冶屋では無理だっしゃろな。もしかしたら西洋にはそういうもんがあるかもしれまへんけど……」

「出島屋さんでは扱うてないんやね」

「うちのほかにも大坂に大きな唐物屋はいくつもありますさかい、そちらに当たってみはったらどないだす」

「わかりました。いろいろおおきに。——これ、よかったら……」

　みくが飴を四粒差し出すと、

「おおきに。あのとき脅された丁稚たちにひと粒ずつやりますわ」

「ほな、これ、番頭さんの分」

みくはもうひと粒追加して、出島屋をあとにした。たまたま入った店で思いがけぬ収穫があった。みくは、目明しの探索御用にはこういう「偶然」の側面がある、ということがわかってきた。そして、偶然に出会うためには、無精せず、足を使って調べねばならないのだ。

三

月面町に戻ってきたみくは、長屋に入るまえに甚兵衛のところをたずねることにした。甚兵衛の家がある横町は、みくの長屋から少し離れたところにある。

「甚兵衛はん、いてはりますか。みくだす」

こぢんまりとした家のまえに立って声をかけたが、返事はない。

（おかしいな……）

甚兵衛はここにたまを匿っているのだ。ひょこひょこ出歩くはずがない。耳を澄ますとなかから、

「竹蔵……やれ！」

「せやけど……」

「ええからやるのや。それしか道はない！」

「わてにはようやらん」

「おんどれ、ビビるな！」

そんな声が聞こえてきた。

（あかん……！）

引き戸を開けると同時に、ぴりぴりした空気が噴き出してきたような気がした。なかに飛び込んだみくは凍りついた。たまが刀を構えてふたりの男と対峙《たいじ》している。竹蔵と重助である。竹蔵は刀を振りかざしているが、重助はなにも持っていない。おそらくたまが手にしている刀は重助から奪ったものだろう。甚兵衛はどこだ、と探すと、柱の陰にうつぶせに倒れている。

（まさか……）

斬られたのでは、と思った瞬間、みくの頭に血が上った。

「うおおおおっ！」

十手笛を抜いたみくは竹蔵に体当たりを食らわした。不意をつかれた竹蔵はみくと折り重なるようにして倒れた。重助は舌打ちすると、竹蔵の刀を拾い、たまに斬りつけた。たまは左右にかわしながら後ずさりしていったが、ついには壁際に追い詰められた。

「死んだらそれまでじゃ。悪う思うなよ！」

　重助はたまの頭頂目掛けて刀を振り下ろした。立ち上がったみくは重助に飛びかかったが、間に合わなかった。重助の刀はたまの頭を直撃した。たまはその場に崩れ落ちた。血は出ていないので峰打ちのようだが、カッとなったみくにはそんな冷静な目はなかった。

「よくもおたまちゃんを……！」

　みくは十手笛を構えた。とたんに十手笛は軽くなった。重助は、

「まさか……おんどれ、目明しか？」

「そや」

　重助は笑って、

「女の目明しとは珍妙やんけ」

「女が目明しになったらあかんのか」

「あかんことはないけど、そのべべが血で真っ赤になったら嫌やろ。女は家で針仕事でもしとれ」

　そう言って重助は刀を右手だけで水平に構えたかと思うと、みくの喉目掛けて斬りつけてきた。

（頼むで。さっきお酒飲ませたったやろ）

みくは十手笛で重助の刀を受け止め、鉤《かぎ》で刀を挟んでからめとろうとした。まるで十手笛が意思を持って刀にからみついているようだった。重助は驚愕《きょうがく》の表情になり、必死でみくの十手を振りほどこうとする。しかし、みくの十手笛はまるで膠《にかわ》で貼り付けたように刀から離れない。

「くそっ、この女《あま》……おい、竹蔵、ぼーっと見てんと助けんかい！」

しかし、竹蔵は重助の声を無視し、たまを抱きかかえて連れ去ろうとしている。

「こらあ！」

と叫んだみくは、重助を蹴飛ばし、竹蔵に追いすがって、その背中を十手笛で一撃した。

「ぐへーっ！」

竹蔵はたまをどすんと床に落とし、自分も土間に転げ落ちた。その隙に重助がみくの背後から斬りかかってきた。みくは左に跳んで避け、重助の利き腕を摑んで背中側にひねった。

「痛たたたた……！」

涙を流して痛がる重助の右肩を十手笛で思い切り打ち据えると、重助は竹蔵に、

「あかん、こいつ強すぎる！　一旦引き上げや！　覚えとけよ、この女！」

捨て台詞《ぜりふ》を投げつけ、表へ逃げ出した。みくは、

「おまえらが弱すぎるんや！」

と叫んで追いかけようとしたが、思い直して座敷へ上った。甚兵衛を抱き起こすと、

「ううう……ん……あれ？　おみくちゃん、ごきげんさん。どないしたんや？」

呑気《のんき》な返事である。みくは崩れ落ちそうになったが、

「甚兵衛はん、どこも怪我してないんか？　大丈夫か？」

「え？　あ、そうや。わし、急に入ってきたふたり組に頭どつかれて、そのまま気ぃ失《うしの》うてたのや。あいつら、どこ行った！」

「もう逃げてしもたわ」

「そうか、残念や。――おたまさんは？」

みくは倒れたままのたまに駆け寄り、頭部を調べた。大きなコブができている。みくはたまの身体に手をかけて、揺すぶった。

「おたまちゃん……おたまちゃん、しっかりし！」

たまはうっすら目を開けたが、

「ううう……痛い……」

そう言って頭を両手で抱えた。

「無理もないわ。なんぼ峰打ちでも刀でどつかれたんやからな……。あいつら、むちゃくちゃするわ」

「あいつら……？」

「竹蔵と重助ゆうふたり組や。おたまちゃんをずっと狙《ねろ》とるんや」

「竹蔵と重助……」

たまはそう呟《つぶや》くと、急に家のなかを見回して、

「ここはどこ？　私、なんでこんなとこにいるの？」

「おたまちゃん、もしかしたらなにか思い出したんとちがうか？」

「おたま……？　それ、私の名前？」

「そうや。あんたは以前のことをなにもかも忘れてしもてたんで、うちが仮につけた名前や。ほんまの名前、憶《おぼ》えてるか？」

「私はたまではありません。私の名前は……」

たまは言いかけたが、ハッとして急に口ごもると、

「やはり思い出せません」

「しゃあないな。ほかに少しは思い出したことある？」

「はい。あのふたり組の悪人は、私を捕らえると鉄の球に押し込めたのです」

「やっぱりそうか。けど、自分がどこのだれで、どこで捕まったか、なんで捕まったか、とかは思い出されへんの？」

「申し訳ありません」

「謝ることないけどな……」

そこに喜六と清八がやってきた。みくが留守だったので、おそらくここだろうと見当をつけてきたのだ。

「えっ、ふたり組が刀で……？」

清八の顔がこわばった。

「親方、ようご無事で……」

「向こうも殺すつもりはなかったみたいや。甚兵衛はんにもおたまちゃんにも峰打ちやったさかいな」

「峰打ちでも打ちどころによっては大怪我したり、死んでしまいまっせ。あいつら今度会うたらえらい目に遭わしたる！」

「それより、なにか収穫あったか？」

喜六が、

「なーんにもおまへんわ。あれから炎天下を草の根分けて探しましたんやが、見つかるのは石ころか犬の糞ぐらいのもんで……今にして思えば、あのギヤマンの板がただひとつの収穫でおました」

「出島屋さんていう唐物問屋に持ち込んだら、あれは出島屋さんからふた月ほどまえに盗まれたもんやった。もともとはフラスコていう大きな瓶でな、人間がなかに入って、海や川に浮かべて魚が泳いでる様子を眺めながら一杯飲むためのもんらしいわ」

「そんなもん、なんで盗みよったんやろ」

「うちは、フラスコが割れたさかい、鉄の球を調達したのとちがうか、と思うのや」

「なんのために……？」

「うーん、それは……おたまちゃん、どないしたん？　顔色が悪いで」

「いえ……なんでもありません。あの……私はこれで失礼します。ここにいると甚兵衛さまにもご迷惑がかかります」

「なにを言うとんねん。あんたは狙われてるんやで。ひとりにできるかいな。行くあてがあるならともかく、ないならここにいたほうがええ。――喜六と清八、あんたらは今日からここに泊まりこませてもらい。おたまちゃんの警固をするのや。――甚兵衛はん、かましまへんか？」

　甚兵衛も、

「そうしてもろたら心強いわ。――おたまさん、さっきみたいな連中がうろうろしとるのや。出ていかんほうがええで」

「そうでしょうか……ならば、お言葉に甘えることにいたします」

　みくは立ち上がり、

「ほな、喜六、清八……おたまちゃんを頼んだで。うちは今から江面の旦那に今のことを知らせにいってくるわ」

たまが、

「おみくさん、私のためになにからなにまでありがとうございます……」

「これも御用の一部やさかい気にせんといて」

そう言ってみくは甚兵衛の家を出ると、長屋に戻り、

「おかん、ちょっと東町奉行所まで行ってくるさかい、夕飯、しばらく待っててや」

そう言い残すと、みくは城の京橋門《きょうばしもん》の近くにある東町奉行所へと走った。目明しになってまだ間がないみくだが、すでに町奉行所まえの腰掛け茶屋の常連となっており、そこで働いているひとたちとも顔なじみになっていた。今日ももう二度目である。幸い、江面可児之進はまだ奉行所にいた。

「なんじゃ、今から帰ろうと思うておったところじゃが、また来たのか。年寄りをこきつかうでない」

「すんません」

「ははは……冗談じゃ。わしのほうもおまえに知らせたいことがあるゆえ、ちょうどよかった。——なにかわかったか」

「はい……」

みくは江面に、安堂寺橋でフラスコの破片を拾った件と、竹蔵と重助というふたりの

男にたまが襲われた件について話した。老同心は目を丸くして、

「竹蔵と重助か！　これで間違いない。そやつらは『ろくろ首の竹蔵』と『大耳の重助』……逃げ足の五郎吉の手下《てか》たちじゃ。おたまという娘は、逃げ足の五郎吉一味に狙われておるのであろう。やつらはまた来るかもしれぬ。喜六、清八だけでは心もとない。今夜から甚兵衛の家のまわりを町奉行所の手のものに見回らせることといたそう」

「ありがとうございます」

「フラスコなるものを唐物屋から盗んだのも五郎吉の仕業であろう。フラスコが水中を眺めるためのものだとすると、やつらは東横堀の底をそれを用いて調べようとしていたのではないか。しかしフラスコは水にぷかぷか浮いてしまうゆえ、川底を見通すのはむずかしかろう。小舟で曳航《えいこう》しているうちにほかの船や流木、橋桁などにぶつけて割れてしまったので、安堂寺橋の岸に放置したのじゃろう」

「なるほど……。となると、重い鉄の球に変えたのは川底を探るために……」

「そのことじゃが、今日、わしが調べたところによると、十日まえ、明石の松平《まつだいら》家の領内で『潜水球《バチスヘヤ》』なるものが盗まれたらしい。大名家の領地での事件ゆえ詳しくはわからぬが、潜水球は縦横二間ほどの鉄の球で、エゲレス国で製造され、東インド会社経由で長崎に持ち込まれたのを松平公が購入されたそうじゃ」

「なにをするもんだすか」

「水難事故の際、水のなかに放り出されたものの救助に使うというが、乗員は水中で球から出ることはできぬゆえ、その位置を確かめるのが主な目的であろう。また、サルベイジというて、沈んだ船からものを引き揚げるときにも沈没場所の特定などに重宝するらしい」

「……」

「潜水球は、水底に沈め、船などで曳いて移動させる。陸地に引き揚げるときは馬数頭につないで引っ張る。これを用いて水底の状況を確認したうえで、水練に長《た》けたものを潜らせるのじゃ。もちろん息ができなくなるゆえ、あまり長いあいだの潜水はできぬが、それでも便利なしろものだと聞く。播州松平家では、購入した潜水球を城へと運ぶため明石川の河口あたりで大船から小舟に積み替えようとしていたところを賊に襲われたらしい。賊は松平家のご家中や船頭、人足たちに斬りつけて球を奪い、そのまま海路を逃亡して、その後の行き方は知れぬとのことじゃ」

「フラスコや金塊のときとおんなじ手口だすな」

「船の扱いに慣れた連中と見えるな。――たまの身辺には十分に気を配るがよかろう」

「はいっ」

みくは頭を下げた。

◇

みくが家に戻ったときにはすでにあたりは薄暗くなっていた。

「ごめん、おかん、すぐに夕飯作るさかい待っててや」

豆腐の味噌汁《みそしる》、南京《なんきん》の煮もの、ちりめんじゃこと大根おろしに鰹節《かつおぶし》をかけたもの……をてきぱきと作り、冷や飯とともに供した。熱々の味噌汁を啜りながらみくは今日一日のできごとをぬいに話した。甚兵衛の家での立ち回りはつい今しがたのことなので、身振り手振りを交えながら微に入り細に入って報告した。

「みく、あんまり危ないことしたらあかんよ」

「うちが女やから？」

「そやない。目明しはあくまで、悪事や悪人を見つけて町奉行所のお役人に知らせるのが役目や。あとはお侍さんにお任せするのが筋やで。刀を持ってないあんたが、下手《へた》に自分で召し捕ろうとしてしくじったらもとも子もないやろ」

「そらそやな。けど、甚兵衛はんが倒れてるのを見て、カッとしてしもたんや。まあ、どつかれて気絶してるだけやったんやけどな」

「五郎吉一味は東横堀でなにを探してるのやと思う？」

「さあ……」

「あんた、さっき言うてたんやないの。三カ月ほどまえ、兵庫の豪商北城屋寿平次の蔵が破られて、金塊を入れた木箱が盗まれた、鍛冶屋町の浜に船を待たせてあって、そこから海に出たらしい、て。西に逃げたか東に逃げたかはわからんけど、もし、大坂に隠れ家があって、そこに金塊を運んだんやったら、安治川《あじがわ》から大川をさかのぼって東横堀に入ったかもわからんやろ」

「うん、うん……それで？」

「そこでもし船から金塊を入れた木箱を川に落としてしもたとしたら……」

「ああ、そうか。それを探すために、最初はフラスコを使うたけど、うまいこといかんかったさかい、つぎは潜水球を……」

「沈没船からものを引き揚げるのに使うもんやったらぴったりやがな。エゲレス製やったら、なかにあんたらが読めんような文字《もんじ》が書いてあったのも不思議はないやろ」

「そうか。うつろ船でもなんでもなかったんやな。——でも、それやったらなんで川のなかやのうて空から潜水球が降ってきたんやろ」

「これは私の想像やけど、あんた、馬が何頭もいなないてるような声が聞こえた、て言うてたやろ」

「あれは夢のなかの話や」

「けど、ほんまに馬がいなないてたのを聞いて、そういう夢を見たのかもしれんがな。

もしかしたら、潜水球を川から引き揚げるのに馬を使うたのとちがうやろか。球に縄を結び付けて、それを何頭かの馬で引っ張るのや。ところが、潜水球が岸に上がったところで、馬がなにかに驚いて暴走しはじめた。引っ張られた球は大きく弾んで宙に跳ね上がり、そこで縄が切れたとしたら……」

「天から降ってきたみたいに見えるわな。――なるほど、きっとそうや。うちよりおかんのほうがずっと目明しに向いてるなあ」

「私は、おみくが調べてきてくれたものを組み合わせて、自分なりに推し量ってるだけや。目明しは、足を使うて調べてまわるのも大事やけど、調べてきたものをまえにして、ああやないこうやないといろいろ頭に思い描くことも大事なんやで。あんたはもっと大胆に推し量るようにしなはれ」

「うん、わかった」

「あとは、盗賊がなんでおたまさんを潜水球に入れたのかが気になりますなあ。おみくはなんでやと思う？」

「金塊を見つけるためやったら、自分で球に入ったほうがええわなあ。なんでやろ」

「おたまさんにしかでけへんことがあるのとちがうか？」

「あ……未来を見る力……」

「そや。うつろ船はただのエゲレス製の潜水球やったけど、もし、おたまさんがほんまに先行きのことがわかるとしたら、こういうとき重宝するはずや。海のなかには潮の流れがあって、沈んだ船も刻々とその場所を変えてしまうらしい。東横堀でもおんなじやと思う。闇雲に川に潜っても、最初に沈んだところにはもうない。どんどん流れていってるやろ。どこらへんで見つかるかがわかってたら、その近くに潜って調べたらええからな」

「そうか。あいつら、おたまちゃんの未来を見る力を使って……絶対許さん」

「けど、それはほんまにおたまさんに先のことを言い当てる力があったら、ということやで。竹蔵と重助が勝手にそう思い込んでるのかもしれんやろ」

「うちの知ってるかぎりでは、おたまちゃんの予言はどれも当たってると思うんやけどなあ……」

「かもしれん。でも、こういうことも考えられへんか？　たとえば、おたまさんは高津の一九郎に『不幸が訪れる』て言うたやろ。なにをもって不幸とするかにもよるけど、不幸は大なり小なりどんな人間にも訪れる。せやから『あなたに不幸が訪れる』て言うといたら、たいがいそのとおりになるわな。カラスに糞をかけられたのも不幸やし、干鰯を浴びるのも不幸や」

「でも、船が沈む、ゆうのは当たったたで」

「そのことやけどな、もしかしたら潜水球を引き揚げるときにその上荷船の底にぶつかって、穴が開いたのをおたまさんが見て、そう言うたのかもしれんな」

「うーん……米相場師の相模屋さんが、物乞いになって丸亀屋という店のまえで立ってる姿が見える、と言うたのは？」

「もし『上手くいく』と言われて、そうならんかったら相模屋さんは大損することになるし、おたまさんは恨まれる。けど、『失敗する』と言われたら、相場張るのをやめて地道に働かなしゃあない。ほんまはどうなったかわからんけど、文句の持っていきようがないやろ。もしかしたら上手いこといったんとちがうか、と思ても、あきらめるしかない。おたまさんは無難なほうを言うたのやないかなあ」

「けど、丸亀屋ていう店の名前まで言い当てたやん」

「相模屋さんぐらいの大店になったら、その競争相手の名前ぐらい知っててもおかしゅうないやろ」

「なるほど……。ほな、おかんはおたまちゃんには未来を見る力はない、と思てるんか？」

「そうやない。そういう考え方もできる、て言うてるだけや。御用ゆうのは、こうと決めつけたらあかん。こうかもしれん、ああかもしれん、これまで思てたことはまるっきり逆さまやったかもしれん……いつもそういう風に頭を柔らこうしてんと、罪のないひとを罪人にしたり、罪のあるひとを見逃したりしてしまうのやで」

「そやな……うん、うちもそう思う」

そのあとぬいはしばらく黙っていたが、

「あのなあ、おみく……あんたに黙ってたことがひとつだけあるのや」

「え……？」

「この長屋にいたおりんちゃんのことや。あんたが、おたまさんと似てる、て言うとった……」

「おりんちゃんがどないかしたん？」

「あの子はな……売られたんや」

ぬいはそう言ったあとしばらく無言でいたが、やがて押し出すような口調で言った。

「あの子は魚屋の父親と母親の三人暮らしやった。腕のええ魚屋で、ええ魚を安う売るからえらい繁昌《はんじょう》してたみたいや」

ところが、父親の遊び仲間に寛太《かんた》という男がおり、この寛太がりんの父親を博打《ばくち》に誘った。父親はすっかり博打に夢中になり、たちまち四方八方に義理の悪い借金ができた。それを返すために無理をして富くじを買いはじめた。もちろん当たるはずもない。父親は大酒を飲むようになった。ほとんど働かず、酒ばっかり飲んでいる。あちこちで借金のうえに借金を重ねて、その金を全部博打や富突きに使ってしまう。母親が縫いものやら洗い張りで小銭を稼いでも、それを取り上げて博打に注ぎ込む。「なんぼ借金があっても、富がいっぺん当たったら全部帳消しや。分限《ぶげん》になって生涯遊んで暮らせるのや」というのが口癖だったという。

「うちのお父ちゃんもたびたび説教してたけど、聞く耳は持たず、逆にお父ちゃんに、金貸してくれ、倍にして返すさかい、て借金を申し込む始末やった」

「ひどいやっちゃなあ。おりんちゃん、明るかったさかい全然気ぃつかんかった……」

「首が回らんようになって、夜逃げするか一家心中するか、ゆう瀬戸際になったとき、寛太がある話を持ち掛けてきたのや。じつは寛太は、表向きは博打の貸元やけど裏に回ると盗人の元締めでもあった『どぶねずみの大八《だいはち》』ゆう親方の子方やったのや……」

　ある大店のひとり娘が重い病にかかり、明日をも知れぬ身となった。いくら高価な薬を飲ませても効き目がない。とうとう医者も匙《さじ》を投げてしまった。両親は、神通力を持つ、と評判の行者に大金を出してすがった。行者の言うには、残された方法はただひとつ、おまえの娘はたしか子《ね》の年、子の月、子の日、子の刻《とき》生まれ……年月が揃うておったな、おまえの娘と同じ子の年、子の月、子の日、子の刻生まれの娘と同い歳の女の生《い》き胆《ぎも》を取り、煎じて飲ませればきっと回復する……。

「どぶねずみの大八は、わしはそこの旦那から頼まれて長いあいだあちこち探してたのやが、おまえの娘がちょうど同い歳で年月も揃うてるとわかった、もし、おまえの娘をわしに渡してくれるんやったら、賭場の借金を棒引きにしたうえ、五十両やる、けど、娘を渡さんならおまえと女房の命はない……と言うたそうや」

「めちゃくちゃや！」

みくは憤った。

「それ、おりんちゃんは死ぬ、ていうことやん」

「そういうことや。けど、おりんちゃんの親はお金のためにおりんちゃんをその親方に渡したのや」

「えーっ！」

「おりんちゃんがこの長屋から急におらんようになったのは、そのせいやねん。長屋のみんなも腹立ててたよ。私もお父ちゃんに、お上の力でなんとかならんのか、て言うてみた。お上は、表向きは人買いを禁じてる。けど、年貢や借金のかたに娘を売ることはなんぼでも行われてる。双方が納得ずくならどうにもできんらしいわ」

「それで……どうなったん？」

「おりんちゃんは泣きながら連れていかれた。逃げんようにどぶねずみ一家の子方がまだ小さいおりんちゃんの帯をしっかりつかんでた……その様子を私は今でも覚えてる。長屋のみんなも泣いてたわ。――けど、日本橋《にっぽんばし》を渡ろうとしていたとき、おりんちゃんはヤクザの手に嚙《か》みついて、手を振りほどいたあと、まっしぐらに道頓堀に飛び込んだらしい」

「そんな……」

「死骸は見つからんかったけど、それ以来、おりんちゃんの消息は聞こえてこんかった。私たちは死んだものやと思とった……」

「おりんちゃんがこの長屋にいたとき、未来のことを言い当てたりした？」

「そんなことはなかったと思うけど……」

「おりんちゃんの親はどうなったん？」

「おりんちゃんが堀に飛び込んださかい、大八は生き胆を取ることができなんだ。それで、おりんちゃんの親のところに文句を言いにいったら、もぬけの殻やったそうや」

「逃げたんやな」

「そんなこんなで、おりんちゃんのことはこの長屋では禁句になってたんや」

　みくはじっと考え込んだ。

（実の親に売られる、て……どんな気持ちやろか……）

　みくは、おりんの絶望を思った。

（うちは……なんにも気づいてなかった……）

　食器を片付けると、みくはぬいに、

「ちょっと笛の稽古してくるわ」

　そう言うと、十手笛を手に、家を出た。一日のうちにいろいろなことがありすぎて、寝るまえに気持ちを落ち着けようと思ったのだ。一心寺の向かいにある安居《やすい》天神の鳥居をくぐる。ここは木々が生い茂り、一種の森のようになっていて、昼でも薄暗い。この時刻になるとなおさらで、参拝者もいない。みくは本殿のまえにある石に腰を下ろすと、笛をゆったりと構え、歌口《うたぐち》に息を吹きかけた。

ひりりいいいーっ……

さわやかな音色が境内に響き渡った。

りり……いりり……ぴりりりり……

曲をなにも決めず、心のおもむくままに笛を吹く。ときには軽やかな音色が、ときには深い音色が、鉄の笛からあふれ出る。祭り囃子のように陽気な旋律が一転して物悲しいものになる。みくは好き勝手に笛をただただ吹き鳴らした。最初はたまやりん、竹蔵や重助のことを考えながら吹いていたが、そのうちに頭のなかは空白になり、みくは笛と一体化して森のなかを漂った。いつまでたっても終わらない。みくは唇を笛から離し、ようよう音が止まった。みくは呼吸を整えると、鉄笛を構え直し、ふたたび息を吹き込んだ。秘曲「妖星《ようせい》」である。心を込めて主題を吹いていると、地面に影が差した。吹きながら見上げると、狩衣《かりぎぬ》に烏帽子《えぼし》の人物……垣内《かきうち》光左衛門《ひかりざえもん》が立っていた。

「どうした、やけに沈んでおるな」

「そんなことないけど……」

「そういうときは酒《ささ》を飲むのがいちばんの憂さ晴らしになるぞ。どうだ、一緒に飲まぬか」

「それはあんたが飲みたいだけやろ」

「ほーっほほほ……まあ、そういうことだ」

「うち、お酒なんか飲んだことない」

「飲んでみよ。美味いものぞ」

「なあ、光左衛門さん……未来を見ることってできるんやろか」

「藪から棒になんだ」

「うちの知り合いが、これから起きることを言い当てる、て評判になってるんやけど……ほんまかなあ」

「うーむ、そうだな……私はおまえが生きているこの時代のものではない。遥《はる》か過去に生きていた。それがこの笛に封じ込められ、こうして今の世につながりを持つことができた。私にとっては、この時代は未来なのだ。それゆえ、おまえの知り合いが未来とのつながりを持ったとしても不思議はないぞ」

「そうなんやろか……」

「『金剛般若《こんごうはんにゃ》経』なる経典に、過去の心は得るべからず、現在の心は得るべからず、未来の心は得るべからず……という言葉がある。現在も一瞬のちには過去となる。未来もいずれは過去となる。私の知り合いに、過去、現在、未来……すべての時空間に同時に存在する、という神がいる。そういうものにとっては、未来を見ることや過去を見ることは、現在を見ることと同じようにたやすいことだろう」

「なにを言うてるのかわからんわ」

「ほっほっほっ……おまえにはむずかしかったかもしれぬな。『金剛般若経』は釈尊《しゃくそん》が生まれた印度《いんど》天竺《てんじく》のお経だ。私は、あるものによってこの笛のなかに千年近くも封じ込められていたが、過ぎてしまえばその時間は考えようによってはまばたきをするほどの長さであった。しかし、おまえは今日一日が長かった……と感じておるだろう。時間というものは人間の受け取り方によって長かったり短かったりする。おまえたちは皆、時間は過去から未来へと流れていると思うておるだろうが、じつはいいかげんなものなのだ。おまえは天竺に行ったことはあるまい」

「あたりまえやん」

「私は何度も行ったことがある。してみれば、私にとって天竺は現実の土地だ。しかし、行ったことのないおまえにとっては、天竺という土地は存在しないのと同じだ。そうではないか？」

「そらまあ……『ある』て言われても、見たことないからなあ……」

「人間は、おのれの知っていることだけが世界のすべてだと思うておるが、ひとりの人間が一生かけて知りうる知識などたかがしれておる。たとえば、天竺には笛の音を聴かせることで猛毒の蛇を意のままに操り、踊らせることのできる笛吹きがいる、と言うたらおまえは信じるか」

「蛇が笛で踊る？　そんなことって……」

「あるはずがない、と思うだろう。ところがまことなのだ。どうだ、おまえも蛇を笛で踊らせてみぬか」

「蛇は遠慮しとくわ。ウナギならええけど」

「また、私は珍しい獣を飼うのが好きだが、私が飼っている獣のなかにバクというものがいる。本来は南洋の島国に住んでおるのだが、このバク、人間の悪夢や過去の悪《あ》しき体験を餌にして生きているのだ」

「ええっ？　悪い夢を食べるの？」

　みくがそう言ったとき、

「おみく親方ーっ！」

「えらいこっちゃ！」

喜六と清八の声だ。それを聞くや、垣内光左衛門はふっと消滅した。笛のなかに戻ったのだろう。みくは立ちあがると、

「なんかあったんか」

清八が、

「おたまさんがおらんようになりましたんや」

「なんやて！」

喜六が、

「甚兵衛はんが厠に立ちましたんや。おしっこかいなあ、と思てたらなかなか帰ってこんさかい、大きいほうかいなあ、と……」

「そんなことどうでもええ。肝心のことを言わんかいな！」

「ここから話さんと話しにくい。甚兵衛はんの帰りを待ってるうちに、わても厠、行きとうなったんだす。清やんに、『わても行ってきてええやろか』てきいたら、甚兵衛はんが戻ってくるまで待て、と。けど、わて、辛抱しきれんようになってきて……」

「どうでもええ、て言うたやろ。おたまちゃんはどうなったんや！」

清八が、

「喜ぃ公も厠に行ってしもて、わしとおたまさんのふたりになりましたんや。そしたら

おたまさんが急に、『おみくさんに、土手は濡れていて滑りやすいので気をつけるようにお伝え願えますか』て言いだしたさかい、『なんのことだす？』てきいたら、『そない言うてもろたらわかります。――いろいろお世話になりましたが、これで失礼します』て。『え？　え？　どういうことだす？　勝手に出ていってもろたら困ります。わしが叱られますのや』……て言うたら、右の脾腹《ひばら》に当て身を食ろうて……」

「気絶してもうたんか！」

「面目次第もない。戻ってきた甚兵衛はんに起こされたときには、おたまさんの姿はどこにも見当たらず、三人で近所を探しましたのやが、足取りがわからん。しかたないさかいお知らせに来た……とこういうわけで……」

「なんのためにあんたらをつけといたのや。このアホ！」

「すんまへん。――けど、もとはと言うたら喜六が小便なんぞに行くさかい……」

　喜六が、

「なにを言うとんねん。清やんが不甲斐《ふがい》ないからやないか。おまえに任せて厠へ行ったのに当て身食らうやなんて隙がありすぎるわ」

「なんやと？　おまえこそ小便ぐらい我慢せえ！」

「わては部屋のなかで小便漏らしたらあかんと思うさかい、必死で我慢したのや。けど、とうとう我慢しきれんようになって……」

みくが立ち上がって、吠《ほ》えた。

「アホーっ！　とにかくおたまちゃんが危ない。あのふたり組に狙われてるのや。今度襲われたらヤバい。――探しにいくで！」

みくは十手笛を腰に差した。

◇

みくと喜六、清八の三人は月面町の甚兵衛の家から北へ向かい、朝までたまの足取りを追ったが、めぼしい成果は上げられなかった。相手の狙いが川底の金塊だとすると、みくたちも川に沿って探すのが早道である。もし、金塊を積んだ船が流されて位置を変えているとしたら、東横堀は北から南へとゆるやかに流れているので、安堂寺橋界隈から南側を探索するべきだ、と考えたみくは、東横堀のいちばん南にある上大和《かみやまと》橋《ばし》から瓦屋《かわらや》橋《ばし》、九《く》ノ助橋《すけばし》、安堂寺橋……と逆方向に聞き込みを続けたが、どうにも埒《らち》が明かない。

「あかん……」

そろそろ東の空がじんわりと明るくなりはじめたころ、さすがに疲れた表情でみくは言った。

「これだけ聞き込んでもおたまちゃんらしきひとを見たものがひとりもおらん、ていうことは、駕籠《かご》にでも押し込めて、どこかに連れていったのやろ」

「東横堀沿いで客待ちしてる駕籠屋を片っ端から当たりまひょか」

「無理や。今時分、駕籠屋は出てない。昼間にでももっぺん来よか」

みくはそう言うと顎が外れそうなほどの大欠伸《おおあくび》をした。つられて喜六と清八も欠伸をし、

「一旦帰って、ちょっとだけ寝まひょか」

「そやな……」

月面町に引き返そうとしたみくだが、東横堀の流れに目をやったとき、その足が止まった。

「待ってや……。最初は安堂寺橋のあたりを探してたんやろ。川の流れから言うたら金塊は南へ流されるはずや」

喜六が、

「そうだす。せやさかい安堂寺橋より南側を聞き込みしましたんや」

「長堀《ながほり》はどう？」

みくがそう言うと、喜六、清八とも「あっ」と声を出した。琵琶湖《びわこ》から京都を経て大坂の湾へと流れ込む大川（淀川《よどがわ》）だが、そこから二本の堀が分岐して、大坂市中を南北に流れている。それが東横堀と西横堀である。どちらもその南端は道頓堀とつながって

いる。しかし、東横堀はじつは、途中の末吉橋《すえよしばし》の下あたりで分岐し、西に向かって流れ、西横堀とつながっている。これが長堀川《ながほりがわ》である。

「そうか……途中で曲がって、長堀川に入り込んだ、ゆうこともあるかもしれまへんな」

清八が言うと喜六が、

「普通はまっすぐ南へ流れていくと思うがな。まあ、未来を見る力でもあればべつやけど……」

その言葉にみくと清八は顔を見合わせた。

四

すでに日は落ち、長堀を南北に挟む心斎町《しんさいまち》の界隈も昼間に比べ、夜のひと通りは少なかった。無数の夜店が並ぶ順慶町の賑《にぎ》わいも、不夜城新町《しんまち》遊郭の明かりもこのあたりからは遠い。時折、犬の遠吠えが物悲しく響き渡る。堀の黒い水面に落ちた月は、風に立つ波に千々に割れてはまたもとに戻ることを飽きずに繰り返している。

堀の南側の岸辺に立った竹蔵は、提灯《ちようちん》で川を照らしながら重助に言った。

「そろそろええのとちがうか」

ふたりのかたわらには三頭の馬がいる。それぞれの馬には太い綱がとりつけられており、その先は川のなかに消えている。

「そやな。息ができんようになるまえに引き揚げよか」

そう言って重助は馬の尻を平手でぴしゃっと叩いた。三頭の馬はいななき、一斉に歩みはじめた。やがて、黒いものの上部が水中から出現した。鉄球である。かなりの重さがあるらしく、馬たちは地面を踏みしめ前進しようとするが、なかなか進めない。重助は苛立《いらだ》ち、何度も馬の尻を強く叩いた。竹蔵が、

「あんまり叩くな。このまえみたいに空を飛んだらどうする」

「けど、こいつら無精しくさって、こないせな動かんのじゃ」

ようよう鉄球は着岸した。重助と竹蔵は綱をつかみ、馬たちとともに必死に引っ張った。半刻ほどの格闘のすえ、鉄球は岸に引き上げられた。下部が土に食い込んでいる。重助が入り口を開けると、出てきたのはたまである。

「どうだした？」

「ああ、あったよ。間違いなくあの金塊を入れた木箱だ。壊れもせず、川底に鎮座してた」

「そうだっか！　それはよろしゅおました」

「目印は、橋桁から西へ三間ほどのところに突き出ているあの岩さ。すぐに引き揚げな。

また、流れていかないうちに……」

竹蔵が、

「せやけど、えらいもんだすなあ。わてら、まさか途中で曲がって長堀に来てるとは思てまへんでした。お頭《かしら》が見てくれなんだら、ずーっと下へ下へと探していって、道頓堀まで行くところでおました」

重助が、

「これも、お頭の記憶が戻ったおかげや。ありがたいこっちゃないかい」

「感心してんと、とっとと潜りな」

「へいっ」

ふたりは着物を脱いでふんどし一丁になり、たまが言った岩を目掛けて川へ飛び込んだ。たまは提灯を上げて川面《かわも》を照らした。ふたりの男はときどき浮上して息を吸い、ふたたび潜ることを繰り返していた。たまは腰をかがめ、油のように黒々とした堀を眺めていたが、

「あったどー！」

「ほんまにあった！」

竹蔵と重助は同時に浮かび上がった。木箱の左右に手を添え、岸に向かって泳ぎはじめる。たまは待ち切れずに近づき、一緒になって木箱をつかむと地面におろした。竹蔵

が木槌で木箱の蓋を割る。しっかりした作りだったらしく、なかには水が染みていなかった。

「へっへへへ……こいつやこいつや！　苦労させやがって……」

重助が紫色の布に包まれたものを取り出そうとすると、たまが、

「おやめ！　私が先だよ」

そう言うと重助の手を払いのけ、みずから布を取り去った。まばゆい輝きが三人の目を射た。

「きれいだねえ……苦労した甲斐があったよ」

たまがうっとりした顔つきで言うと、竹蔵が、

「お頭が健忘になったとわかったときはどないしよかしらと思いましたが、終わりよければすべてよし、だすなあ」

重助が、

「頭を打って健忘になったときは、もっぺん頭を強く叩いたら治る……て聞いたさかい、思い切って刀の峰でどついてみたのや。上手いことといったわ」

竹蔵が、

「わては、お頭が怪我したら困るさかいやめとけ、て言うたんやけど、こいつが聞きよらんので……お頭、えらいすんまへん」

重助が、

「なにを言うとんのや。二千両の代物やで。怪我ぐらいどうちゅうことない。お頭かてそう思てなはるわい」

「嘘をつけ。おまえはあのとき、死んだらそれまでや、て言うとったやろ。お頭が死んでもしゃあないと思うてたのや」

「すんだことをごちゃごちゃ言うな。こうしてお頭の記憶は戻ったし、お宝も手に入ったのやさかいええやないか。――そうだっしゃろ、お頭」

たまは答えず、

「じゃあ行くよ。木箱を馬に乗せな」

竹蔵が金塊を木箱に戻し、重助に、

「わてがこっち持つさかい、おまえはそっちを持ってくれ」

そう言うと重助はにやりと笑って、

「それが……わしゃ手伝えんのや」

「どういうこっちゃ」

「その金塊はあるひとに渡す約束になっとるのや。記憶が戻ったあと、あんたがそのあたりのことを見てしまうんやないか冷や冷やしたけど、どうやら気づかずにいてくれたわい」

たまが血相を変えて、

「重助、なにを言ってるんだい！　あるひとというのはいったい……」

そのとき、心斎橋のうえから声がした。

「それはわしや」

三人は一斉にそちらを見た。細い顔に針金のような無精髭を生やし、ひょろりと痩せた貧相な男が立っていた。その後ろには暗くてよくわからないが、五、六人の男が控えているようだ。

「わしは、どぶねずみの大八というもんや。おりん、こっちへ来てもらおか」

おりん、と呼ばれたたまは顔色を変えて、

「どぶねずみの大八……？　あんた、私をお金で買った……」

大八と子方たちは橋から岸辺に降りてくると、

「覚えてくれてたか。ある大店の主さんから、娘の病を治すために年月の揃うた女の生き胆がいる、それが手に入るなら千両万両はいとわん……と言われたのやが、八方手を尽くしてやっと見つけたのがおまえや。うちの子方の寛太をおまえの父親に近づかせ、博打に引き込んで借金を作らせた。首が回らんようにしておいてから、おまえの身体と引き換えに借金を棒引きにしてやる……というだんどりは上手いことといったが、おまえに途中で逃げられるとは思わなんだ。あのときは大損こいたが、今度はそうはいかんぞ」

「寛太はあんたの手下《てか》だったんだね。卑怯《ひきょう》もの！」

「きひひひひ……未来のことが見えるおまえにも、昔のことの真実はわからんかったようやな。五郎吉の跡目を継いだ女や、て重助が言うさかい、どんなやつかと思て調べさせたら、あの長屋に住んでたことがある、ゆうやないか。そう思て見たらたしかに面影はあるし、生年月日も子の年、子の月、子の刻や。はは……まちがいないわ。けど、おまえがわしの裏稼業と同じ盗人の頭になっていようとは、人間、わからんもんやのう」

「うるさいっ」

「それと、子方は寛太だけやない。重助もわしの子方になったのや」

竹蔵が、

「重助……おまえ、お頭を売ったな？」

重助が、

「そういうこっちゃ」

そう言うとたまに向き直り、

「先代五郎吉親方が身体を壊して隠居なすったとき、わしがその名前を継ぐはずやったのに、親方はおまえを頭に据えはった。あれからわしはそのことをずっと根に持ってたんじゃ。なんでこんな歳下の女子に頭下げなあかんねん、とな……。それに、金塊が手に入ったら、もうおまえと組んで細かい盗みをちまちま重ねる意味はない。小舟を大船に乗り換えさせてもらうことにした、というわけや。この金塊は大八親方への手土産《てみやげ》代わり。それともうひとつ、おまえも親方への手土産にさせてもらうでえ」

「なんだって！」

　重助はたまを羽交い絞めにすると、

「さあ、お頭……そこにもやってある船に乗らんかい」

　岸辺の棒杭に小舟がつないである。そこにも数人の男が乗っているようだった。竹蔵が匕首《あいくち》を抜き、

「お頭を離せ！」

　そう叫んで重助に斬りかかったが、大八の子方たちにはばまれて、殴られ、蹴られ、匕首も取り上げられてしまった。うずくまった竹蔵を見て、重助が大八に、

「こいつ、どないしまひょ。ひと思いにバラしまひょか」

「そやなあ……おい、竹蔵とかいうらしいが、おまえもわしの子方にならんか」

「だれがなるかい！　わてはお頭のほかに仕える気はないのや」

「そうか、それは残念や。――重助、殺《や》ってまえ」

「へえ……」

　重助はこともなげにうなずくと、自分の匕首を引き抜き、竹蔵の胸に突き立てようとした。そのとき、どこからともなく飛んできた石礫《いしつぶて》が重助の手に当たった。重助は、

「だれじゃ！」

　それに応えて土手のうえから、

「また会うたな。うちや……月面町のみくや。金塊盗人……おとなしゅうお縄をちょうだいせえ！」

　そこには十手笛を抜いたみくが立っていた。

「同じく『おっと清八』」

「また同じく『ちょかの喜六』」

「おのれらか！　いらん邪魔立てすな」

　重助が吠えた。みくはそれを無視して、

「おりんちゃん……やっぱりおりんちゃんやったんやね」

　りんは苦笑いして

「ごめん、おみくちゃん。私、自分がだれか思い出したあとも、あんたにはよう言わんかった……」

「うちこそごめん。おりんちゃんがえらい目に遭うてたこと、まるで知らんかったんや。逃げ足の五郎吉ていう盗人の手下になってたんやね」

　重助がけたたましく笑った。

「なにを言うとんねん。なんにもわかってないやないか。ええか、逃げ足の五郎吉はこいつや。この女が五郎吉なんや」

「え……？」

　みくはりんに、

「ほんまなんか、おりんちゃん」

　りんは暗い顔で、

「そう……私が逃げ足の五郎吉。盗人稼業は男の名前のほうが通りがいいので、そう名乗っているんだ」

「そうか……それやったら、うちは目明しや。あんたを見逃すことはでけん。悪いけど、召し捕らせてもらうで」

　みくは十手笛を構えた。喜六と清八も十手を抜いた。大八が、

「なにしとるのや。わしらのほうがずっと多いやないか。この三匹、押し包《くる》んで片づけてしまえ！」

　大八の子方たちが一斉に匕首を抜き、みくたちのまわりを囲んだ。みくは、

「喜六、清八……ぬかるんやないで！」

「へいっ」

大八が、

「やれっ」

その号令で子方たちはみくたちに斬りつけた。みくは走りながら十手笛を振るい、先頭の男の首筋を強く打った。男は白目を剝《む》いてその場にころがった。喜六は向かってくる連中の白刃の合間をちょこまか駆けまわり、背中を蹴飛ばしたり、脛《すね》や膝を十手で叩いたりしている。清八は岸に積んであった太い丸太の一本を持ち上げると、男たち目掛けて放り投げた。子方たちは総崩れになった。大八が、

「こらあ、しっかりせんかい！　おりんを船に乗せるのや！」

三人の男がりんの身体を抱きかかえ、船に向かって走り出した。竹蔵が、

「待てっ！　お頭を返せ！」

りんに追いすがる竹蔵の背中を、重助が匕首で斬りつけた。竹蔵は「ぎゃあっ」と叫んでその場に倒れた。りんが、

「竹蔵ーっ！」

悲鳴のような声を上げたが、大八はその顔に二、三発、平手打ちを食らわせた。

「おりんちゃんになにすんねん！」

みくは怒鳴りながら大八の鳩尾《みぞおち》を十手笛で突いた。大八が苦しげに腹を押さえてうずくまったのを見て、みくは清八に、

「清八、縄かけて！」

「合点！」

清八が捕り縄を摑んで大八に迫ったとき、突然、呼子笛の甲高い音が響きわたったかと思うと、

「うははは……とうとう尻尾をつかんだぜ。やっぱり切支丹の集会だったんだな！　おみく、おめえも仲間か」

そう叫びながら一九郎、弥次郎兵衛、喜多八の三人が現れた。みくは舌打ちをして、

「そうやない。こいつらは盗人で、うちはそれを……」

「ちょうどいい。どいつもこいつも一網打尽にしてやらあ。十変舎の一九郎大手柄の巻だ。神妙にしやがれ！」

三人は十手を振りかざしてみくと喜六、清八に向かってくる。

「ややこしいときにややこしいやつらが……」

みくがつぶやいたとき、その隙に大八が、

「今や。早う船に乗せろ！」

みくが振り向いて、

「そうはさせるかい！」

十手笛を構え、りんたちに向かって突進した。

「このガキ！」

大八が匕首を抜こうとしたところをみくは十手笛を振るい、その腕をしたたかに打ちすえた。大八は悲鳴を上げて逃げようとしたが、みくは必死にあとを追った。もう少しで大八の背中に手が届く……というとき、みくは土手のぬかるみに足をとられた。草履がずるりと滑り、みくの身体は宙に舞った。どでん！　と地面に仰向けに叩きつけられたみくは、りんの「土手は濡れていて滑りやすいから気をつけろ」という言葉を思い出していた。

◇

翌朝、みくは東町奉行所まえの腰掛け茶屋で同心江面可児之進に昨日の出来事を報告していた。

「もうちょっとでどぶねずみの大八を召し捕って、金塊も奪い返せるとこやったんですけど……」

「それは残念であったのう……」

「一九郎さえ邪魔せんかったら……」

一九郎、弥次郎兵衛、喜多八の三人は、大八一味に手も足も出ず、さんざんな目に遭わされたらしい。

「逃げ足の五郎吉ことおりんが切支丹であるという疑惑はとうに晴れておる。一九郎は今頃、斧寺伊《い》右《え》衛門《もん》にこっぴどく叱られておるはずじゃ。――竹蔵とやらはどうした？」

「うちに運び込んで、お医者の先生に傷の手当てをしてもらいましてんけど、出血がひどかったらしゅうて、気を失うたままでおます」

「さようか。回復を待って、いろいろききただすがよい。――ところで、なにか臭うのう。酸《す》い臭いがするのじゃが……」

みくは顔を赤らめて、

「それは……うちです。背中の痛みによう効く、ゆうて、おかんがうどん粉に酢を混ぜたのを作ってくれたさかい、それを塗ってますねん」

「はっはっはっ……そうか。それならばすぐに治るじゃろう」

悪党にやられたのではなく、自分で滑って自分でコケて背中を痛めたのだから、だれにも文句は言えない。しかも、そのことをりんから予言されていたというのに……。

「あー、くやしい！」

「おまえの気持ちはわかるが、御用というのはしくじりの積み重ねじゃ。ひとつしくじるごとに勲章が増えていく、ぐらいに思うておけ」

「はい……」

なかなかそんな境地には達せない。

「それに、大八はおりんを使うてなにやら悪だくみをしておるようじゃ。召し捕る機会はきっと来る。それに備えて、おまえは手下とともに大八一味の動きを探れ」

「はい。――でも、旦那……おりんちゃんはほんまに予言の力があるんだすやろか。うちのおかんは、言い当てたようにみえてるだけかもわからん、て言うてたけど……」

「おりんは、並の人間が持たぬ力をなにかの拍子に獲得したのかもしれぬ」

「そうやとしたら、すごいことですね！」

「いや……それが当人にとって幸せかどうかはわからぬ」

江面は暗い顔でそう言った。

◇

「おい、札屋」

背の低い、目がぎょろりとした男がガラガラ声で言った。もみあげが長く、耳がやたら大きい。派手な柄の半纏《はんてん》を裸身に羽織り、腰には長脇差《ながわきざし》をぶち込んでいる。およそまともな商売の人間とは思えない。

「へい……なんだっしゃろ」

頭の薄い中年男がおどおどと応じた。

「札屋に声かけとるのや。富札買うに決まっとるやろ」

「ああ、お客さんだすか。そこにあるなかから選んどくなはれ」

札屋というのは「富札屋」、つまり富くじの札を売る店のことである。富札は、興行を主催する神社仏閣で買うのが表向きの決まりではあったが、実際には茶店や旅籠《はたご》などでも売っていた。なかでも専門的に富札を扱っていたのが札屋である。「先日の○○の富の当たり札は当店から出た」などと書かれた幟をかかげ、扱っている富札をすべて板に貼り付けて店頭に出し、だれにでも見えるようにしてあった。

「俺ぁ番号に好みがあるのや。高津神社の札場《ふだば》できいたら、その番号の札はおまえのとこに売った、てゆうさかいな」

興行主である神社仏閣の札場は、自分のところで札を売るだけでなく、富札を扱う札屋などに富札を卸す。札屋は、仕入れた富札にいくらかの利を乗せて、値段をつける。どこの札屋に何番から何番までの札を卸したか、ということは札場のほうで書き留めてある。

「俺が欲しいのは『子の千三百六十五番』ゆう札や。どこにある？」

「せやから、そこの板に貼っとりますので……」

男は板のまえに腰をかがめて、貼り付けられた札をじろじろ見つめていたが、

「ないやないかい」

「そうだすか？　えーと、『子の千三百六十五番』でやすな……」

札屋は帳面を繰っていたが、

「ああ……その札やったらついさっき売れてしまいましたわ」

「なんやと！」

男はいきなり札屋の胸倉をつかんだ。

「なんで売ったんじゃい！」

「なんで、て……うちは札屋やさかい、富札買いにきたかたに札をお売りするのが商売で……」

「そんな……どなたさまにかぎらず早いもん勝ちでお願いしとります。ほかの札で辛抱しとくなはれ」

「おんどれ、子の千三百六十五番はわしが買う札やないかい」

「ドアホ！　どうしても子の千三百六十五番でないとあかんのじゃい」

「なんでだんねん」

「その札が、一の富の千両が当たるからや」

「ははは……そんなことわかりますかいな。まだ、突いてまへんのに……」

「それがわかるのや。——おう、おんどれ、その札、だれに売った」

「そんなこと言えまへん」

「なんやと……？　おんどれ、命が惜しゅうないのか。それやったら今から首と胴とが生き別れ……」

そう言いながら男は長脇差に手をかけた。

「わたたた……待ちなはれ。わかりましたわかりました。申し上げます」

「最初《はな》から申し上げたらええのや。もったいつけやがって……」

「すんまへん。えーと……月面町仁左衛門店《にざえもんだな》算盤職忠吉となっとりますが……」

「わかった。じゃましたな」

男は足早に立ち去った。

「無茶なひとやで。そんなに子の千三百六十五番の札が欲しいんかいな。当たるかどうか、八卦見でもわからんのに……」

札屋は呆れたようにそうつぶやいた。

五

「親方ーっ！　えらいことだっせ！」

味噌汁に冷や飯を入れて煮たてたおじやに、ひと塩をして絞った大根の即席漬けという献立で朝食を済ませたあと、ちょっとうとうとしていたみくの耳に、清八の声が飛び込んできた。

「おりんちゃんが見つかったんか」

どぶねずみの大八に連れ去られてしまったりんを、みくたちは必死になって探したが、手がかりらしきものはなにひとつ得られていなかった。

「そやおまへん。別件だす」

「なんや、ちがうんか」

「けど、大事件だっせ。この長屋の算盤職人の忠吉さんが大怪我しましたのや」

「ええーっ！」

みくは大声を出した。

「たった今、戸板に乗せてこの長屋に運び込まれたところでおます」

みくは立ちあがると、

「おかん、ちょっと行ってくるわ」

ぬいにそう声をかけると、清八とともに家を出た。清八によると、忠吉はここ数日家に戻っていなかったが、かみさんも、いつものこと、ぐらいに思ってあまり心配していなかった。ところが、昨日の夕方、源聖寺《げんしょうじ》坂《ざか》の途中で倒れているのを通りがかった風鈴売りが見つけ、会所に届けた。忠吉はうしろから頭を強く殴られており、ひどい怪我を負っていた。気絶したままの忠吉は近所の会所に運ばれ、役人の取り調べを受けたあと、会所番付き添いのうえ長屋に戻されたのだ。

　忠吉の家のまえには近所のかみさん連中が大勢集まっていた。みくが、

「すんまへん。ちょっと入れとくなはれ」

　そう言うと、みくの商売を知っている長屋のものたちは左右に道を開けた。忠吉の女房は、みくをみとめると、

「ああ、おみくちゃん……えらいことになってしもた……」

「なんと申し上げたらよろしいやら……」

「うちのひと、わてが頭を下げまくって借りてきたお金を持ち出して高津さんの富札買いくさったやろ。わてがあんまりそのことをやいやい言うたもんやさかい、煙たがって、富突きの日までは帰らん、言うて飛び出していったのや。いつものこっちゃさかい、友だちの家を泊まり歩いてるのやろ……ぐらいに思とったんやけど、まさか追い剝ぎに遭うやなんて……」

「なんで追い剝ぎと思いはりましたん？」

「うちのひと、富札を家に置いといたらわてが破り捨ててしまうかもしれんと思て、いつも紙入れに入れて、肌身離さず持ち歩いてたのや。ところが、会所でお役人が調べたところでは、財布はあったけど、なかに富札は入ってなかったそうや。商売道具落としても富札落とすようなひとやない。追い剝ぎに盗《と》られたにちがいないと思うのや」

「なるほど……。忠吉さんはどこで富札を買うてはったかご存じだすか」

「さあ……いっぺん買うて当たらんかったら、ここはツキがない、ゆうてよそで買うてたみたいやから、決まった相手はなかったんとちがうか」

忠吉の女房は、忠吉が買った札の番号を覚えていた。忠吉が番号を口にしながら何度も「当たれ、当たれ」と念じていたので、心に残っていたのだ。「子の千三百六十五番」である。みくと清八は、見舞いの言葉を言うと忠吉の家を出た。清八が、

「まだ当たるかどうかもわからん富札を奪って、どうするつもりだっしゃろ」

みくが、

「そやなあ……」

落ちていた富札を猫ババするぐらいならともかく、ひとに怪我させてまで手に入れる、という理由がみくにはわからなかった。

（当たるかどうかわからないから、みんな富くじに熱狂するけど……もし、当たるかどうかが事前にわかってたら……）

みくはふと、そんなことを思った。

「清八、高津さんの札場に行くよ」

「なんでだす？」

「もしかしたら富くじの抽選になにかからくりがあるかもしれへんやろ。たとえば、そ

の場で突いた番号とまえもって選んでおいた番号をすり替えるとか……」

　みくの縄張りである月面町に関わる、しかも、同じ長屋に住む顔見知りの住人が大怪我を負わされ、意識がない状態にされたのだ。りんや大八の件は一日置いて、この事件の犯人を見つけなければならない。江面同心のもとにもこの件の報せは届いているはずである。焦ったみくは町奉行所に行く手間を省き、直接、高津神社に向かうことにした。

　みくと清八は、高津神社の長い石段を上り、境内にある札場へと向かった。札場のまわりには派手な幟が何本も立ち、富くじ人気をあおっていた。みくが札場に座っていた禰宜《ねぎ》らしい男に、

「すんまへん。お上の御用で少々うかがいたいことがおまして……」

「なんだすやろ」

「月面町の忠吉というお職人が殴られて、富札を盗まれた件で来させてもろてます」

「えっ……！」

「なにか心当たりはおまへんか」

　禰宜は顔をしかめ、

「さあ……なにも……」

　その様子がいかにもなにかを隠している風だったので、

「どうせ今から調べていったらわかることや。隠しごとはあとあとバレたらためになら

へんで」

　若い娘のドスの利いた口調に禰宜は真っ青になり、

「いや……なにも隠してるつもりは……」

「ほな、知ってることあらいざらい言うてもらおか」

「じつはその……近頃、富札を盗まれた、ゆう話をときどき耳にしますのや。道を歩いてたら刀で脅されて、買ったばかりの札を奪《と》られた、とか、家の神棚にしまってたら、留守のあいだに盗人に持ってかれた、とか……。私の聞いてるかぎりでも七、八件おます。盗まれた客が、札がなくても番号は覚えてるから、当たったら金はもらえるやろか、いうて相談に来ますのやが、うちとしては札と引き換えでないと金は渡せません、と言うしかおまへんわな」

「逆に言うたら、札さえ持ってたら金はくれるのやな」

「そういうことになりますな」

「たとえ盗まれた札でも」

「まあ……そういうことだす。うちとしては、売ったあとの札の保管のことまでは責任持てまへんさかい……」

「富札盗難の件、町奉行所には届けてるんか」

「それが……お届けはしてまへん」

「なんでや」

「表沙汰になって、富の人気に水を差すようなことになったら困りますよって……。富興行は、うちの本殿の屋根替えの資金集めのために、お上のお許しをもろてやっとることだす。一枚でもぎょうさんの札を売らんとあきまへんのや。わかっとくなはれ」

「それはわかるけど、御用にも協力してや」

「へえ……そらもちろん……」

「まだ抽選まえの富札を盗む、ゆうのはおかしいやないか」

「私もそれが解せんところだすのや」

「まさか、当たり番号をすり替えるようなからくりがあるのとちがうやろな」

「と、とんでもない。そんなことがバレたら、私ら打ち首になりますがな……」

　禰宜によると、富突きは何百何千という観衆が見守るまえで行われる。寺社奉行所から派遣された検使役二名とその配下の役人たちが、富突きに使う富箱（頑丈に作られた木製の大きな箱）に不正がないか念入りに検分する。販売された富札に記された番号と同じ番号を書いた木札が、これまた入念な点検を経て、数千枚から数万枚、見物人の見守るまえで富箱に入れられる。「富箱振り」という役目のものが富箱に両手をかけ、がらがら……と存分に振り、札をよく混ぜる。箱の上部には小さな穴が開けられており、子どもには罪がない、ということで十ぐらいの男児が裃《かみしも》を着て、手に持った長い錐《きり》をその穴に入れ、なかの木札を突き刺す。これを「突き役」という。錐を引き上げ、木札は「読み役」に渡され、当たり番号が読み上げられる……そういうだんどりで実施され、とてもすり替えなどの不正が行われる余地はないという。

「そらもう、公明正大なもんだっせ。その点は信用しとくなはれ」

　そう言われると返す言葉がない。

「『子の千三百六十五番』ていう札のことをききたいのやけど」

　禰宜は分厚い台帳を調べたあげく、

「その番号でしたら、うちで直《じか》に売ったもんやおまへんな。札屋に卸した分でおます」

　そう言って、その札屋の名前と場所を教えてくれた。みくと清八は、盗難に遭った他の札の番号も、わかる限り聞き出すと、高津神社を辞した。空腹になったので、途中、うどん屋に入り、

「素うどんふたつ。早幕で（急いで）」

　うどんを食べながら、みくは清八に、

「うち、やったことないからわからんけど、富くじゅうのはどういう仕組みになってるん？」

「お上公認の『御免富』は、神社やお寺が堂宇を修繕するお金を調達するために寺社奉行のお許しを得て行いますのや。売り出す札の数も三千枚ほどのもんから何万枚までい

ろいろだす」

札の数が多いほど富札一枚当たりの値段は安くなるという。一枚が銀十五匁《もんめ》もする高額なものから、一朱ほどのものまでまちまちだ。もちろん富札が高額なほど賞金も高額になる。

「今度の高津の富は、一枚が二朱やそうでおますさかい、かなり高い部類だすわ」

二朱といえば酒が二升も買えるほどの額だ。始末を重ねて暮らしている町人にとって、それだけの金を投じて買った富札が一瞬にして紙屑になる、というのはなかなか厳しいものがある。しかも、富興行はさまざまな寺社仏閣によって数日に一度は大坂のどこかで行われており、高津神社のものほど大がかりなものは少ないとはいえ、富に凝ってしまうといくら金があっても足らないということになる。

「当たるのは何人ぐらい？」

「一の富が千両、二の富が五百両、三の富が三百両……ということになっとります」

「ほな、三人だけかいな」

「なかなかどうして。両袖《りょうそで》というて、当たり番号の前後にも金をくれます。たとえば『子の千三百六十五番』なら千三百六十四番と千三百六十六番だすな。それから、印《しるし》違《ちがい》相番《あいばん》というて、子以外の丑《うし》、寅《とら》、卯《う》、辰《たつ》……の千三百六十五番にも金をくれます。五回目、十回目、十五回目……と節目の番号にも金をくれます。最後に突き留めがまた千両。それにも両袖と印違相番がおますさかい、かなりの人数が当たることになりまんな」

熱いうどんを食べて汗だくになったふたりは、水に浸けて絞った手ぬぐいで顔を拭いてから札屋に向かった。みくが、「子の千三百六十五番」を売った相手についてたずねると、札屋の主はそれが月面町の忠吉だと即答した。

「なんで帳面も見てないのにわかるんや」

「昨日の夕方、『子の千三百六十五番』を買いにきたお客さんがいはって、もう売れてしまいました、て言うたら、だれに売ったか教えろ、てしつこかったさかい……」

「教えたんかいな」

「言わんと殺す、ゆうて長脇差に手ぇかけましたのや。わても命が惜しいんで、つい……。どう見てもあれは堅気やおまへんわ」

「顔かたちとか着てるもんとか、なんでもええから覚えてること言うてくれる？」

「背が低うて目玉がぎょろぎょろしてて耳がずいぶん大きかったなあ。派手な半纏をひっかけて、長脇差を差したヤクザ風の男だした」

みくと清八は顔を見合わせた。みくは、神社で聞いた他の盗まれた札のこともたずねたが、そのうち二枚はこの札屋が扱ったものだった。みくはそれを買った客の名前と住まいも控えた。

「おおきに、助かったわ」

「富札なんか盗んでどないしまんねやろな。何千何万枚と出回る札のなかで、当たりくじはほんのわずかしかおまへんがな。まえもって当たるかどうかわかってるならともかく、手あたり次第盗んだかて、当たる気遣いはまずおまへんで。アホな盗人や」

札屋はケタケタ……と笑った。

◇

みくと清八はくたくたになって月面町に戻ってきた。札屋に教えられたふたりの客を当たってみたものの、「盗まれた」ということ以外にはなにもわからなかった。

「なんで盗られたのかさっぱりわかりまへん」

異口同音にそう答えた。家に帰ると、甚兵衛が来ていた。

「おお、おみくちゃん、お帰り。お邪魔してるで。忠吉さんが大怪我したそうやな」

「そやねん。まだ気絶したままや。どうやらやったのはどぶねずみの大八一味やわ」

みくは、重助とおぼしき男が札屋から、忠吉の名前と居所を聞き出していった、ということをぬいと甚兵衛に話した。甚兵衛が、

「ほな、おたまさん、いや、おりんちゃんもその件にかかわってる、ゆうことか？」

「かもわからん。ほかにも、富札を盗まれた、奪られた、ゆう事件が立て続けに起こっ

てるらしいねん」

甚兵衛は腕組みをしてしばらく考え込んでいたが、

「この『謎解き甚兵衛』、少々ひらめいたことがある。わしの推察を聞かせたろか」

「期待せんと聞かせてもらうわ」

「わしはあの娘がうつろ船に乗って現れたこと、これから起きることを言い当てる、ゆうて皆を煙《けむ》に巻いたこと——全部疑ってるのや。あの鉄の舟がエゲレス製のものやとしたら、あの子が未来のことを予言する、ゆうのも西洋手妻《てづま》やないやろか。わしが聞いたところでは、西洋の寄席では西洋カルタを使って、いかにも未来を言い当てた、みたいに見える手妻があるらしい。もちろん種も仕掛けもあるのや。せやから、もしかしたら富くじについても、なにか大がかりなからくりを仕込んでるのとちがうやろか」

「どんなからくり？」

「そ、そこまではわからんけどな……」

「なんや、わからんのか」

「いや、その、たとえばや、突き役の子どもがどんな札を突いても、読み役と書き役が示し合わせて、前もって決めておいた別の番号を発表するとか……」

「なるほど、それが盗まれたり奪られたりしてる富札の番号、ゆうことか」

清八が、

「さすがは謎解き甚兵衛だすな」

「へっへっ……まあな」

甚兵衛は頭を掻いた。そのとき、

「それはちがいます」

みくは一瞬だれが言ったのかわからなかったが、声の主は寝床の竹蔵だった。

「竹蔵さん、あんた、気ぃついてたんか」

「へえ……まだぼんやりとしてますけど、皆さんの話を聞かせてもろてました。お頭は、手妻使いやおまへん。ほんまに未来のことが見えますのや。手妻やったら、お宝が東横堀から長堀に移ってる、ゆうのはわかりまへんやろ。わてと重助、それにおりんさんは先代のお頭、逃げ足の五郎吉の手下でおました。おりんさんがどういう経緯《いきさつ》で先代のところに来たのかは知りまへんけど、わてらみたいに極道の果てに『盗人にでもなったろやないか』ゆうてこの稼業に入ったのとは違《ちご》うて、生きるために筆舌に尽くしがたい苦労をしたあげく、とうとう盗人にまで身を落とした……そんな感じでおました」

そのころからりんはときどき先のことが見えたそうである。商家に忍び込むときに、表から「店のなかから町奉行所の捕り方が出てくるのが見えます」とか「お宝は蔵にはなく、天井裏から降ってくるのが見えます」などと妙なことを口にするのだが、それはことごとく当たっていたのだという。先代五郎吉も、りんの予言によって捕縛を免れたり、大きな収穫を得たり、ということがしばしばであった。五郎吉が身体を壊して隠居し、だれがそのあとを継いで頭目になるかで揉《も》めたとき、四、五人の兄分《あにぶん》たちは独立し、残ったのは竹蔵、重助、そしてりんであった。重助は跡目を継ぐ気満々だったが、五郎吉が「未来を見る力」を持っているりんを跡目に指した。

竹蔵は大賛成だったが、重助はどうしても納得がいかず、五郎吉を長脇差で脅して、跡目を自分に譲るという遺言状を書かせたうえで斬り殺してしまおうと企んだのだが、五郎吉はそのことをりんの予言で知っていた。五郎吉を訪ねた重助は刃物を抜こうとしたが、隠れていた兄分たちに取り押さえられてしまい、

「マジやない。洒落《しゃれ》だす。わしもおりんが跡目を継ぐのに異存はおまへんのや」

そう叫んだ。こうして、りんが二代目逃げ足の五郎吉を襲名したのだ。

「兵庫の豪商北城屋寿平次の蔵から金塊をまんまと盗み出したのはええけど、重助が見張り番の手代を殺してしもた。先代もそうやったけど、お頭もひとを殺したり、傷つけたりするのを嫌がりますのや。それでお頭と重助のあいだにさらにひびが入ったように思います。金塊を大坂の隠れ家に運ぶ途中、夜中、東横堀まで来たときに、わてが船をうっかり岩にぶつけてしもて……船はひっくり返るわ、金塊を入れた木箱は川に落ちるわ、さんざんな目に遭うて……すぐに潜って探してみたけど、暗《くろ》うてわからん。つぎの日の朝からもっぺん潜ってみたけど、どこにもない。流れが速《はよ》うて流されてしもたらし

い。そこで、フラスコを使おう、とか、潜水球を使おう、とか言い出したのもお頭でおます……」

ぬいが、

「ということは……おりんちゃんはほんまに未来を見る力があるんやね」

「へえ、長年一緒におるわてが言うのやさかい間違いおまへん」

ぬいは眉根を寄せ、

「だとすると、おりんちゃんは今頃、ひどい目に遭わされてるかも……」

「そうだんねや。——虫のいい話でおますけど、皆さん、お頭を見つけて、救い出しとくなはれ。このとおりだす。もちろんわても探します」

竹蔵は頭を下げた。みくは、

「あんたはうろちょろしてたらお縄になってしまう。ややこしいから当分、ここから出んといて」

「ほな、どないしまんのや」

「うちがやる」

みくはそう言った。

六

「これで、一の富と三の富の番号はわかった。両袖や印違相番を入れたら全部で四千両ほどや。そのうち二千両分ぐらいの富札は手に入れた」

どぶねずみの大八が、茶碗酒をあおりながらそう言った。部屋のなかは薄暗く、天井からは蜘蛛《くも》の巣がぶら下がっており、床には分厚く埃《ほこり》が溜《た》まっている。もともとある武芸者が開いた剣術の道場兼住まいであったが、道場主が病で亡くなり、門弟も散りぢりとなり、その後借り手もつかず、廃屋となっていたところへ大八一味が入り込んだのである。まさにどぶねずみの棲《す》み処《か》にふさわしい場所だ。

「ほな、これでこの女も用済みだすな」

一升徳利から酒を湯呑《ゆの》みに注ぎながら、重助が言った。顔が油を塗ったようにてかてか輝いているのは、よほど酒を浴びたのだろう。

「いや……まだや。まだ二の富と突き留めの千両が残っとる。二の富五百両はともかく、突き留めの千両は見過ごすには惜しいやないか」

「お頭も欲が深い」

「あたりまえや。欲とふたり連れでないとこの稼業、やってられんわ。——重助、突き留めの番号を聞き出せ」

「へえ」

りんは、柱に荒縄でくくりつけられていた。顔や肩、腕などに青あざがあるのは棒などで叩かれた痕だろう。重助は、りんのおとがいをつかんで顔を持ち上げ、

「おい、突き留めの千両が当たるのは何番の札や」

「わかんない……」

「嘘つけ！　おまえにはなんでも見えるはずや。出し惜しみせんと、早う言わんかい」

「見ようと思って……見えるわけじゃないさ……ふとした拍子に……頭に浮かぶ……だから……」

「やかましい！」

重助は大声を上げ、

「ぐずぐず言うとらんと、とっとと見んかい！」

「見えないものは……見えないよ……」

「死ぬ気で見たら見えるやろ！　命が惜しゅうないのか」

重助は匕首を抜いて、その切っ先をりんの喉に突き付けた。

「殺したきゃ……殺しな……。生まれてから今まで……なんにもいいことなんか……なかった……さあ……重助……！」

　りんは白い喉を挑発するように重助に向けた。それに誘われるように重助が思わず匕首を固く握りしめたとき、その先端がりんの首をかすめ、血が一筋流れた。大八が重助を殴りつけ、

「ドアホ！　ほんまに傷つけてどないするねん。この女はな、これから先、死ぬまでわしらのために予言し続けてもらわなあかんのや」

「す、すんまへん。脅しのつもりが手が滑って……」

　そのとき、りんが、

「寅の七百五十三番……」

　そうつぶやいた。居合わせた皆がりんを見た。りんは、ハッとして言葉を呑み込もうとしたが、もう遅かった。大八はにやりとして、

「寅の七百五十三番か。これが突き留めの千両やな。よし……重助と図七《ずしち》、高津の札場へ行って、その札、売れてなかったら買うてこい。けど、富は明日やさかい、たぶんもう売れてるやろ。そのときは買うたやつを突き止めて……」

「手に入れてこい、ということだすな。承知しました」

　重助はそう言うと、図七という男とともに部屋から出ていった。

◇

　みくと喜六、清八はりんや大八たちにつながる手がかりを求めて、大坂市中を三手に分かれて探索御用を続けていた。夕方、みくが玉江橋《たまえばし》のうえを南に向かって歩いていると、

「おーい、笛吹き飴屋目明しーっ！」

　ややこしい呼び方をするものがいた。そちらを見ると、玉江橋の南詰の土手にどこかで見たような三人連れが立っているではないか。

「あーっ、留に為に亀！」

「覚えててくれたか」

　と留が言った。みくは早足で三人のところに向かった。

「笛吹き飴屋目明しして、変な風に言わんといて。まわりのひとが『何者？』て思うやろ」

　亀が、

「せやけど、間違うたことは言うてないで。おまえは笛吹いて飴売る飴屋で、そのうえ目明しやねんから、笛吹き飴屋目明しやないか」

「語呂が悪いわ。もうちょっとしゅっとした言い方ない？」

「ほな、笛飴目明し」

「短《みじこ》うしただけやん！」

「おまえ、こんなとこでなにしとんのや。飴はどないしたんや」

「今日は御用の筋やねん。おっちゃんらこそなにしてたんや」

為が、

「わしら、今、高津の富を買うてきたとこなんや」

「そう言えば、そんなこと言うとったな」

みくは、自分の「御用の筋」がまさにその富に関わることだ、とは言えなかった。留が、

「明日が富の日やろ。やきもきしてたけど、やっと金が貯《た》まったのや。これは当たるで」

「なんでわかるん？」

「残りものには福がある、て言うやないか」

亀が財布から富札を取り出し、

「ほれ、見てくれ。寅の七百五十三番や。なんとのう当たりそうな、勢いのええ番号やろ」

「そやろか」

「そやで！　当たるに決まってる。もし当たったら、まえに約束したとおり、飴百でも二百でも買うたるからな」

「楽しみにしてるわ」

そう言ってみくは三人に背を向けた。土手を下りたところで、

「なにすんのや、このガキ！」

という為の怒声が聞こえ、みくは振り返った。土手のうえで匕首を抜いたふたりの男が、三人を挟むようにして立っていた。そのうちのひとりは重助ではないか。

「おとなしゅうふところの富札を渡してもらおか」

「追い剝ぎかいな。当たるか当たらんかわからんもん奪ってどうするんじゃい」

留がそう言うと、もうひとりの男が、

「おまえは知らんやろけど、その札は突き留めの千両が当たることになっとるのや」

重助が、

「おい……！」

目顔で黙るよう知らせた。みくは、

「こーらあーっ！」

そう叫びながら十手笛を抜き、ふたりの男目掛けて突進した。勢いつけて重助に飛びかかろうとしたとき、土手のぬかるみで足がずるっと滑った。

「うきゃあっ」

みくはぬかるみに顔から倒れ込んだ。

◇

「ここに入ってろ」

重助が、縄で縛られたみくと為、留、亀を薄暗い部屋に突き入れた。四人は床に倒れた。

「痛いやないか！」

みくが言うと、

「あいかわらず元気のええねえちゃんやで。命があるだけでもありがたいと思うとけ」

「うちらをどうする気や！」

重助はせせら笑い、

「さあ、どうするのやろ。明日の富が終わって、札を無事、金と交換できたら、それからお頭が考えはるやろ。それまで首を洗うて待っとけ」

そう言うと、重助は立ち去った。

「おみくちゃん……」

声のしたほうを見ると、りんが柱に縛られている。

「おりんちゃん！　無事やったんやな、よかった……」

と言いかけたみくは、りんの顔や腕の青あざを見て、

「あいつらの仕業やな。よし……うちが仇取ったる！　というてもこのありさまではなあ……」

　留が、

「けど、あいつらなんでわしらの富札奪ったんやろ」

　りんがため息をつき、

「私が悪いのです。あの連中は私に、高津の富の番号を教えろ、とすごみました。私が断ると、殴る蹴る……もうどうでもいい、と思った私は、つい当たり番号を口にしてしまいました。全部が見えたわけではありませんが……あなたたちの買った札は、突き留めの千両が当たることになっているのです」

　為と留と亀は同時に、

「えーーーっ！」

　亀が、

「わしら、この夏、富札買う金を稼ぐために働いて働いて、やっと前日に一枚だけ買えたのや。それを横合いから苦労もなしに持っていくやなんて……腹立つーっ」

「私が悪いんだ。こんな力、欲しくなかった……」

　りんが消え入るような声で言った。みくが、

「おりんちゃん、なんで未来が見えるようになったんや」

「私にもわからない。でも、親に売られて、逃げ出して……道頓堀に飛び込んだとき、苦しくて……ああ、もう死ぬ……と思ったんだよね。金色の魚が何匹も目のまえを、つーって泳いでてさ……そのうちの一匹が私を振り返って、『見てごらん、またひとり、人間がうえから落ちてきた。こいつもすぐに死ぬよ。だって、ここから西に行けばいいか、東に行けばいいかすらわからないだろうからね。こっちは藻屑、こっちは助かる……そう決まってるんだけどなあ』って言ったんだ。私は、なにくそ、ぜったいに生きてやる、あんたたちになにがわかる……そう思った。でも、たしかに魚の言うとおり、どっちに行ったらいいのかどっちが正解なのかまるでわからない……ああ、もうダメだ……と思ったそのとき私の頭のなかに、流れに沿って小舟を操りながら網を打つおひとの姿が影絵のようにパッと見えたのさ。私はがむしゃらにそっちのほうへ泳いだ。苦しくて苦しくて……もうダメだ、と思ったとき、私は網に引っかかってた。あとになってそれが、五郎吉親方が道楽で打ってた夜網だと知ったんだ」

「…………」

「親方は私が網にかかったんでびっくりしてたけど、幼かった私を育ててくれた。親方は盗人の頭分《かしらぶん》だったんで、私も盗人になった。それからもいろいろあった。死のうと思ったことも何度もあったけど、そのたびに親方が、『生きてたらいつかいいことがある』……そう言ったから思いとどまった。でも、いいことなんかひとつもない。親に売られた過去のことを忘れたい、消し去りたい、とずっと念じてたら、いつのまにか未来が見えるようになったんだ……」

「そんなことってあるやろか……」

「私、よほど自分の来し方が嫌だったんだろうね。だから、頭を打って記憶がなくなったときは幸せだった。でも……また思い出してしまった……。過去を消し去ることはできない。そのうえ未来まで見えるなんて……最悪だよね」

　そう言ってりんは自嘲気味に笑った。

◇

　りんたちは夜通し、なんとか縄をほどこうとしたが、手首を痛めただけだった。明け方、うとうと……としかけたとき、

「おい、起きい」

　入ってきたのは六吾《ろくご》という男だった。

「もう夜が明けた。親方たちは皆、高津さんに行った。わてひとり留守番しておまえらの見張り役や。富くじならぬ貧乏くじ引いてしもたけど、親方のお言いつけやさかいしゃあない。——おい、おりん、おまえが言うた番号が当たればよし、もし、外れたら、命はないと思えよ」

りんは無言で横を向いた。六吾は壁にもたれてあぐらをかき、目のまえに匕首を置いた。そして、まだ朝だというのに湯呑みに注いだ酒をがぶりがぶりと飲みながら、みくたちから目を離さず、

「今頃、高津さんの境内は盛り上がっとるやろなあ。いろんな店が出て、飲み食いしたり、買いものしたりしながら富の見物ができる。ああ、行きたかったなあ」

みくが、

「行ったらええがな。うちら、縛られてるねん。どうせ逃げられへん」

「そやなあ、ほな、ちょっと高津さんに……て、その手に乗るかい！　危ない危ない。出かけた隙に逃げようとしてもあかんぞ」

「ははは……バレたか」

「小ずるい小娘やで、ほんまに……」

そう言いながらも六吾は酒を飲み続ける。二刻《ふたとき》（約四時間）もすると、六吾はうとうとしはじめた。やがて、こくり、こくり……が頻繁になり、ついには匕首を握ったまま寝入ってしまった。みくの十手笛は、縛られたときに抜き取られ、六吾の足もとに転がっている。みくが、

「今や。為、あの笛、なんとか摑まれへんか」

「やってみるわ」

為は芋虫のように床を這って十手笛の側まで行くと、房を噛んで引っ張ってきた。

「ほな、後ろ向きになって、笛をうちの口に当ててほしいのや」

「えーっ、そんなことできるかな」

そう言いながらも、亀は身体を横倒しにして、縛られたままの手で笛を探った。

「あった……摑んだで」

「うちの顔に当ててくれ。——ちがう、そっちやない。歌口の開いてるほうや！」

「わし、そんなん言われてもわからん」

留が、

「あかんやっちゃなあ。わしに貸せ」

みくはなんとか歌口に唇をあてた。

「じっとしててや。動いたら鳴らへんさかい」

為が、

「なんで笛なんか吹くのや。せっかく見張りが寝てるのに起きてしまうやないか」

「ええから、うちの言う通りにして……」

りんは固唾《かたず》を呑んでみくのやることを見まもっている。みくは息を吹き込んだ。息の当て方がうまくいっていないのか、十手笛はひょろひょろ……と情けない音を立てた。指も使えないので、息の強弱や律動、音色の変化などで表現するしかない。みくは必死で笛を吹いた。日本や中国由来のものとはちがう、異国風の、強いて言えば天竺風とでもいうべき不可思議な旋律が部屋のなかに漂い出した。しかし、垣内光左衛門は現れない。

（やっぱり「妖星」を吹かんとあかんのかな……）

　みくが落胆したとき、部屋の隅に置いてあった縄の束が、がさり、とほどけた。そして、笛の旋律に合わせて、縄の端がひょいと持ち上がった。まるで……蛇が鎌首をもたげたようだった。なおもみくは留が支えている笛を吹き続ける。縄はゆらゆらと左右に揺れながら動き、笛の音とともに床を這った。そして、居眠りをしている六吾の身体にそろりそろりとからみついていった。

「あ……こ、これ、なんや！」

　縄が身体をぐるぐる巻きに締め上げたところで六吾が目覚めた。

「痛い痛い……どないなっとんじゃ、これ！」

　頃合いはよし、とみくは笛から口を離し、六吾が握っている匕首の刃に自分の手首の縄をぐいと押し当てた。血管が切れそうだったが、そんなゆとりもなく、思い切って何度も繰り返しているうちにようやく縄は切れた。

「こらあ、縄ほどけえっ」

　唾を飛ばしてわめきまくる六吾を無視して、みくはりん、為、留、亀の縄をつぎつぎほどいていった。

「ほな、さいならー」

みくは六吾に向かって手を振ると、

「さあ、高津さんへ行くで！」

そう言って部屋を出ようとしたとき、突然、目のまえに白と黒の霧のようなものが噴出し、凝り固まった。大きな犬のような動物がそこに現出した。身体のまえ半分が黒くて、後ろ半分が白い。手足は黒い。鼻先が長く垂れている。

「な、なんや、こいつ……」

猛獣かと思ったが、目がとろんとして優しげである。しかも、なんとなく顔が笑っているように見える。その獣はみくの横をすり抜け、まっすぐにりんのところに行くとその鼻面を伸ばし、りんの身体をちょいちょい……ちょいちょいとつつきまわした。りんは最初、くすぐったがっていたが、そのうちに直立不動の姿勢になり、その獣と同じようなとろんとした目になって……いきなりどたん！　と仰向けに倒れた。

「ちょ、ちょっとおりんちゃん……！」

みくはあわてて抱え起こしたが、りんは口を半開きにして、よだれを垂らしている。目の焦点が合っていない。白黒の獣は、

「ハホハホハホハホ……」

という声をあげながらなにかを食べているように口をもぐもぐいわせていたが、次第にその輪郭がぼやけはじめた。尾の先のほうが透明になり、そこから頭に向かって順々に消えていき……とうとう全身が空気に溶け込んだように消滅した。

為と留と亀は、

「ば、化けものや……」

そう言って震えたが、みくは内心、

（今のやつ……光左衛門さんが言うてたバクとちがうやろか……）

そう思いながら、ぐったりしたりんを抱き起こした。

◇

「みくがまだ来ておらぬ、というのか」

江面可児之進は杖で身体を支えながら、小声で喜六と清八に言った。ここは高台にある高津神社の境内であり、すでに立錐《りっすい》の余地もないほど客が詰めかけている。神社中を覆う「金を寄越《よこ》せ、わしに寄越せ」という熱気の渦は凄《すさ》まじく、さすがの老同心も辟易《へきえき》するほどである。

「へえ……昨夜は家に帰らず、おぬいさんがたいそうご心配でしたが、結局、朝になっても……」

「うーむ……大八一味のしわざだとすると、これは容易ならぬぞ。おまえたちは富くじの警備をしているふりをして境内を見回り、やつらを見つけ次第召し捕るのだ」

　すでに境内には東西両町奉行所の同心たちや目明したちが、不測の事態に備えて配置されている。そのなかには斧寺伊右衛門や十変舎一九郎たちの姿もあった。

　やがて、富箱や錐などの検分を終えた寺社奉行の検使たちが、紋付を着た世話方に向かって合図をした。太鼓が打ち鳴らされ、宮司が祝詞《のりと》を上げはじめた。厳粛な雰囲気に場内の緊張が高まっていく。しかし、喜六、清八は別の意味での緊張を覚えていた。

「おみく親方、どないなったんやろ」

　喜六が言うと、

「わからん。あいつら、親方に指一本でも触ったらただではおかんぞ」

　清八が指の関節をばきばきと鳴らしたとき、「富箱振り」が富箱に手をかけて、ぐわらぐわらと揺らした。十分になかの札を混ぜたあと、もとの場所に据え直す。

「お、おい、あそこの松の木の下、見てみい！」

　清八が言った。そこに立っているのはどぶねずみの大八と重助たちだった。

「気づかれんように後ろから近づくのや」

「わかった」

　大八たちはにやにやしながら拝殿を見つめている。「突き役」の子どもが長い錐を手に取り、小さな穴に突き入れた。そして、そろそろと引き抜くと、「読み役」が札を取り、音吐朗々読み上げる。場内は静まり返っている。

「第一番の御富《おんとみ》……子の……」

大八の顔が笑み崩れた。

「子の……千百二十三番……」

うおおお、という声が境内から湧き起こった。大八は呆然《ぼうぜん》として、

「おい、重助、子の千三百六十五番のはずやなかったんかい！」

重助も蒼白になり、

「おかしおますな。りんはたしかに子の千三百六十五番が一の富やて言うとりましたが……」

「どういうことや！」

「わ、わしにもわかりまへん」

「あの女に手玉に取られたのやないやろな」

「いや……そんなはずは……」

二の富に続いて、三の富が突かれる番になった。喜六と清八は江面可児之進に合図を送り、ゆっくりと大八たちに接近していく。

「第三番の御富……辰の……八百五十七番」

大八は重助の胸倉をつかんだ。

「どないなっとるんや。おまえが、あの女の予言はかならず当たる、て言うさかいにこれだけのだんどりをしたのや。どないしてくれるんじゃ」

「そない言われても……」

その後、四番、五番、六番……と富は進んだが、大八の持っていた富札は一枚も当たらなかった。大八は顔を朱に染め、歯ぎしりをしながら外れ札を丸め、あたりにばらまいた。

「あの女《あま》、帰ったらえらい目に遭わせたる」

子方のひとりが、

「女郎にでも叩き売りまんのか」

「アホ！　これだけコケにされたのや。そんなことで済ませられるかい」

重助が、

「ほな……あの世へ……」

「あたりまえじゃ。予言もできん女に用はない。——重助、おまえもや」

「え……？　わしも……？」

「どぶねずみの大八になめた真似《まね》さらした罪は命で贖《あがの》うてもらおか。——おい、おまえら……」

大八が顎をしゃくると子方たちがふところに手を入れて重助に近づいた。

「そ、そんな、親方……まだ突き留めの千両がおますがな。きっとこれは当たってるはずだす」

「ここまで外しておいてなにを今更……」

「ほんまだす。ほんまにほんまだすて！　これが外れてたら、殺されても文句は言いまへん」

「そこまで言うなら、突き留めがどうなるか見届けてからにしよか」

そう言うと大八は一枚だけ残った富札を見つめた。「寅の七百五十三番」である。

「第百番の御富……これをもちまして本日の突き留めといたします」

重助、大八とその子方たちの目が富箱に注がれた。境内を埋め尽くした観客たちも最後の望みを突き役の子どもに託し、その一挙手一投足を凝視している。錐が突き込まれ、するすると引き出される。

「第百番の御富……寅の……」

重助が、

「来ましたで。寅だっせ」

「寅の七百……」

「来た来た来た」

「五十……」

こうなると大八も、富札を握りしめながら読み役のつぎの言葉を待っている。

「番」

「——えっ？」

突き留めは「寅の七百五十番」だった。「七百五十三番」では両袖にもならない。大八は、

「うがあっ！」

と叫んで札を引き裂き、重助の顔を殴った。

すぐ後ろにまで迫っていた喜六と清八が十手を引き抜いて大八に飛びかかろうとしたとき、

「今や！」

「見つけたぞ！　こんなところにいやがったか！　どぶねずみの大八、御用だ！」

少し離れたところから十変舎の一九郎たちが十手を振りかざして駆けてくる。それに気づいた大八たちは、

「ヤバい、ずらかれ！」

そう叫ぶと、匕首を抜いた。見物人たちは驚いて潮が引くように道をあけた。大八たちは石段のほうに向かう。喜六と清八は舌打ちをして、

「あああ、もうちょっとやったのに……あのいらんことしいめ！」

一九郎たちは喜六と清八に、

「あいつは俺が見つけたんだ。手を出すんじゃねえぞ！」

喜六が、

「なに言うとんねん。こっちはずっとまえから狙いつけとったんや！」

「やかましい、引っ込んでろ」

一九郎たちと喜六、清八が揉み合っているあいだに、大八たちは石段を駆け下りて表門をくぐり、千日前《せんにちまえ》通りに逃れようとした。

「こんなことしてる場合やない。喜ぃ公、行くで！」

清八と喜六は大八に追いすがろうとしたが、すでにその姿は小さくしか見えぬ。

「よっしゃ、このまま難波まで突っ走るで」

大八が子方たちにそう言ったとき、彼らのまえに立ちはだかった一群があった。みくとりん、それに為、留、亀の三人である。為が、

「おまえら、ようもわしらから富くじ奪りよったな！　ギタギタにしたる！」

大八がせせら笑って、

「あの札ははずれやった。――おい、おりん。おまえ、わしに嘘を教えたな。一の富から突き留めまで、全部はずれやったやないか。どぶねずみの大八をたばかるとは度胸の

ええ女子や」

　りんは呆然とした顔つきで、

「は、外れた……？」

「なにをとぼけとんねん。承知でやったのやろがい！」

　りんの顔がパッと明るくなった。

「私が見たとおりにならなかった、ということは……未来が変わったんだ！」

　そう言ってみくに、

「おみくちゃん……私、未来を言い当てる力はなくなったみたい。もう、なにも見ないでいいんだ」

「おりんちゃん、昔のこと覚えてる？」

「昔……？　おみくちゃんとあの長屋で遊んでたことは覚えてる。楽しかった……。けど、そのあと……今までなにをしてたんだろ……。なんだかぼーっと霧がかかったみたいで……」

「それでええねん。嫌なことは全部バクが食べてくれたんや」

「バク……？」

「そういう動物がいてるんや」

「寝言を言うな！　やってまえ！」

大八が怒鳴った。大八の子方たちは手に手に刃物を持ち、みくに斬りかかった。みくはひょいひょいと踊るように避けて、十手笛で先頭の男の脳天をカツーン！と叩いた。男はきりきりと三回まわってその場に倒れた。その男を踏みつけるようにしてべつの男が襲い掛かった。みくが十手笛を槍《やり》のように突き出すと、その先端は男の鼻柱を直撃した。男は涙と鼻水を流し、

「もう嫌やっ」

と叫びながら数歩後ずさりした。

「なにをしとるのや。こんな小娘に手間取るな。――重助、いてこまさんかい！」

「へい」

重助が匕首を逆手に持ち、みくと対峙しようとしたとき、

「おみくちゃん、こいつだけは私に任せて。心配いらんよ。私も盗人の頭。こういうときにどうするかぐらいは心得てる」

りんはそう言うと、重助とみくのあいだに入った。

「おりんちゃん……」

りんは得物をなにも持っていない。

「おい、重助。仲間を売って自分だけいい目を見ようとは、盗人の仁義を知らないようだね。覚悟しな」

「へへ……わしは仲間を売ったかもしらんが、あんたは親に売られたそやないか。お気の毒さまやなあ」

みくはそれを聞いてドキッとしたが、りんは表情を変えず、

「親？　私に親はいないよ。私は木のまたから生まれたのさ」

屈託のない口調でそう言うと、じりじりと重助に近づいていく。重助の顔から汗がしたたり落ちた。

「く、来るな……この刃物が目に入らんのか！」

しかし、りんは歩調を変えず、とうとう重助の間近に立った。重助は匕首を構えたまま動かなかった。動けなかった、といったほうがいいかもしれない。重助は身体をがたがたと震わせていたが、りんが手を伸ばして匕首を持った手首に触れると、その匕首を地面に落としてうなだれた。大八が、

「しゃらくさい。こいつらみんなぶっ殺してまえ！」

その言葉に子方たちが一斉に向かってきた。みくがりんを後ろ手にかばい、十手笛を構えたとき、

「見物の衆！　ここにいる輩《やから》はどぶねずみの大八というて、富札を買ったものから札を強奪し、千両富を当てようとした不届きものじゃ。皆の衆は、まっとうに稼いだなけなしの金で富札を買うておるものたちばかりであろう。かかる不正を許してよいのか！」

江面可児之進が口に両手を当ててそう叫んだ。それを聞いた見物人たちは、

「なんやと？　そんな不届きな連中がおるのか」

「許せん。どつきまわしたれ」

「ひとが買うた富札でもうけるやなんてとんでもないやっちゃ」

自分たちが当たらなかった腹立ちの矛先が大八たちに向いたのである。大勢の見物人たちがどどどどど……と石段を駆け下りてきた。

「あかん、逃げるのや！」

大八は蒼白になってそう言うと、真っ先に千日前通りを西に向かって走り出した。

「逃がすかい！」

みくは健脚に任せて追いすがり、バッタのように大きく跳躍して大八の背中に十手笛の一撃を食らわせた。

「ぎゃん！」

大八はつんのめって二、三歩たたらを踏むと、商家の塀に顔面から激突した。みくはすばやく縄をかけた。ほかの連中も、激怒した見物人たちにもみくちゃにされたあと、同心たちによってつぎつぎと捕縛されている。りんがみくのまえに立ち、

「おみくちゃん、私も縛って」

「え……？」

「私は盗人の頭です。目明しなら、捕まえて当たり前。さあ……早く」

みくがためらっていると、一九郎が、

「おう、おめえが召し捕らねえなら俺が代わりにお縄にしてやるぜ」

そう言って捕り縄を取り出した。りんはじろりと一九郎を見ると、

「男の出しゃばりはみっともないよ」

「ちっ……勝手にしろい」

一九郎はそっぽを向いた。みくは江面に、

「旦那、うちにはおりんちゃんに縄かけるなんてことできまへん」

「おみく、お上から十手を預かるものはどんなにつらくても法を曲げてはならぬのだ」

「わかってます。わかってますけど……納得できまへん」

りんが、

「私は、おみくちゃんに捕まることになっているんだ。安堂寺橋の岸辺で会ったときに見えてしまったのさ、私がおみくちゃんに召し捕られている景色が……。だから、そのときからずっと覚悟はできてたよ」

そう言って、にっこりと笑った。その笑みは、小さいころ、一緒に遊んでいたときのものと同じだった。

町奉行による裁きの結果、大八一味と重助には重い罰が下されることになった。りんと竹蔵は壱岐《いき》へ島送りとなった。江面によると、

「しかとはわからぬが五年もしたらご赦免になるだろう」

とのことだった。

◇

「もう富はやめます、たぶん……」

算盤職人の忠吉は気絶から覚め、回復に向かっている。

そんなことを言っているらしい。

島への船が出る日、みくは渡船場まで見送りに行った。りんは晴れ晴れとした顔で、

「おみくちゃん……私、もう未来のことがわからなくなった。うれしい……！」

「そう……よかったね」

りんにとって未来が見えるのはよほどつらいことだったようだ。

「おみくちゃん、私が戻ってきたら……また会ってね」

「もちろんや。住むところも仕事も全部面倒みるさかい、なんにも気にせんと戻ってきてや」

「うん……そのときはうつろ船で川のなかを見せてお金取る商売しようかな」

そう言ってりんは笑った。

家に戻ると、ぬいが身体を半分起こして、

「おりんさん、無事に船出したか？」

「見違えたみたいに元気はつらつやったわ。あれやったら五年間ちゃんと罪をつぐなって、また元気で帰ってくるやろ」

「それはよかったなあ。たぶん……おりんさんは自分の過去を消し去りたいとずっと念じてたんやろな。けど、人間は忘れようとしても忘れることのできない生きものや。過去を見とうない、過去から目をそむけたい、という苦しみと、川で死にかけたときなんとか助かろうとした経験が、おりんさんの心に働きかけて、未来を見せたのかもしれんなあ」

ぬいがそう言うのを聞いて、そんなつらい過去の記憶をバクが食べたことで、りんは未来を見る力を失い、その結果、未来はあやふやでうつろうものへと戻り、りんが見た未来とは別の結果が出たのではないか……みくはそう思った。そして、つづらに飴を詰めながら、

「なあ、おかん……未来が見えるゆうのはつらいことなんやろか」

「そうだすなあ……ええことばっかりならええけど、悪い未来、嫌な未来もあるやろ。人間は、この先なにが起こるかわからんさかい、なんとかその日その日を送れてるのや。

まえもってこれから起こることを知ってしもたら、絶望するひともいてるやろ」

「ふーん……」

「私は、未来には希望があふれてる、と思てます。それで十分や」

「そやな。うちもそう思う。うちらの未来には希望ばっかりや」

ぬいは笑って、

「おみく……あんたの『みく』ていう名前、お父ちゃんがつけたのやけど……それは『未来《みく》』の意味やったんや」

「え……？」

そんな話は初耳だった。みくが、もう少し詳しくきこうとしたとき、

「ごめんやす。おみく親方いてはりますか」

客のようである。みくは立ち上がり、戸を開けた。立っていたのは為、留、亀の三人だった。

「この度はお手柄やそうでおめでとさんでございます」

留が言った。

「おおきに。あんたらのおかげや」

「へへへ……そうでもおますけど、今日はおみく親方に折り入ってお願いがあってやってまいりましたんや」

「なんのお願いかしらんけど、その『親方』ゆうのはやめてんか」

亀が、

「いや、親方でよろしいのや」

嫌な予感がしたみくが、

「なんで……？」

とたずねると、為が言った。

「親方、わしらを手下《てか》にしてもらえまへんか。よう働きまっせ」

みくは仰天した。


（つづく）

左記の資料を参考にさせていただきました。著者・編者・出版元に御礼申し上げます。

『大阪の橋』松村博著（松籟社）
『大阪の町名―大阪三郷から東西南北四区へ―』大阪町名研究会編（清文堂出版）
『歴史読本 昭和五十一年七月号 特集 江戸大坂捕り物百科』（新人物往来社）
『近世風俗志（守貞謾稿）（一）』喜田川守貞著 宇佐美英機校訂（岩波書店）
『中公新書２０７９ 武士の町 大坂』藪田貫著（中央公論新社）
『図説江戸５ 江戸庶民の娯楽』竹内誠監修（学習研究社）
『朝日新書８７２ 大江戸の娯楽裏事情 庶民も大奥も大興奮！』安藤優一郎（朝日新聞出版）
『江戸「うつろ舟」ミステリー』加門正一（楽工社）
「大坂蔵屋敷の住居史的研究」谷直樹・中嶋節子・植松清志著（住総研 研究年報No.28収録）

解説――ぴーひゃららとはじまるよ♪

青木逸美

『十手笛おみく捕物帳』を手にとって、「題名に捕物帳とあるから、たぶん時代ミステリー」と思ったアナタ、騙《だま》されてはいけない。田中啓文はそんな一筋縄ではいかない作家なのだ。

ファンタジーでデビューし、SFを書けば星雲賞を受賞、すごく怖いホラーは映画化され、パスティーシュの名手で、本格ミステリーに時代小説とあらゆるジャンルで活躍している。さらには創作落語を手がけ、ジャズバンドまで組んでいる。超がつくマルチタレントな作家で、ときには作品に色々なジャンルが混ざり合う。

例えば、『元禄八犬伝《げんろくはっけんでん》』シリーズ（集英社文庫）は曲亭馬琴《きょくていばきん》の『南総里見《なんそうさとみ》八犬伝』とNHK人形劇『新八犬伝』を掛け合わせた痛快活劇である。〝八犬伝〟のくせに八剣士は脇役。主役を張るのは小悪党の網乾左母二郎《あぼしさもじろう》だ。ひょんなことから、将軍徳川綱吉《とくがわつなよし》の隠し子・伏姫《ふせひめ》捜しや赤穂《あこう》浪士の討ち入りに巻き込まれる。しまいには、水戸光圀《みとみつくに》の怨霊や淀君《よどぎみ》の怨霊までが降臨する。なにより、犬公方《いぬくぼう》の娘が伏姫だなんて「やられた！」としか言いようがない。

『信長島《のぶながじま》の惨劇』（ハヤカワ時代ミステリ文庫）では、本能寺《ほんのうじ》で死んだはずの信長から、四人の戦国武将に三河《みかわ》湾に浮かぶ孤島への招待状が届く。孤島を訪れた四人は、謎めいたわらべ歌に沿って、一人ずつ殺されていく――。いわずと知れた名作『そして誰もいなくなった』へのオマージュである。織田《おだ》信長とアガサ・クリスティーを混ぜちゃおうなんて、いったい誰が考えつくだろう。

ほかにも、剣豪・宮本武蔵《みやもとむさし》を明治時代の文豪にしちゃったり、赤穂浪士の討ち入りのさなか、吉良《きら》邸で密室殺人事件が起きたりしちゃう。田中啓文は史実にいくつもの捻《ひね》りを加え、大きい嘘《うそ》と小さな真《まこと》を織り交ぜて、物語を誰も想像もしなかった場所へ着地させる。奇想天外とか斬新奇抜という言葉は、田中作品のためにあるのだ。

さらに、田中作品の根幹には、並々ならぬ「大阪への愛」がある。いや、「浪花《なにわ》魂」というべきか。とにかく、すきあらば「駄洒落《だじゃれ》」を挟み込む。そして、話にはオチをつけずにはいられない。凶暴な牛が人を食い殺すという、衝撃の伝奇ホラー『件《くだん》もの言う牛』（講談社文庫）でさえ、ちりばめられた脱力の駄洒落と壮大なオチに読者は翻弄される。

『十手笛おみく捕物帳』も例外ではない。登場人物はみんなボケとツッコミだ。ぽんぽんとテンポのいい会話は、漫才みたいに楽しくて面白い。上方《かみがた》の歴史を語るうんちくもわかりやすく、するするっと読み進められる。でも、決して油断してはいけない。そこかしこに「浪花魂」が仕込まれている。うっかりすると駄洒落に足をすくわれ、オチで腰が砕けることになる。

物語の舞台はもちろん大坂だ。主人公のおみくは十五歳。頬《ほ》っぺたふっくら、目はぱっちりと長いまつげも愛らしい。でも可愛《かわい》いだけの娘じゃない。父親《てておや》の宇佐七《うさしち》は目明しの親方だったが、御用の最中に斬られて亡くなった。おみくは病弱な母親おぬいの面倒を見ながら、飴売《あめう》りで生計《たつき》を立てるしっかり者。宇佐七に笛吹きと十手取り縄術をみっちり仕込まれ、どちらもかなりの腕前だ。

江戸時代の飴売りは派手な衣装を身にまとい、鉦《かね》や太鼓を叩《たた》いて歌ったり、趣向を凝らしたパフォーマンスで客寄せをしたという。おみくは父親仕込みの篠笛《しのぶえ》を吹き、飴売り唄を大声で歌う。この唄がまことに調子よい。ぜひ、声に出して読んでみよう。いまにもお囃子《はやし》が聞こえてきそうだ。「ぴっぴっぴっひゃらひゃら、ぴーひゃらら、晴れても飴でも、ぴーひゃらら」――きっちり駄洒落が仕込んである。さすがである。

高津《こうづ》の檀吉《だんきち》親方は、宇佐七と気の合う友人だった。「おみくを目明しにして、宇佐七の縄張りを継がせたい」と考えている。宇佐七の元手下《てか》、喜六《きろく》と清八《せいはち》もそれを望んでいる。でも、おみくは親方になんかなりたくない。笛を吹いて飴を売って、おぬいと気ままに暮らしたい。ところが、宇佐七が探索していた事件の手がかりが舞い込み、おみくは十手を手にとることになる。

　ここからは、少しばかりネタバレになるので、ご用心。おみくの十手には秘密がある。家に代々伝わる仏像の中に封印されていたのだ。長さは一尺（約三十センチ）、鉄製で棒身に孔《あな》が空いている。戦うときは十手、吹くときは笛という「十手笛」だ。おみくが秘曲「妖星《ようせい》」を奏でると、笛のなかから精霊が現れる。精霊は「困りごとがあればおまえを助けてつかわす」というが、二百数える間しか現世にとどまれない。ほぼ三分だから、ウルトラマンのカラータイマー並みだけど、もののけ一匹くらいなら十分にやっつけられる。このアラジンの魔法使い×ウルトラマンみたいな精霊は、おみくの助《すけ》っ人《と》として大いに活躍することになる。

　おみくの助っ人は笛の精霊だけではない。母のおぬいは腰の病で床に臥《ふ》してはいるが、話を聞いただけで謎を解き明かす〝推し量り〟の名人。かつて、宇佐七もおぬいの助言で手柄を挙げていたという。ミステリーでいうところのアームチェア・ディテクティブ（安楽椅子探偵）だ。片や海苔《のり》問屋の楽隠居、甚兵衛《じんべえ》は「謎解き甚兵衛」と呼ばれて悦に入っているが、謎が解けたためしがない。それでも、仏像から十手笛を見つけるなど、たまにいい仕事をする。上司の同心・江面可児之進《えづらかにのしん》は腰が曲がっていて、杖《つえ》に縋《すが》ってヨタヨタ歩く。ところが、剣は滅法強い。刀を抜いた途端、曲がった腰がシャキンと伸びる。ここぞというときに頼りになる。

銭形平次《ぜにがたへいじ》には三ノ輪《みのわ》の万七《まんしち》、黒門町《くろもんちょう》の伝七《でんしち》には赤鼻の五平《ごへい》と、捕物帳には憎まれ役が必須だ。それが本作では主人公より先に、物語の冒頭から登場する。江戸は日本橋《にほんばし》通油町《とおりあぶらちょう》を縄張りにしていた、十変舎《じっぺんしゃ》の一九郎《いちくろう》親分だ（どこかで聞いたことがあるような）。ちなみに江戸では目明しを御用聞き、親方を親分と呼ぶ。江戸でしくじった一九郎親分、手下の弥次郎兵衛《やじろべえ》と喜多八《きたはち》（弥次喜多かい！）を引き連れて、大坂へ流れてきた。はなから上方を馬鹿にして、何でも江戸流を押し通す。十手をかさに、ごり押しする。飲み代は踏み倒す、無実を承知でお縄にする。絵に描いたような悪役ぶりで、むしろ清々《すがすが》しい。一九郎親分は、「わるもん」が大好きと公言している作者の真骨頂。なにしろ、一九郎親分が江戸流をひけらかすほど、大坂の懐の深さが際立つという、ありがたい存在なのだ。

正義の味方も悪役も、こってり上方風味でキャラが濃い。話の内容はさらに濃い。一話では、「見越し入道」が大坂市民を脅かす事件が頻発する。夜道で出会うと、むくむくと大きくなり、身の丈二十五尺（約七メートル半）ほどになるという。どうやら、この妖怪は宇佐七の死と関わりがあるらしい。見越し入道は本物の妖怪なのか？　おみくは宇佐七の縄張りを賭けて、一九郎親分と捕物勝負をすることになる。さて、大坂流と江戸流の対決やいかに。

二話では、突然、空から丸い鉄の船が落ちてくる。なかには記憶喪失の美少女が乗っていて、未来を予言する力があるという。宇宙人か未来人か、謎の美少女を巡って有象無象の悪党どもが暗躍する。

妖怪と未来人が大坂の町で、てんやわんやの騒動を引き起こす。「そんなあほくさ」というなかれ。驚天動地の怪事件には、きっちりと理屈があり、おみくと助っ人たちによって真相が解き明かされる。そこには人間の欲と狡《ずる》さと汚さと、その犠牲となった哀《かな》しい人々の物語があった。切なさもやるせなさもあるけれど、浪花魂にかかれば、読後はすっきりさわやかだ。「あほくさ」から「やられた！」まで、ワクワクしたりドキドキしたり、たまに脱力したり。読書の喜びを十分堪能できること請け合いだ。

おみくはまだまだ半人前の目明しだ。でも、だんだんに目明しという仕事の大変さ、重要さがわかってきた。何より大坂の町を愛しているのだ。きょうもぴーひゃら笛を吹き、大坂の町で飴を売り歩く。ひとたび事件が起これば、十手をとって大坂を守るに違いない。

本作はシリーズ化するというので、これからのおみくの活躍が楽しみだ。次はどんな奇天烈《きてれつ》な敵と対峙《たいじ》するのかしら。

まずは、飴ちゃんをなめつつ、ぴーひゃらら♪と口ずさみながら、本作を堪能していただきたい。

（あおき・いづみ　書評家）

本書は「ｗｅｂ集英社文庫」二〇二二年八月～十二月に配信された「見越し入道の秘密」と、書き下ろしの「未来から来た娘」で編んだオリジナル文庫です。

田中啓文の本

集英社文庫

さもしい浪人が行く

元禄八犬伝　一

網乾左母二郎は金のためなら手段はいとわぬ小悪党。流れついた大坂で、怪盗・鴎尻の並四郎、妖婦・船虫としがない日々を送っている。そんな折、犬公方・綱吉に集められた「八犬士」が現れて――。

天下の豪商と天下のワル

元禄八犬伝　二

蔵で唸る金に目が眩み、豪商淀屋の探索をすることになった網乾左母二郎一味。怪しげな僧侶が出入りするなど、何かありそうだ。鴎尻の並四郎は僧侶の正体を暴こうと寺に向かうが囚われの身に！

田中啓文の本

集英社文庫

歯嚙みする門左衛門

元禄八犬伝　三

若い男女の心中に遭遇した左母二郎。数日後、事件をなぞった世話狂言が上演された。左母二郎は芝居のネタを先取りされて激怒する狂言役者・近松門左衛門とともに事態の裏を探りはじめるが——。

天から落ちてきた相撲取り

元禄八犬伝　四

巨大な竜巻に運ばれて左母二郎一味の隠れ家に巨漢が落ちてきた。一方、近々行われる賭け相撲興行の陰では商売敵を陥れんとする陰謀が進行していた。「世直し大明神」なる人物の正体は!?

田中啓文の本

討ち入り奇想天外

元禄八犬伝　五

徳川光圀の怨霊は恐るべき計略で大坂城を手中に収め、朝廷を動かして天下に号令をかけようとしていた。そこに淀殿の怨霊も加わり大坂は壊滅の危機に！　左母二郎一味は八犬士とともに奔走するが——。全ての謎が明らかになる怒濤の完結編。

集英社文庫

集英社文庫

十《じっ》手《て》笛《ぶえ》おみく捕《とり》物《もの》帳《ちょう》

2023年２月25日　第１刷　　　定価はカバーに表示してあります。

著　者　田《た》中《なか》啓《ひろ》文《ふみ》

発行者　樋口尚也

発行所　株式会社 集英社

東京都千代田区一ツ橋2-5-10　〒101-8050

電話　【編集部】03-3230-6095

【読者係】03-3230-6080

【販売部】03-3230-6393（書店専用）

印　刷　株式会社広済堂ネクスト

製　本　株式会社広済堂ネクスト

フォーマットデザイン　アリヤマデザインストア　　マークデザイン　居山浩二

ISBN978-4-08-744492-6 C0193